U0024624

幻獸志異
3 人獸聯盟
龍人 策劃 雨魔◎著

如同**魔獸世界**一般，馭獸齋擁有許多不同寵獸的角色，有的凶猛殘暴，有的純真可愛，有的忠心護主，有的見利忘友。擁有不同功能的寵獸，就像量身打造的個性裝備，寵獸們將與主人共同冒險犯難、打擊罪惡，探索未知的世界。

故事背景

三十世紀，地球上所有的國家和民族都統一在聯邦政府的大旗下，

幾個世紀後，人類成功在地球以外的方舟、夢幻、后羿三個星球定居下來。

由於地球經過三十個世紀的開採，資源遠遠少於其他三個星球，

聯邦政府也移居到后羿星。

人類對外界物質的研究彷彿到了盡頭，轉而致力於開發人類自身的潛能。

人類的身體非常脆弱，

雖然通過一些古老的功夫修煉，來達到強身的目的，但是並非每一個人都適合修煉，

要想達到一定的程度，動輒就是幾十年，實在是太久遠了。

於是，科學家們想利用一種簡單有效的方法，來取代按部就班的修煉，

幾十年過去了，終於讓他們研究出來利用其他生物來彌補自身缺陷的不足，

而且瞬間合體後DNA的組合，可以讓人類擁有該生物所獨有的本領，強化肉體。

在以後的幾個世紀裏，培養寵獸蔚然成風，

不只是聯邦政府每年投資大量資金在該研究上，

四大星球的各大財團也每年投入大量的人力物力，
就連有興趣的個人也會在家弄個實驗室來研究。
身體素質的提高將能更好的和寵獸合體，發揮出更強的實力，
因此武術武道武館再一次的興起。
然而好景不常，自身本領的極大提高，使人類的好勝心再一次顯現，
聯邦政府在巨大的衝擊下宣佈垮台，四大星球各自獨立分為四個星球聯邦政府。
據傳說，聯邦政府在垮台前，把每年研究寵獸的失敗品封鎖到一個秘密的地方，
而更在垮台後，將尚未成功的高等獸的實驗品統統封鎖在那個秘密地方，
後世之人將這個秘密的地方稱為——力量之源。
據說，只要能夠達到那裏，你就掌握了全世界，
因為只要從這裏隨便得到一隻高等獸，你就可以縱橫四大星球，唯你獨尊了。
聯邦政府有鑒於高等獸和人類合體後所發揮出來的駭人力量，
在垮台前將所有關於寵獸的寶貴資料付之一炬，
從而直接導致人類在這方面的研究倒退到最原始的地步，研究也停滯不前。
在大戰中倖存下來為數不多的幾隻七級護體獸，也就成了現今人類所知的最高級寵獸。
而威力強大的神獸，只有在夢中尋找，主人公的傳奇也就在夢中開始了……

六大聖地

鷹子崖：這裏山清水秀，山林茂盛，一道數十丈高的瀑布滋養著方圓數十里的動植物。這裏充滿了飛翔系的寵獸，大至十數米，小至拳頭大小，種類不同，顏色各異，數量不可估算。

熊谷：這裏是熊的天堂，一條溪流橫穿熊谷，兩邊草皮似毯，大片樹林圍繞左右，一道大峽谷成為天然之險。這裏大多是熊系寵獸，其他類陸生寵獸依附於熊系寵獸生活在此，並得到庇護。

樹窩：在這個草原為主的星球，聚集了最多的樹木，彷彿全星球的植物都生長在此，茂密的森林靜謐無比，看似安全，卻是所有聖地中最危險的地方，各種樹木緊密地生長在一起，不論人還是獸都只能進入到這裏的邊緣地帶，想要深入是不可能的，這些樹木排列在一起，好像是在保護著什麼！

狼原：大草原向來是狼族天下，生活在這裏的是無數的狼系寵獸，牠們才是草原上真正的主宰，這裏的狼寵為一隻母狼統領，所有狼寵都匍匐在牠腳下。但當飛狗大黑來到此後，一切都改變了。

豹子林：這裏生長著一群豹系寵獸，牠們敏捷而兇狠，成為這裏所有寵獸的王。豹王高高在上，但卻要每年受到年輕豹子們的挑戰。

蛇溪：事實上傳說中的蛇溪與樹窩合二為一，這些冷血的寵獸依靠樹窩的樹寵們生存。蛇王是五花大蟒，天生一肉冠於頂，望之似乎王冠，龐大身軀，刀槍難破的鱗甲，統治著萬萬千千蛇類寵獸。

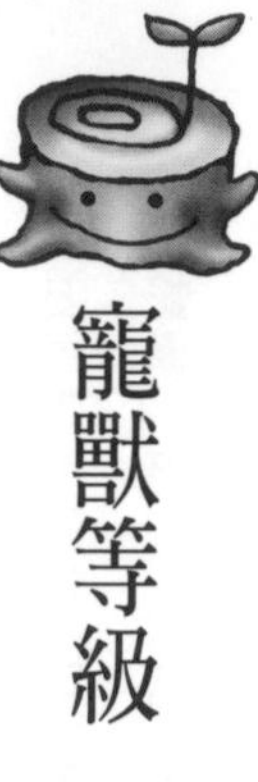

寵獸等級

寵獸分為一到九級，而每一級又分為上、中、下三品。

一到三級稱之為寵獸，較為常見，寵獸店能夠輕易地買到，但攻擊力不強，主要用來作一些輔助的用途，又被人稱之為奴隸獸。

四級到七級稱之為護體獸，四級和五級的護體獸較常見，寵獸店的搶手貨，不過越是高級的寵獸越脆弱，在未長大之前很容易死亡，四級以上的護體獸能夠大幅度增強主人的攻擊力，級別越高增強的幅度越大。

六級的護體獸就比較罕見了，千金難求，在寵獸店也很難見到，但仍可以在某些大型寵獸店買到，一般六級護體獸都會作為一個寵獸店的鎮店之寶。

七級的護體獸非常罕見，可以說是無價之寶，從百年前到現在四大星系數百億的人口中，據說能擁有七級護體獸的不超過十個，而在上個世紀大戰中倖存下來為數不多的七級護體獸，也不知散落在四大星球的哪個角落裏。

七級以上的稱之為神獸，力量之強大無與倫比，合體後力量更是非人力所能達，這種超強的力量一直為人所津津樂道，也因此有人把七級以上的神獸稱為高等獸，而七級以下的稱為低等獸。

七級獸處在中間，關係就比較曖昧，七級獸是最有可能升級躋身到神獸行列的寵獸。

但是由於到現在還沒有七級以上神獸出世的傳說，所以擁有一隻七級護體獸就成為了天下習武之人的夢想！

聯邦政府在毀滅前將所有資料付之一炬，仍有流落在民間的寶貴資料被保存下來，一些有心人在暗中默默地繼續研究。

那些在大戰中逃散的各級寵獸，有很多沒有被戰後的人類捕捉到，就和普通獸類在另一個世界中悄悄衍生自己的後代，也因此，人類世界不再寂寞，更有千奇百怪的獸類充斥在星球中人類痕跡不及的地方。

駁獸齋傳說

卷三 靈獸譜系

目錄

第一章　力伏熊狼之王

飛馬的速度很快而且身體很穩，我坐在牠的背上一點也感不到搖晃，無數的各類野寵也跟在我們後面，展翅跟在後面，最威風的要數「似鳳」了，領頭帶著一群剛收的小弟「忽忽」的飛在我們的頭上。

一小片樹林前延伸出個小谷，飛馬輕鳴一聲，當先劃出一道弧線向前方的谷地俯衝下去。憑藉銳利的眼神，我發現幾個人影若隱若現。這裏就是各部落暫時棲身的地方了。

跟隨在身後的無數的鳥兒，也追隨著飛馬行動的軌跡，「呼啦啦」的帶動著滾滾氣流向谷地的方向滑翔下去。

這麼大的動靜，那邊的人早就發現了，當下就看到幾道光芒閃過，四五個看起來修為不俗的族人「霍地」飛了上來，面對鋪天蓋地而來的寵獸，他們打心裏有種不戰而退的戰慄。

這撮人被困到這裏已經一個星期，前後受到野寵和神秘人的攻擊已經不下幾十次了，來自各部落的族人都已經傷了三分之一，糧食和水都只能再支持兩三天的了。

此時，見到無數隻野寵黑壓壓的一股腦的飛過來，心中的驚嚇可想而知。很快又有三十多個人飛了上來，這些部落中的勇士臉色蒼白的望著眼前的陣勢，心中都已有了死的覺悟。

望著攔住去路的人們，我知道他們是誤會了，我輕輕拍了拍飛馬的腦袋，牠通曉我的意思，一聲鳴叫，眾飛翔類寵獸都停住，浮在空中。飛馬載在我快速向前方掠過去。

部族的勇士們面面相覷地望著我們一人一馬單獨飛過來，見我們逐漸接近，從人群中陡然飛出三個人向我迎過來，目的很明顯是要攔住我。

我微微一笑，拍了拍飛馬，飛馬陡然加速，接著耍了兩個花招，一下子穿越過三人組合的障礙，將他們拋至在後，一頭向下方扎下去。

下面都是一些女人、孩子和受傷的勇士們，其中就有石龍石鳳。

三人莫名其妙的被我輕鬆閃過，見我往下衝去，一起色變，下面這群人是沒有戰鬥力的，想再組織攔截已經來不及了。

還差幾米即到地面的時候，我哈哈一笑，騰身從馬背上高高躍起，這時候，石龍石鳳也看清我的模樣，歡叫一聲向我衝過來，我在高空中翻了幾個圈落到地面。

地面上的人們都以恐懼的眼神望著我，唯獨石鳳一頭撲進我懷中，受盡擔憂、恐懼折磨的小女孩，看到我開心地啜泣起來，石龍也抱著我又叫又跳。

天上的勇士們下來幾個，剩下的仍攔在上方，緊張地注視著這群寵獸的動靜，唯恐牠們突然發難，自己這方就得屍骨無存。

下來的幾人目瞪口呆的望著石龍石鳳親熱的纏在我身邊，想過來，卻被威風凜凜的飛馬的響鼻給嚇了回去，在過去的一個星期中，他們可吃盡了這頭飛馬的苦頭了，四肢如鐵般堅硬，被踢中斷幾根骨頭已經是小事了。

石龍歡欣雀躍地道：「依天長老，你怎麼會來的？是不是父親知道我們被困到這裏，讓你來救我們回去的？」

我腦海中忽然閃過石族被熊熊大火焚燒的圖像，心中一痛，神色黯然，不知該怎麼回答他才好，勉強的含糊道：「是，是族長讓我來的。」

石龍高興地道：「太好了，馬上就可以離開這個鬼地方了，依天長老，我們什麼時候走，我多一刻都不想待了，每天吃不飽也沒有水喝。」

石鳳梨花帶雨，從我的懷中伸出頭來幽幽地看了我一眼，確實比幾個月前憔悴了很多。

我心疼地拍拍她的臉蛋，安慰她道：「別怕，很快我就把你帶回去。」心中湧起一股衝動，就算是自己拚了命也要帶他們脫離危險。

這時候，幾個石族的勇士也認出了我，邊向我走過來，邊叫道：「依天長老。」

原本那些緊張兮兮的人，見來的是自己人，終於放心下來，其中走出一個身材修長、化身為狼人的大漢，望向我的目光精光閃動，一望便知修為不低。

石龍低聲道：「他是熊族的少族長，熊開天，他的修為是我們之中最高的，不過要是和依天長老相比，就低了些。」

石龍從我出現到現在，認為我一定會將他們救出去，所以心情好多了，恢復了以前小滑頭的性格，我啼笑皆非的瞥了他一眼，輕輕推開懷中的石鳳，上前幾步，迎上去道：「我是石族的長老依天，很高興見到少族長。」

熊開天狐疑地望著我，沉聲道：「我好像從沒在石族見過你，更不知石族何時出現一個能夠駕馭百獸的厲害人物！」

我剛要說話，石龍插嘴道：「熊兄，這你就有所不知了，依天長老乃是最近才被父親提拔上來的英雄人物，以前都是秘密在修煉，至於在哪修煉什麼功法，還沒有必要通告天下吧。」

見石龍裝作未來族長接班人的樣子，裝模作樣的跟熊開天解釋，心中早就被他的表情給逗得笑翻天了，忽然又有些澀楚，恐怕他不久就要真的擔上復興石族的擔子了。

熊開天沒有如我一樣把石龍當作孩子，而是非常認真的思考石龍的話，在他心中，石龍將是執掌第三大部落的族長。

我伸出手來，配合著石龍的話道：「我是幾個月前受到族長的召喚，才從修煉地趕過來的。」

熊開天釋疑的和我握手道：「還好依天兄及時趕過來，我們在這裏已經被困了一個星期之久，因爲受到兩方面攻擊，無法出去尋水尋食物，所以兩天之內就會斷水斷糧。」

我點點頭，暗道形勢不容樂觀啊，沒想到魔鬼會這麼快就開始實行他的計畫，我剛要說話，天上負責觀察的兄弟忽然道：「少族長，那批神秘人正向我們這邊掠過來，速度很快。」

我道：「熊兄，你帶領兄弟們守在這裏，護住受傷的兄弟們，讓我去給他們個教訓。」

熊開天皺眉道：「就你一個人？」

我哈哈笑道：「沒錯，就我一個人，不過，我這批不是人的朋友，你覺得能夠勝任嗎？」

熊開天笑道：「我倒是把依天兄的這些朋友給忘了，有了你這幫朋友，我還要擔心什麼，好，我祝依天兄旗開得勝。」

我大喝一聲，彈跳起來，半空中落在飛馬的背上，飛馬仰天長嘶，停留在空中半天了的飛翔類寵獸早已等得不耐煩了，這時候得到首領的召喚，都如風一般跟隨過來。空中瞬間充滿了各種怪叫聲。

感受到野性的呼喚，本已沉靜下來的狼的野性，又逐漸露出頭來，體內熱血澎湃，面對敵人越來越清晰的臉孔，我暗道：「魔鬼，等著瞧吧，就讓我徹底肅清你一手培養出來的爪牙，直至只剩你一人。」

瞬間，我帶領著寵獸們已經和這批人短兵相接，心中拿定主意，下手絕不留情，這些人已經被魔鬼洗腦，早已泯滅了良知，留他們在世上，只會繼續禍害人類。

我仗著靈活的身手，在人群中四處遊動，瞅準空隙一擊必殺，幾個回合已經被我殺了三人，對方大概有一百多人，而我這面的寵獸則是成百上千，展開翅膀就能遮天蔽日。

兵戎交擊聲、廝殺吶喊的聲音相繼傳來，天際晴空萬里，大地上卻塵煙滾滾，人獸異騎相互交接廝殺，漫山遍野，翻卷如潮，殺聲震天！半空之中更有千奇百怪的靈禽飛獸與合體的人類纏戰死鬥……

一個小時後，戰鬥停息了，人和獸的血摻合在一起，地面被鮮血染紅，四處散落著折斷的四肢，破損的兵器。

尙未死去的寵獸和人類發出陣陣低沉的哀鳴，眼前又閃過剛才血肉橫飛的景象，再也忍不住心中的噁心，躲到一邊大吐。第一次毫不留情地殺人，而且殺人如斬蒜，數百的生靈一下子就丟失了寶貴的生命。

不忍心的轉過頭去，不敢再多看一眼，任由飛馬馱著飛回到谷地中，我下馬向他們走過去，所有的人都以一種奇怪的眼神看著我，這種異樣的神情令我感到非常不自在，使我覺得自己是個殺人不眨眼的魔王。

數十的勇士們站在我面前，面色恭敬地望著我，忽然齊聲大叫出來，「呼古拉！呼古啦！」聲音充滿了震撼，響徹在谷地中。

我納悶的一個個掃視過去，每個人的臉上都明顯地擺著「尊敬」兩個字，石龍一邊跟著大聲嚷著，一邊跑到我身邊低聲道：「依天長老，他們在喊你英雄，這是我們對勇士的最高稱讚哩，呵呵。」

看到他笑得這麼開心，好像這些勇士是在稱讚他爲英雄，看到每個人眼中流露出恭敬和感激，我突然明白過來，在這種民風未開的時代，強者爲尊就是亙古不變的真理，在他們眼中，我能以雷霆之威，殺光了那批令他們整日提心吊膽的惡人，才是真正的英雄所爲。

把他們困在這裏許多天的危險因素，因爲我的到來，瞬間迎刃而解，精神修爲差一些的尤其那些傷者和女人們，早就溢出了激動的淚花。

事不宜遲，爲了得到其他部落的支持，儘快把所有的力量集中起來，我把全部情況都告訴了在這裏的各部落領導人物，只是爲了防止過於打擊他們，我把真實的危險情況隱瞞了許多。

熊族的少族長，在我說完後，肅容道：「如果依天兄所說屬實，那麼我們將要面對一個極危險的狀況，我們的族群也許會因此消失。」

其他的領導者們也都表情沉重，連實力最大的熊族都說會被滅族，何況這些實力差許多的小族呢。

我淡淡地道：「我不怪熊兄不相信，據我猜測，那個邪惡的魔鬼已經對各部落展開了行動，只要你們回到部落中，就會知道的。」

熊開天沉聲道：「那依依天兄看，我們應該怎樣應付，才能度過眼前的危機？」

終於說到了點子上，我等的就是他這句話，眼神凌厲的掃過眾人，徐徐道：「古語有言，合則兩利，分則兩害。對方雖然強大，但畢竟人單力孤，只要我們拋開部落間的成見，聯合起來，我們的勝算就會大大增加。」

熊開天點點頭，精光閃閃地望著我，道：「依天兄所說確實有道理，但是事關重大，我自己做不了主，必須要和家父報告，才能作出決定。」

本來我也沒指望他能夠立即給我肯定的答覆，能對我做出允諾已經是他最大的許可權了。我點頭，道：「好，但是要快，記住，那個邪惡的傢伙是你們從未遇見過的，甚至連想都未曾想過的，他集邪惡、強大、智慧於一身，一旦我們不能立即做出反應，等著我們的就是墜落深淵，永世不得翻身！」

其他部落也紛紛表示，等回到族中請示過族長，再給我答覆。

一個簡單的會議就此結束，大家迅速集中所有的人馬，在準備了糧食和清水之後，我們迅速離開了六大聖地的「鷹子崖」。

所有的野寵獸，我都將牠們留在了這裏，當然牠們將是我非常得力的助手，在我聯合所有的部落後，我會再來的，那時候，我們將兵分兩路，由我帶著大量的寵獸在正方吸引魔鬼的注意力，另一方由所有部落集中的兵力攻打他的孤島。

可以想像，到時候將會死傷無數，很可能許多小部落就此在第四行星上消失，那都是沒有辦法的事，這些死亡是不可避免的，畢竟魔鬼擁有超出現代文明千年的高科技武器。

在廣袤的大草原上，我們分開了，各自向自己的部落行進，每個人的臉上都是心事重重，那是我的話給他們帶來的巨大壓力。

我帶著石族的一眾人向石族的部落行去，這裏離石族的部落有一個月左右的路程，我有點後悔，沒有帶一些飛翔類寵獸了，不然由牠們馱著大家，可能會減少很多花在路上的時間。

現在是分秒必爭，儘量多節省一些時間，我們就可能多增加一分勝算，其實，我不太清楚魔鬼的科技究竟運用到哪些方面，事實上，在他醒來的一百年中，他將大量的時間花在了怎麼恢復他的年輕，怎樣可以長生不死。

所以他剩下很少的時間，其中一部分時間，秘密的從各族抓來一些族人，選擇其中天賦好的將她們洗腦，改變她們的體質，使她們擁有不同程度的不死身，訓練成自己的殺手，爲自己辦事，另一方面將剩下的人培訓他們成爲自己的戰士。

然後用很少的時間來研究，把自己知道的科技運用在改造孤島，使其防護能力大大加強，所以他並沒有研究出快速的飛行器，如果他要把這些部落給滅了，可能按幾個按鈕放出幾顆飛彈就可以做到，但要使這些部落臣服，他就不得不派遣他的手下前去各個部落。

這樣一來，大家就都處在同一起跑線上，都靠自己的兩條腿。我們將會有充裕的時間來安排。

我不知道時間會很充裕，於是抱著試試看的心理，令「似鳳」回到「鷹子崖」，看能否搬到救兵。

我帶著族人邊往前趕路，邊期盼「似鳳」能不負我所托。其實我是對自己沒有信心，在寵獸界，一旦牠們臣服你，是絕對不會背叛的。

三天後，「似鳳」帶著一批寵獸趕來，其中還有那匹飛馬。三天來，這些寵獸沒日沒夜的趕路，除了飛馬，其他都已很疲勞。我很慷慨的取出「百獸丸」每個寵獸發一粒，好使牠們能夠快速恢復過來。

耗費了我二十多粒「百獸丸」，終於在第十二天的早上趕回了部落，離部落很近了，十二天的加速趕路，令這些可憐的寵獸體力透支殆近，此時部落就在眼前，我們從寵獸身上下來，步行向部落走去。

心中惴惴不安，不知道該怎麼和石龍石鳳說，告訴他們族長石頂天已死，部落也被大火燒得面目全非嗎？兩人還只是半大的孩子，能夠承受得了這個打擊嗎？

還有不多遠就到部落了，再不說就來不及了，反正他們都要知道的，還不如現在告訴他們，令他們心中好有個準備。

我正要喊住他們兩個，忽然石龍驚呼一聲，道：「怎麼回事？我們的部落怎麼好像被大火燒過一樣。」一邊說邊向前跑去，其他幾人也注意到部落的異常現象，跟在後面向部落奔去。

原來我只顧想著該如何跟石龍兄妹說這件事，沒注意到，此時已接近部落了，極目向前看，頓時可以將部落的部分收到眼底。

我暗嘆一聲：「醜媳婦還是要見公婆的。」跟在後面向滿目瘡痍的部落掠去。

站在部落前，望著戒備森嚴的勇士們，驚訝得連話也說不出，還以爲族人全被無情的大火燒死了，沒想到，眼前的人們在石頂天的帶領下，正在熱火朝天的重建家園。

石頂天得到消息，說我們回來了，立即趕了過來，見自己最心愛的女兒和兒子都完好無損的回來了，開心的哈哈大笑，看我愣在一邊，道：「依天兄弟，你走的時候也不和我說一聲，實在讓做哥哥的擔心。」

我指著眼前顫巍巍的道：「這，這些人……」

石頂天面現怒色，罵道：「他奶奶的，不知怎麼回事，你們走後，有一天的晚上，部落中莫名其妙的忽然著火，火勢來得極快、極猛，幸好我們部落有很多臨時避難用的地下室，雖然救不了火，但是人倒是沒什麼損失。」

我點點頭，暗道：「原來如此，幸好有地下室避難，不然我的罪過就大了。」

石頂天，重重喘了一口粗氣，道：「他奶奶的，要是讓我知道，這把火是誰放的，老子定饒不了他！」旋即好像想起什麼，疑惑地道：「你們沒有受到奇怪人物的攻擊嗎？」

我訝道：「你怎麼會知道的？」

石頂天嘆道：「那就是有了，你們怎麼逃出來的，據說這些怪人功夫既怪異又高深，其中更有幾個領頭的人，好像不畏刀槍能夠死而復生。其他幾路人馬都被困在聖地無法回來。更奇怪的是，那些怪人好像並非是要他們的命，反而是在一點點消磨他們的鬥志。」

我暗自道：「果然我猜得很準，魔鬼正是要一步步的消磨他們的鬥志，然後收爲己用。圍困只是他們第一步，很快他就會實行第二步，派人來降服各個部落，由於部落的精兵強將都被困住，部落的實力大大下降，沒有更多的兵力與之抗衡，很容易就會被他得逞。」

石頂天看我若有所思的樣子，開口問道：「依天兄弟，你好像有什麼心事？」

我嘆了口氣，面色沉重的道：「石大哥，你跟我來，我有話要跟你說。」

石頂天納悶的望了我一眼，見我面色凝重，沒有說什麼，跟在我身後飛出了部落中。大概離部落幾里之遙的地方，我才停了下來，回頭望著緊跟而來的石頂天，微微笑道：「石大哥的『御風術』精進很多。」

石頂天哈哈一笑道：「哪有兄弟騎著飛馬來的威風。」

我伸手在飛馬的腦袋上摩挲了一下，苦笑道：「你道我想騎著飛馬嗎，實在是因爲兄弟的功夫被人給廢了，現在連一絲的內息都沒有。」

石頂天「咦」了聲道：「不像啊，我覺得兄弟這次變化很大，比起以前好像功夫又進一層的樣子。眼神犀利，舉手投足都有一股霸氣，怎麼會像是又被人廢了功夫的人？」

我嘆道：「石大哥，這是你有所不知，小弟離開部落，碰到了一個非常厲害的人，之所以小弟帶你到這裏來，就是怕被他偷聽到。」說著一五一十的把魔鬼的情況都告訴了他。

說完，我望著臉色無比沉重的石頂天道：「情況就是這樣的。」

石頂天徐徐道：「照你所說，我們已經陷入一個巨大的危機當中，他擁有我們這個時代所沒有的厲害武器，所以可以一下子將老子的部落給燒成火海，那我們豈不是一點勝算都沒有！」

感覺到氣氛的凝重，我微微一笑，道：「表面看來，我們幾乎是沒有一成的勝算，完全陷入被動挨打的局面中，事實上，情況並非這麼糟糕。他曾跟我說，他要回到四大星球，並且統治他們。你覺得憑他現在的幾個人能夠做到這一點嗎？」

石頂天恍然大悟道：「怪不得我接到被困在聖地的兄弟們的飛鴿傳書，說他們只是被圍困，暫時沒有生命危險，這個兔崽子是想讓我們歸順他，這樣他就可以源源不斷的得到人手的補充！他奶奶的，老傢伙的如意算盤打得挺好，不過老子是不會讓他如意的！」

看著石頂天惱怒的樣子，我把自己的計畫全盤托出，先是聯合各個部落的力量集中到一塊，然後我再去各大聖地，看能否說服更多的野寵幫助我們。這樣一來，我們兵分兩路，靠著人海戰術幹掉這個老傢伙。

人海戰術也只是迫不得已想出來的辦法，對方擁有的超現代武器殺傷力非常強，我們只有靠人多取勝。

石頂天緩緩地道：「依天兄弟，你知道你的計畫會死多少人嗎？會有多少小部落從此消失嗎？」

想起血流成河的慘像，我的心中也異常矛盾，眼神流露出哀傷的神色，誠懇地道：「石大哥，如果你覺得有更好的辦法，我也同意不使用這個方法。」

石頂天沉默了半天，道：「按照你的計畫，我負責通知熊族、雅哈族以及其他各族的首領，使他們聯合起來。」

見他終於同意我的計畫，我如釋重負，道：「多謝石大哥能夠以人類的大義爲先。」

石頂天苦笑道：「不用給我戴高帽，我也是爲了生存！你有幾成把握說服那些寵獸，說實話，看到你帶來這批寵獸，我倒是不那麼擔心。」

拍拍胯下的飛馬，飛馬感受到我心中的情緒，彈踢發出嘶鳴。我笑了笑，道：「我會盡力爲之的。」

石頂天忽然道：「既然那個老傢伙那麼厲害，又擁有不死身，只要有少女的鮮血就可以無止盡的活下去，如果不把他殺死，我們仍然是後患無窮。」

我點頭道：「這個問題我已經想到了，還記得我有一隻大黑狗的寵獸嗎，只要我能找到牠，我就有八成以上的把握，將魔鬼打入十八層地獄，永遠也無法回來！」

石頂天半信半疑道：「你的那隻寵獸我倒是見過，只是牠現在不是已經不知去向了嗎？而且牠雖然擁有很強的力量，是否真的能夠如你所說，有能力把那個邪惡的老傢伙幹掉，我還是有所懷疑。」

我道：「我懷疑牠一定在六大聖地中的一個，至於我如此篤定的說，有很大把握能夠把魔鬼給幹掉，這是我的秘密，不過我現在可以告訴你，當月圓之夜來臨，我就會發生奇特的變化，和大黑合體後會引發無窮的力量，這股力量足以毀天滅地，但是只限於月圓之夜，所以我們的大進攻一定要在月圓之夜開始，到時候由我引開魔鬼，然後你們再對他的自由島展開全面攻擊，徹底清肅他的邪惡力量！」

石頂天精光四射地望著我，似乎在思考我話中的可信度。半晌後，忽然豪氣的道：「好！我就賭一把。你準備什麼時候走！」

我欣然道：「越快越好，我儘量早些去各個聖地，一方面可以救出那些被困的人，一方面還可以說服那些幻獸，更重要的是尋找大黑！我走後，可能過不了多久，魔鬼就會對各部落展開攻擊，你一定要做好防禦，同時儘量把各部落聯合起來，這樣也會少一些傷亡。」

石頂天道：「那好，我們分頭行事，做好充足準備。」

我駕著飛馬向另一個聖地飛去。

我的目標是熊谷，要是大地之熊還在身邊就好了！

經過十多天的疾馳，我與飛馬終於趕到了熊谷，沒想到熊谷是我看到僅次於自由島的一個風景明媚的好地方，要山有山要水有水。

一條溪流穿過熊谷，遠遠可見，有幾隻體型龐大的棕熊在河邊捕魚，身邊數隻小熊在水中戲耍。一尾鮮美的大魚被拋上岸去，魚頗為不甘的在空中扭動著身體，粼粼水光反射著陽光分外誘人。

「吧嗒。」魚落在岸邊，幾隻小熊興奮的「嗷嗷」叫著奔上岸來，厚實的熊掌按在魚的腦袋上，一尾大魚瞬間被分成幾塊，吃完了魚，帶著一嘴魚鱗的小熊又歡蹦著向河中奔去。

眾熊有的懶洋洋地躺在柔軟的草地上，半眯著眼假寐，有的立起上肢搆樹上的野果，幾隻半大的熊靠在樹上蹭癢，小熊們三五一群，有戲耍的，有爬樹的，有跟在母親旁邊睡大覺的。

真乃熊的天堂，我在心中暗暗讚嘆，我輕輕一拍馬臀，飛馬知曉我意思的向前徐徐飛去，在我們離群熊還有幾十米遠的時候，被牠們靈敏的嗅覺發現，一隻大熊人立而起，「嗷」的一聲大叫，本來在水中玩得不亦樂乎的小熊們陡然從水中奔出，連蹦帶跳的一頭鑽到林中。

大熊們警覺的向我望來。

感受到牠們敵視的目光，我令飛馬暫時先停下來，有了上次的溝通經驗，我知道幻獸也是可以溝通的，當然前提是首先要使牠們接受你，才有溝通的可能。

就在我想著該如何跟牠們溝通的時候，耳朵中忽然傳來奇怪的聲音，儘是「呼哧、呼哧」的粗聲，「你說這個人類是來幹嘛的？」

「那還用說，和天上飛的笨馬走在一起，肯定不會是好東西，要小心點，可能是來搶我們的魚的。」

「笨蛋，他們要魚有什麼用，我看他們是來搶我們的幻獸卵的。」

暈頭轉向地聽了半天，才搞明白這是熊的聲音，不知自己何時可以聽懂這群熊的聲音，我試著道：「你們好，這裏是熊谷嗎？」

眾熊一下子靜了下來，瞪大了眼睛望著我，其中一個驚道：「這個人類竟然會說我們幻獸的話！」

我剛要道：「我要見你們的首領。」

突然一個熊道：「人類的奸細，打死他！」

幾隻大熊率先向我衝來，巨大的熊掌向我的臉部扣過來，我搞不明白牠們怎麼會突然向我攻擊，閃身避過其中一隻大熊，大聲叫道：「你們搞錯了，我不是奸細，我是來見你們首領的……」

耳中傳來「嗚嗚」的響亮嘶鳴，只見飛馬拍打著翅膀讓過一隻熊，突然伸腿將牠踢得趴躺在地面，皮糙肉厚的棕熊，搖搖腦袋，「哼唧」了兩聲，不甘心的又撲過來，見飛馬飛在空中，轉身向我撲過來。

「主人，跟這群笨熊有什麼好談的，與牠們說道理是說不通的。」

我知道這是飛馬的聲音，邊躲開一隻熊的攻擊，邊對牠苦笑了一下，彈指間，又有幾隻熊朝我們撲過來。

我迫不得已，展開反擊，我可不想還未見到熊王，就被這些小嘍囉給打死。熊的行動不是那麼靈敏，我輕鬆的遊走在六七隻熊中，可惜牠們皮太厚，我半力打出的幾拳落在牠們身上就像是撓癢。

這更增強了我收服牠們的決心，用牠們做先鋒，可以收到很好的效果，至少可以減少很多死亡。

我使出全力，在熊群中左衝右突，幾隻大熊「嗷嗷」怒吼，就是碰不著我，只見我人影閃動，已經打出了數百拳，飛馬從天空中夾擊，每次俯衝下來，凌厲的踢在熊的腦袋上，都令牠們出現短暫的暈眩。

數息的工夫，七隻大熊被我和飛馬合力放倒了。

其他熊沒想到我們這麼勇猛，「呼啦」一聲鑽到樹林中，跑掉了。

在我印象中，熊是一種忠厚、勇敢的寵獸，像「大地之熊」就是這樣，可沒想到這些傢伙看起來都不是那麼忠厚！要是神劍「大地之劍」在我這兒就好了，放出「大地之熊」這個熊中的祖宗，應該很容易能馴服這群膽小如鼠的笨熊。

飛馬噴了口粗氣，打了個響鼻道：「主人，這群笨熊既蠢又善疑，只有用武力征服牠們才是最好的辦法。」

我搖搖頭苦笑一聲，沒有說話。飛馬忽然又道：「主人，你怎麼突然會說我們幻獸的話了。」

這實在是個難解的問題，我剛才只是在想怎麼和這群熊溝通，忽然就聽到了牠們的話，接著順理成章的就說出來幻獸的話，我納悶的撓撓頭，不曉得該怎麼解釋，忽然腦海中出現了遍地狼骸的情景。

我瞬間明白過來，自己被魔鬼打死，後來結成繭，吸收了太多的狼血狼肉，以至於我現在的身體有一半流淌著狼寵的血，可能由於這個原因，我才能聽得懂幻獸的語言。

我坐在飛馬背上，向熊谷深處飛去，一路靜悄悄的，不見有一點動靜，所有的熊都不見了蹤影，彷彿從來沒有出現過一般。

忽然飛馬停了下來，遲疑地道：「主人，我們被那群笨熊給包圍了。」

「包圍了？」我納悶地轉頭四顧，可不是，兩邊凸起的山壁上，被幾百隻大熊擠滿，身後不知何時也多出一堆熊將後路堵上，前面一隻體型碩大比成年熊仍要大上一倍的黑熊四肢著地攔住去路。

看牠的樣子，應該是熊王了，熊王忽然人立而起，顯得更是高大，有四五個我大，厚實的聲音傳來：「人類，你來這裏做什麼？」

我見牠主動和我說話不像是動武的樣子，大喜的上前兩步，向牠道出了我的目的，黑熊不等我說完，不耐煩地吼了一聲將我打斷，道：「囉嗦，你只要告訴我，如果我帶著我的孩兒們幫你，我能得到什麼好處？」

我瞠目結舌地望著牠，著實沒有想到這隻笨熊會說出這樣的話來，莞爾道：「這個是應當的，不能讓你白忙活，」我從烏金戒指中拿出幾粒「百獸丸」，道：「這是我煉製的藥丸，對幻獸的身體有很大的好處，如果你答應幫我，我可以送你一百粒。」

牠瞪著我手中的「百獸丸」，忽然怒道：「你以為我們熊都是很笨的嗎，拿　個小破丸子來騙我。」

群熊本就虎視眈眈地望著我，我急忙要解釋，黑熊怒吼一聲，熊群從四面八方湧過來，我暗嘆一聲，倏地跳上馬背，飛馬一聲長嘶，全力拍打翅膀，快速的逃出熊群的包圍。

背後傳來熊群得意的咆哮聲，我沮喪地坐在馬背上，離開熊谷，沒想到第一次聽得懂寵獸的話，就吃了個癟子，這群笨熊……

飛馬忽然道：「主人，我早就說過，這群笨熊是不能說服的，只有用武力來征服，不如，讓我先回去把我的那些手下帶來，一定可以滅了熊群。」

我搖搖頭，飛馬說的有道理，卻不是最好的辦法，牠手下的那些飛翔類寵獸由於天生的優勢，自然可以將熊群壓得死死的，可是從這裏回「鷹子崖」來回又得一個多月，實在划不來。

就此放過這群笨熊，心中又不甘，尤其是見識過牠們皮糙肉厚的身體，忽然腦中閃過一絲靈光，獅嶺離這裏並不太遠，大概十幾天就可以到，憑藉飛馬的速度，大概一個星期就可以到，來回不會超過二十天。

想到這，我駕馭著飛馬向獅嶺的方向全力趕去。

只是，我忘記了一件事，就是被困在熊谷的各族的人，還好，熊的行動不夠靈敏，而且不會飛，所以被困在熊谷的人，其中不乏合體後會飛行的人，所以這群人雖然沒有得到我的幫助，在我帶著獅群趕回來時，也已經安全地逃了出去。

我坐在白色獅王的身上指揮著上百頭獅子，一路疾趕，在第十八天的早上趕到了熊谷。

我從獅王的背上跳下來，摸了摸牠的腦袋，獅王知趣地跟在我身後，白色的毛髮在清晨的微風中，向後拂揚，愈加襯托著牠的威武，白色的毛髮令牠在獅群中更卓爾不群。

幾百頭獅子一字排開，緩緩的跟在我身後向熊谷中走去，悠閒的彷彿是在散步。

熊谷中的大熊小熊，忽然發現數百頭天敵——獅子，突然出現在熊谷中，頓時炸了鍋般，「嗷嗷」的吼叫充斥在熊谷中，我微微一笑，這些笨熊，敬酒不吃，吃罰酒。

我哈哈一笑大步走到那隻黑色熊王之前，道：「熊王，你現在要不要再考慮一下我的提議，如果你同意，之前我答應你的條件還有效。」

黑熊怒目望著我，突然人立而起，揚起兩隻巨大的熊掌，在空中揮舞，甕聲甕氣地道：「你帶著這麼多獅子是什麼意思，我黑熊第三代熊王可是最勇猛的熊，不要以爲幾隻獅子就可以讓我妥協。」

我搖頭暗嘆，真是笨熊，說謊都不會掩飾，眼神中早已流露出懼色，現在還敢跟我說自己不害怕。我笑了笑望著牠道：「怎麼樣才答應我的要求？」

黑熊一掄熊掌，道：「除非你打贏我！」

看著牠剽悍的身軀，既高大且肉厚，其他的熊都已經那麼耐打，牠這個第三代熊王當然更加厲害，以我現在的情況，跟牠打，只要被牠打中一掌，我還不得立即骨折，倒是我打牠個幾十拳，牠也不見得會有事。

不過沒想到這個傢伙還真是叫黑熊。我靈光一閃，這傢伙既然笨笨的，當然智取強過力敵，我故作爽快地道：「好，我答應你，我這有個很古老的比試方法，不過我想你身爲第三代的英明熊王，應該聽說過。」

這傢伙見我稱讚牠是英明的熊王，咧開大嘴哈哈笑道：「那是，那是。」

我心中暗笑，這個笨傢伙真是好騙，我道：「我的力量很大，你的力量也很大，萬一我倆互相爭鬥，有一方肯定會受傷。」

黑熊道：「不錯，那你有什麼好的方法？」

我暗笑一聲道：「很簡單，就採用那個古老的法子，用文鬥來分勝負。」

黑熊一愣道：「文鬥？」在牠的記憶中根本不曾有過什麼文鬥，剛想質疑，忽然想到如果自己說不知道一定大大丟臉，於是故作明白的樣子道：「啊，好，好，就文鬥。」

我心中暗道：「大笨熊終於上當了。」微微一笑道：「所謂文鬥，就是我倆同時找一個目標，用全身的力氣打下去，誰要是把目標給打死了，誰就贏了。」

黑熊一聽，臉上立即笑出來，故作陰險地瞥過我身後的獅群，牠身後的熊群見我道出比試方法，也都一個個笑出來，熊王的本領牠們很清楚，一隻熊掌的力量可以打死一頭成年熊，否則熊王也不會輪到黑熊來當了，此時都以爲是贏定了，咧開大嘴嘿嘿地笑起來。

我道：「熊王，你同意嗎？」

黑熊一咧大嘴，道：「我同意。」

我用眼睛在地上搜索片刻，捏起兩隻螞蟻道：「我們倆誰要是先把螞蟻給打死，誰就勝了。」

黑熊愕然道：「不是以獅子爲目標的嗎？」

我兩眼一翻道：「我何時說過以獅子爲目標？你要是怕了，就認輸。我不會勉強你的。」

黑熊哪肯示弱，咕噥了一聲道：「螞蟻就螞蟻。」

我將一隻螞蟻放在地上，微微一笑道：「開始吧，盡你最大力氣，否則輸了，你又要找藉口了。」

群熊見自己的熊王要動手了，都在旁邊七嘴八舌地叫起來，黑熊輪起碩大的拳頭，「嘿咻」一聲毛茸茸的拳頭向地面砸去，大地一陣顫抖，黑熊得意洋洋地提起拳頭看著我。

我指了指正生龍活虎從被牠砸出的一個凹陷的地方爬出來的螞蟻。

黑熊頓時尷尬起來，急忙「嘿咻」又是一拳，螞蟻毫髮無損的再次爬上來，黑熊一連打了五六拳，拳拳驚天動地，螞蟻卻每次都活得很好。

我暗暗心驚，還好沒有和牠打，不然一拳下去，我就支撐不住。見時機也差不多了，伸手攔住已經暴怒的黑熊道：「黑熊，你想要賴嗎？說好一拳，你倒是打了幾拳。」

黑熊一愣，見所有的熊都看著自己，訥訥不語，訕訕的收回拳頭，想想這樣輕易就收手好像弱了威風，於是對我道：「輪到你了。」

我呵呵笑道：「你要睜大眼睛看好，不准事後抵賴。」放下手中的另一隻螞蟻，伸出一隻指頭輕輕按下去，螞蟻立即被我捏死，又伸手按在牠那隻螞蟻身上，螞蟻立即變為粉末。

我拍了拍手，瞥牠一眼，淡淡地道：「輸了，就要聽我的話，以後你熊王的位置是我的了。」

所有的熊都愣了，沒想到在牠們眼中勇猛無比、好勇耍狠的熊王，突然就被一個瘦小的人類打敗，轉眼間熊王就易了位。

我看牠不服氣的樣子，道：「怎麼，輸了想不認賬？事先可是說好的。」

黑熊怒瞪著我，口中直喘粗氣，忽然垂頭喪氣的道：「誰說我不認賬，輸了就輸了，你現在是熊王，以後俺黑熊聽你的。」

我騰身跳坐到牠寬厚的肩膀上，拍拍牠厚實的腦袋，道：「從今天起，我就是熊王了，以後無論有什麼命令你都得聽，知道嗎?」說著召喚出「似鳳」，道：「以後有事，我會讓牠來通知你的。」

「似鳳」一出來就落到牠的大腦袋瓜上，跳來跳去的「唧唧」叫道：「大笨熊。」

「似鳳」這傢伙是所有寵獸中最聰明的了，剛才的小把戲，估計被牠看透了，唯恐牠說出來，一把將牠抓在手中，捂住牠的嘴巴，讓牠說不出話來。

我摸著黑熊的腦袋道：「黑熊，我還得去其他地方，熊王的位置，暫時有你代替，但是記住，我才是真正的熊王。」

黑熊一聽我讓牠仍暫代熊王的位置，咧開大嘴，開心的哈哈笑道：「俺黑熊一定聽從熊王的指揮。」

我滿意的從黑熊身上跳下來，帶領著群獅向熊谷外走去，我騎在飛馬的背上，身後跟著上百隻雄獅，再後面是同樣數量龐大的熊群浩浩盪盪的恭送牠們的新熊王。

下一站我選擇的是狼原，因其位置靠近獅嶺，所以選擇它。

走在路上，飛馬恭敬地道：「主人真厲害，竟然可以比力氣勝過那頭笨熊。」跟在身邊的白色獅王也隨聲附和。

我愕然道：「你們不知道我取勝的原因嗎？」

飛馬和白獅王搖搖頭道：「難道不是因爲主人比黑熊的力氣大嗎？」

我哈哈笑道：「你們可以問問似鳳，牠應該知道答案。」

「似鳳」在我身邊「唧喳」的飛著道：「我怎麼會知道，鬼才曉得，力氣大得要命的熊王怎麼會輸給你。」

我奇怪地道：「既然你不知道原因，爲何剛才一出來，就叫牠笨熊。」

「似鳳」哼了一聲，不屑地道：「牠本來就很笨。」

我無語，原來理由就是這個，看來再聰明的寵獸也永遠不會明白人類的小花招。

這一來一回，就因爲要降伏那頭笨熊，又耗費了我很多「百獸丸」，此地也無藥材，不可能再煉一爐了，以後儘量節省吧。

第十天的下午，我們趕到了獅嶺，匆匆離開繼續向狼原出發。從笨熊那裏得知，被困在熊谷的各族人，已經逃了出去，想想也是，各族人中合體後會飛行的人也不在少數，熊谷中的寵獸多半是不會飛的，自然是攔他們不住。

這樣一想，我頓時放心不少，因爲其他幾個聖地，寵獸多半都是陸生，很少會飛翔的，估計十之八九也都逃回去了。

任務減輕，心情自然就放鬆了，速度也放慢下來，再次從頭開始修煉「九曲十八彎」功法，本來我還怕由於身體被狼的血肉改造過，不再適合修煉正常的功法，沒想到修煉下來，速度倒是出奇的快，可能是有了兩次的修煉經驗，內息聚集得非常快。

之間，又化龍一次，「似鳳」倒是無所謂，因爲見過了好幾次了，已經沒有了第一次的震撼，反倒是飛馬被嚇得夠嗆，對我的神態更恭敬了。這次變身我感到與往常有些不大一樣。

那不是單純的龍的力量了，更有一種奇怪的力量潛伏在體內，有探出頭的趨勢，不過被龍丹的力量死死的壓住，抬不起頭來，這股力量對滿月有種近乎瘋狂的渴望。

我想這可能是狼的力量，因爲很古老就有狼人的傳說，畢竟我吸取了兩個狼群的精華，每隻狼對滿月的渴望都轉嫁到我身上，所以這股願望彙聚到我這裏變得尤爲強烈吧。

眼前是莽莽蒼蒼的綠草，與外面不同的是，這裏的草與地球的更加接近，大風過後，綠草重新抬起頭來，一條似有若無的小路在草原中伸展，兩邊稀疏分佈著樹木，遠處有山嶺的樣子，似乎也不高。

我在一棵樹下站定，對同樣被熾熱毒辣的陽光照射得疲勞不堪的飛馬道：「這就是狼原嗎？怎麼看不見一隻狼。」

剛才我們從空中巡視了一遍，沒有看到一隻狼，所以我才有此疑問。

一向多嘴多舌、不安分的「似鳳」也耷拉著腦袋，緊緊的抓著我的衣領，停在我肩膀上，不多說一句話，連續的飛行，尤其在這種炎熱的天氣下，不論是人還是獸都已經忍受不了了。

這一路又走了十幾天，狼原近在咫尺，卻不見一隻狼，就連普通的狼都沒有看到，甚至狼的糞便都不曾見到。

我納悶的遠遠的眺望著前方的山嶺，有飛馬帶路，自然不會認錯地方，奇怪的是，那些狼都哪去了，完全是一片靜寂，只有風聲不時灌入耳中，天氣十分的熱，失去功力也沒辦法製造出冷氣降溫。

我翻身上馬，道：「咱們先到前面的山嶺歇息，順便找些水喝。」飛馬強打精神，嘶叫一聲，振翅飛了過去。

不大會兒，我們一行就已經來到山嶺腳下，循著涓涓溪水聲，找到一個由溪流彙聚成的不大的湖，我探手入內，絲絲涼意迅速令我精神一振，掬起一捧清水飲了下去。

「似鳳」乾脆一頭栽到河水中，大口大口地喝起來，拍打著翅膀撲騰起點點水花，飛馬也俯首飲水解渴，不時地抬頭往四周看一眼。

過了一會兒，「似鳳」恢復了精神，又開始聒噪起來，喋喋不休地道：「依天，你說爲什麼狼原會沒有狼呢？是不是這裏的狼都在白天睡覺的，還是牠們都搬家了？」

我沒好氣的白了牠一眼，這個傢伙是我所擁有的寵獸中最不把我當主人的，從來都是直呼我的名字，我找了塊陰涼處坐下來，舒服的呼出一口熱氣，道：「我又不是狼，怎會知道。」

「似鳳」用牠那濕嗒嗒的翅膀在我臉上劃了一下，調侃我道：「少來了，這裏又沒有外人，你還不敢承認至少自己的一半血肉都是狼的嗎？你會感應不到牠們的氣息？」

我用兩隻手指捏起牠的翅膀，看也不看的往身後扔去，只聽「撲通」一聲，「似鳳」轉體三百六十度暈頭轉向的再次進入湖水中。

飛馬這時候也喝飽了水，踏著悠閒的步子來到我身邊，靠著我臥下來歇息。飛馬眼望前方道：「主人，這裏是狼原是不會錯的，我在年幼的時候，由父親帶我來過這裏，我還記得這裏的狼王是一隻白色毛髮的母狼，牠統領這裏大約六成以上的狼群。」

我點點頭，卻沒想到，狼群中會出現母狼作首領，在猛獸中，一般都是雄性要比雌性體型龐大，所以很少有雌性可以作首領的。

忽然飛馬站了起來，警惕的望著四周，道：「主人，我感覺到有狼的氣息正向我們這裏傳過來，可能是沖著我們來的。」

我在同一時間，也覺察到一股熟悉的感覺，那種感覺就是狼的氣味，我也起身站起來，努力分辨狼的方向，聽到那微弱的踏地聲，好像不止一隻狼，奇怪的是，腳步落地聲音很輕，好像不是成年狼。

聲音愈來愈近，叢林中一個可愛的小腦袋鑽了出來，在後面的還有幾隻陸續的跟著走出來。

最先走出的那隻小狼崽，鼻子在空氣中努力地嗅了嗅，忽然抬頭發現了我們，正要說話，突然看到「似鳳」正撲騰著翅膀從湖水中飛出來。嬌嫩的嗓音怒聲道：「你們是誰，是誰讓你們在這裏喝水的？」

我與飛馬面面相覷，這幾隻小狼崽不但不懼我們，還一副頤指氣使的架勢。

後面走出的幾隻狼崽中，其中一隻道：「你看那隻難看的笨鳥，竟然在湖中游水，把湖水都弄髒了。」

我數了數，總共有七隻小狼崽，清一色的白毛，柔軟嬌貴，粉紅色的鼻唇告訴我們，這些狼崽只是剛出生不久，體型不大，清澈如水的眼神，卻非同尋常的凌厲。

最後出來的那隻狼崽瞟了一眼濕漉漉的「似鳳」道：「那隻麻雀，膽敢玷污我們的湖水，還不快向本狼爺道歉，否則揪光你的禿毛。」

我聞言哈哈大笑，還是第一次聽到有誰這麼教訓「似鳳」呢，「似鳳」正邊從湖水中飛出，邊啄理著自己的羽毛，聽到狼崽子的話，愣了一愣，隨即「嘎嘎」怒笑，道：「這是誰家的小狼崽子，竟然這麼不懂事，你鳥大爺都活了兩百年了，還是第一次看到你這種膽大的狼崽，看來本鳥大爺要好好教育教育你才行。」

我在心中偷笑，這隻笨鳥平常最是以自己可以媲美鳳凰的美麗羽毛自傲，現在不但被幾隻小狼崽子說成麻雀，還要拔光牠的毛，難怪會火大，我道：「不要太過分，我們還要找這裏的狼王呢。」

火熱的陽光下，「似鳳」身上的水分很快被蒸發乾，陡然若箭矢般電光火石間朝最後一隻小狼崽飛掠過去。

我敏銳的眼神模糊的可以捕捉到「似鳳」快速飛行在空中留下的影子，忽然我隱約看到，小白狼倏地抬起前爪，狠狠的壓了下去，隨即耳中傳來「似鳳」的一聲哀鳴。

塵埃落定，結果卻令我們大跌眼鏡，一向以身法速度自傲的「似鳳」，竟然也會有這麼一天，牠美麗的五彩鳳衣被那隻狼崽按在蹄下，狼崽嬌憨地露出得意的笑容。

又使勁踩了一下，道：「就這麼點本事，還說要教訓我！」

其他幾隻小狼崽也都一起圍了過去，我生怕牠們把「似鳳」當食物給吃了，趕忙道：「我這裏有好吃的，和你們交換那隻笨鳥好不好？」

其中一隻抬起小腦袋，歪著頭想了想，道：「你用什麼來交換，有魚好吃嗎？」

最先那隻小狼崽，斥道：「笨蛋，這天下最好吃的就是魚了，這次背著父親偷偷跑出來，就是爲了到湖邊弄幾條魚解饞，不要管這隻蠢鳥了，等會兒父親回來見不到我們，就會找來的。」

我本意是想拿些肉脯和「百獸丸」和牠們交換的，沒料到，這幾隻狼崽原來是偷跑出來捉魚的。於是我計上心來，呵呵笑道：「小傢伙們，打個商量好嗎？我給你們魚，你們帶我去見狼王。」

一隻小狼崽立即警覺地望著我道：「你要見我們母親？你想做什麼，是不是想告訴牠我們偷跑出來捉魚的事。」

我啞然失笑，狼崽到底是狼崽，想法很幼稚。

我對飛馬示意了一下，飛馬雙翅一振，已經來到湖水的上方，忽然身體放出濛濛的白光，湖水震動，水流向上湧來，捲到半空又落下去，水中的魚兒擺動著尾翼和水流分開。

飛馬兩翅輕輕搧動，七八條肥美的魚兒落在岸上，如此這番幾次，岸上已經堆滿了跳動的魚兒，這些跳動的魚兒像是一個魔咒，不斷的誘惑著那些小狼崽子。

飛馬擁有控制水流的本事，這點小事對牠來說只是小事一樁。

狼崽們目瞪口呆的看著飛馬輕而易舉的弄出一大堆魚來，其中一隻怔怔的如同說夢語道：「這個大個子還有些本事。」

其他狼崽們邊點頭邊流口水地望著一堆活蹦亂跳的肉魚。我走過去，從中隨手抓起幾條扔給牠們。

狼崽們一擁而上，三口兩口就把幾尾魚吃了個乾淨，吃完後，目不轉睛地盯著我身邊的魚群，不斷地咽著口水，一副垂涎三尺的樣子。

我淡淡笑道：「怎麼樣？只要帶我去見你們的母親，這些魚就都是你們的了。」遲疑了一會兒，最先的那隻狼崽道：「好，成交。」還沒說完，率先向魚群撲了過來，其他幾隻也是有樣學樣，爭先恐後撲上來。

勾起牠們的饞蟲，不怕牠們不答應，我望著這幾隻活潑可愛的小狼崽子們，心中忖度，狼王的兒子就是不同凡響，各方面都很優秀，不但奔跑的速度快，而且姿勢很靈活，透出一股強大的能量。

即便像「似鳳」這種狡猾的老鳥，都被牠們輕易逮住，雖然是因為「似鳳」太過大意，但是這樣已經顯示出牠們的不凡。

片刻過後，小狼們肚皮已經鼓脹得不能盛下更多，於是心滿意足的停下來，望著還剩下很多的魚，戀戀不捨的看了一眼，道：「喂，你跟我們來吧，我帶你們去見母親。」

我將剩下的魚再送回到湖水中，然後招呼飛馬和「似鳳」跟在牠們後面，這群小狼崽們十分可愛，剛才的工夫已經跟牠們混得很熟了。

這七個小狼崽，從老大到老七各有不同的本事，老人最聰明，老二、老三力氣最大，老四、老五速度最快，先前將「似鳳」撲在腳下就是老五，老六、老七各方面都不錯，但是沒有特別突出的。

在山嶺中穿梭了一會兒，七隻狼崽逕自向一個山洞鑽去，我跟著牠們幾個矮身鑽了進去，飛馬的個太大進不去，只好讓牠在外面等我出來。

起初，山洞中還比較熱，逐漸向內，通路漸漸向下延伸，空氣也逐漸的涼起來，再往前，是個兩百多米寬敞的石洞。

七隻小狼崽舒服地躺在乾草上，我道：「這是你們住的地方嗎？」

老三接道：「是啊，還不錯吧，這裏比外面涼快多了，只是父親都不讓我們出去，每天對著石頭實在乏味得緊。」

我道：「你們母親呢？」

老大舒服的翻了個身把旁邊的老四給擠了下去，占了很大塊地方，才展開四肢懶洋洋的道：「兩個月前，前面來了一些人，母親說這些人是來搜集幻獸卵的，以前也常來，不用理他們。後來不知怎麼搞的，又來了一批人，兩批人就打了起來。不過好像最先來的那批人打不過後面的那批人。再後來，父親就讓母親帶著一些大狼前去幫那些比較弱的人，而我們小狼就只能待在這裏了。」

我環視四周，道：「小狼就你們七個嗎？沒看到有其他的小狼。」被擠下乾草堆的老四，聞言得意洋洋地道：「我們是小狼王，沒有我們的號令，牠們是不敢隨便出現的，看我的。」老四仰起小腦袋，發出稚嫩的嚎叫，片刻工夫，石洞四周傳來更多的嚎叫。

無數的小狼如潮水般從石洞四周向中間湧過來，我這才反應過來，石洞光線太暗，先前沒有注意到，這個石洞還連接著其他的地方。

無一例外的，湧進來的都是半大的小狼，稍大些的已經及我大腿了，看來看去，好像七小是小狼群中最小的了。

小狼群見到有外人在場，都睜著綠油油的眼珠子發出低沉的吼叫聲，虎視眈眈地盯著我，賣力的想在七小面前表現表現。

老四得意地瞥了我一眼，然後向狼群斥道：「都安靜些，他是我的朋友。」

小狼群頓時安靜了下來，眼神也變得非常馴服，對著我搖尾巴，看得我啞然失笑，這群小狼太好玩了，而且每個都是粉嫩粉嫩的，有幾個膽子大點的小狼遲疑地湊到我身邊，用牠們那濕漉漉的鼻子在我腳邊嗅了幾下。

我伸手在烏金戒指拿出幾塊肉脯，見面禮總要是有的，雖然少了點。有了吃的，這群小狼對我更是無絲毫芥蒂，「肆無忌憚」的在我腳邊穿來穿去。

最小的老七忽然道：「你知道什麼是幻獸卵嗎？嘿，聽母親說，我們就是從幻獸卵裏孵化出來的。」

老大忽然站起來，看著牠的幾個兄弟道：「不如我們趁母親不在，偷偷去看看吧。」幾隻小狼互相望了一眼，在眼神中達成了共識。老大一聲嚎叫，小狼群又如潮水般退了回去，一時三刻間，石洞中就只剩下我們幾個，我暗暗驚訝狼群的紀律，就連這群小狼也如同受過訓練一樣。

我隨著七小彷彿尋勝探幽般在蜿蜒的地底穿行著，走了半天，老大忽然道：「喂，我們好像走錯了路。」

老二道：「應該在上一個岔路口向左轉的，老六不是知道的嗎？」

老六委屈地道：「我只是偷聽到那麼一點，沒有聽全啊。」

就這樣吵吵鬧鬧，終於讓我們找到了儲存幻獸卵的地方，一個個狼寵卵合理地排放在石洞中，狼崽們歡呼著奔進去，望著眼前數百枚的幻獸蛋，老三調皮地用自己的腳掌輕輕拍在幻獸蛋上。

其他幾個狼崽也有樣學樣的，一個個好奇的用腳掌拍，拿鼻子嗅，老大道：「難道我們就從這麼小的蛋中出來的？我們這麼大的身體，這個小小的蛋如何放得下？」

牠們的身軀恐怕還沒有我的小腿高，我笑了笑，也走了下去，望著滿洞的幻獸蛋，心中忖度，難怪飛馬說這隻雌狼統治了整個狼原六成的狼群，只看這數量龐大的小狼和幻獸蛋，就可知所言非虛。

七小說，牠們母親帶著狼群支援來狼原取幻獸蛋的人，那些人應該就是各個部落派出來的人吧，有了這群狼寵的幫忙，他們該不至於受到魔鬼那些手下的威脅。

正想著呢，忽然聽到狼崽中的老大一聲驚呼：「母親。」

我就待轉身望去，背後忽然風聲大起，一股非凡的力量向我襲至。百忙之中，我及時施展四叔傳我的「縮地成寸」，這個功法我平時都很少用的，會飛誰還願意用走的呢，不過現在卻救了我一命，瞬間身體退後了幾米的距離，讓開了雌狼王的攻擊。

我小心謹慎地盯著面前的雌狼王，和七小一樣，通體的白色毛髮，散發著陣陣銀光，身軀達我腰部，並不如我想像中那麼般巨大，注視著我的綠幽幽的眼珠射出強烈的敵視。

剛才一擊不成功，此時收起腳掌中鋒利的指甲，威風凜凜地站在那兒。

我雙腳微微分開，雙膝半彎，身體向前傾斜，生命受到威脅的當兒，我擺出了野獸般的姿勢，這種姿勢最適合針對攻擊作出任何動作。

雌狼王忽然道：「你這個人類，爲何身上會有濃烈的狼王的氣味?」

我一怔，剛要回答，雌狼王陡然躥起，身體如同一道銀光在天空劃過，向我狠狠地撲過來。我在心中怒罵一聲，這是什麼世道，竟然連狼都知道使詐。

還好我早有準備，從容躲開，側步滑到牠的另一邊，更加小心地盯著牠。雌狼王並不如剛才般落在地上就停下來，前肢甫一落地，瞬間轉過身，四肢並用，幾個縱身即又來到我面前。

自從破繭而出那天起，我引以爲傲的靈活多變快速的身手，在雌狼王面前毫無作爲，而且被壓得死死的，無法做出有效的反擊。

潛伏在體內的獸性被激起，我猛的發出一聲吼叫，雙手晃動，僅有的那支護臂迎風展開，這是我現在唯一可用的武器，我奮起鬥志，與雌狼王廝殺在一塊，盡憑體內的獸性施爲。

獸性鼓蕩，我的速度愈發的靈活自如，氣力大增，散發的氣勁令雌狼王也不敢過分靠近。

突然間，老大又叫道：「父親！」

雌狼王久戰不下，我卻愈戰愈勇，此時見自己的夫君出現，頓時大喜，發出急促的短嗚，招呼牠一塊攻擊。

我心中大駭，一隻雌狼王已經讓我窮於應付，此時又來了一個可能比牠更厲害的，我哪會是兩條狼聯手之敵，心中惴惴不安，開始思慮退路。

狼崽的一片驚叫聲中，牠們的父親做出了一件出乎所有人意料之外的事情，將正在攻擊中的雌狼王摔到一邊，對牠道：「這是我的主人。」

我轉身望去，熟悉的身影印入我的眼簾，正是離我而去的大黑。

幾個月不見，大黑反而身軀見長，髮毛烏黑油亮，不再是以前那副整天昏昏欲睡的模樣，此刻站在我面前，展現出我從未見過威武不凡的雄姿。

我大喜衝上去，抱著大黑，如往常般揉著牠的大腦袋，大黑也伸出舌頭舔我的臉頰。

見牠的精神這麼好，我可以猜測出來，牠一定是想出辦法解決了龍丹對牠的困擾。

我喜悅地道：「大黑，你的龍丹怎麼解決了？」

大黑瞥了一眼身邊的雌狼王，又看了一眼另一邊歡蹦亂跳的小狼崽子們，我頓時明白，這確實是個好辦法，通過生育的方式將龍丹傳承給自己的後代，龍丹的力量分成七份，種植在七小的身上，隨著牠們一塊長大，就不會再出現大黑受龍丹反噬的情況。

大黑不愧是聰明的七級寵獸，以後將會隨著我再現當年的雄姿。

第二章　智慧長者

出乎意料的，大黑沒有答應跟我回到地球，看著坐立一旁柔情蜜意的雌狼王和七個活潑可愛的小狼崽，我也明白了牠的感受，父親在的時候，大黑已經跟著了父親，父親去了後，又跟著我一直到現在，是還給牠自由的時候了！

只是要徹底打敗魔鬼，沒有龍丹的力量不足以成事，所以我最後的要求就是希望大黑帶領狼群助我打敗魔鬼。

令我驚異的是，大黑不但一口答應，而且將七小送與我，讓牠們從今以後就跟著我，即便是我回四大星球的時候，牠們也要隨我回去。這一切彷佛早就是大黑計算好的。

雌狼王雖然不捨，卻沒有反對。七小對這個厲害的父親心存畏懼，得知可以離開牠的身邊，到其他地方玩，那還不是連連點頭，如果不是大黑在一邊看著牠們，七個小傢伙早就要起跟頭來慶祝了。

我是沒有辦法拒絕這個誘人的提議的，我需要七小的力量，只有牠們的力量和我的力量組合起來，這才是真正的、完整的龍的力量，才有希望戰勝那個擁有不死身的魔鬼。

大黑告訴我，當日牠與我合體後，龍丹力量大漲，反噬現象十分嚴重，已經到了千鈞一髮之際，幸好，牠憑著本能及時找到了六大聖地之一的狼原，用武力打敗了雌狼王，統一了狼群。

接下來就與雌狼王交配，不久雌狼王陸續產下七枚幻獸蛋，不到半個月，幻獸蛋自行孵化，便有了七小，七小一出生就擁有不凡的力量，而且生長速度也比同類的小狼快很多，短短幾個月的時間，已經趕上同類半年多的生長速度。

我明白這一切的異常現象極大的可能是龍丹的力量造成的，只有快速生長，不斷的促進肉體的發育，才有可能使身體強大到足夠接受龍丹的力量而不會受到傷害。

現在我身邊的寵獸只剩下「小黑」和「似鳳」，因爲上次與小黑合體，我差點被魔鬼打死，所以小黑也受到極大的影響，至今尚未恢復，靈龜鼎也失去了往日的光彩，呈現灰色破敗的樣子，恐怕得要很久才能慢慢恢復，要是我現在還有內息，倒是可以助牠一臂之力，現在只能慢慢的等了。

封印小白蛇的魚皮蛇紋刀換了李家的五大神劍，可惜「土之厚實」卻落到魔鬼的手中，大地之熊也同樣落在他手裏，現在多了七小，終於使我的實力得到了補充。

「似鳳」是與大黑相熟的，我放出「似鳳」，牠飛在空中「呷呷」的叫著，然後落在大黑的背上，開始和大黑聊天。

我樂呵呵地看著牠倆，難得大黑會願意理牠。「似鳳」忽然好像嗅到了什麼，忽然飛離大黑的背部，向我右手邊的一個支洞飛過去，我愕然地望著這個傢伙，暗自忖度牠又發什麼神經。

忽然感到不好，這個賊鳥莫不是又找到什麼令牠感興趣的東西，才急匆匆的趕過去。

我趕緊跟在牠後面，向那個支洞掠過去，大黑見我一動也隨之跟了過來，雌狼王和七小也不甘落後的跟了過來。待我們再看到「似鳳」時，只看牠趴在一個很小的池子邊，很努力地探頭在裏面喝著什麼。

我輕輕地嗅了嗅，一股濃郁的酒香飄了過來，我嘆了口氣，這個笨蛋，自打喝酒上癮，就嗜酒如命。

「似鳳」忽然飛了起來，姿勢不太雅觀，在半空中跌撞著飛起來，讓人擔心牠會突然從空中跌下來，牠忽然脖子抽動了兩下，吐出個酒嗝，打完酒嗝，彷彿讓牠清醒過來，飛得平穩多了。

牠望著我們，忽然沒頭沒腦地說道：「小傢伙，看你這次還能撲到我。」說完向我身後的七小飄飛過來，老四輕輕躍起，「似鳳」又一次的被七小給按在腳下。

我搖了搖頭，沒想到「似鳳」竟然學會了耍酒瘋，口中默念封印真言，將牠給封印回去。

大黑忽然道：「主人，這也怪不得『似鳳』。這個酒的名字爲『狼酒』，是狼寵獸破殼而出時在蛋中留下的胞液，配合地底的純淨靈泉，再融合這個星球特有的幾種植物形成的，『似鳳』剛才喝的那一池是保留最久的，大概有兩百年之久，所以酒性最烈，而且這個狼酒有一個特別之處，喝過後，全身燥熱，血脈賁張，誘發出無窮的戰意，所以不論是人還是獸，喝過狼酒都會異常好鬥。」

我納罕的聽大黑說完，感嘆了一聲，世界之大真是無奇不有，不但猴子這種靈長類的聰慧生物會釀酒，即便是這種以冷血號稱的狼，竟然也能釀出效能特別的狼酒。

我好奇地走過去，池邊上空瀰漫著濃烈的酒味，味香而濃，其中隱隱有股刺鼻的辣味。我大口吸了幾下，頓時感到身體熱起來，我大訝，只是吸幾口酒氣就有這般效用，難怪「似鳳」喝得發酒瘋。

突然手掌一陣顫抖，我正納悶的時候，幾乎快被我遺忘了的肨嘟嘟的肉蟲陡然從我手掌中鑽出來，縮動著圓滾滾的身體，急不可耐的一頭鑽進酒池中。

我轉頭向「大黑」苦笑了一聲，自我解嘲的道：「唉，真是不好意思，自從你走後，我收的都是酒鬼寵獸。」

大黑用牠那獨特的厚重聲音道：「主人，你不用介意，小狼說把這池狼酒都送給您。」

「小狼？」我愣了一愣道，忽然瞥見一邊的雌狼王眼中分明顯露出一抹嫵媚，想必「小狼」這個稱呼是牠們夫婦之間的膩稱吧。

我對雌狼王笑了笑，然後對大黑道：「替我謝謝你夫人，反正都是一家人，就不和你們客氣了，這池酒我收下了。」

看到牠，我才想起，手背上還有一株植物，這兩個好像沒什麼用的寵獸，因爲沒有什麼能力讓我借用，我都已經把牠們拋到腦後了，我還記得當時在石族的時候，每天都得餵牠和「似鳳」一碗烈酒，幾個月沒有給餵牠，竟然還沒死，生命力還過得去。

就在此時，酒池中陡然發出異怪的白芒，濛濛的一片，淡而窄，圍成一個團狀，我盡力望去，剛好看到那條肉蟲吃力的扭動著肥胖的身軀，那個樣子好像是在蛻皮，我皺了皺眉，耐心地看著，心中上下打鼓，難不成這個肉蟲也會有什麼變化不成？

過了一會兒，白光退去，肉蟲蛻去一層皮，露出更加白嫩的身軀，體型不變仍是胖胖小小的，只是那對小小的黑眼珠彷彿增加了不少靈氣，抬起胖胖的前身，望了圍在酒池邊眾獸一眼，陡然跳起來，鑽回到我手心中。

我在心中笑罵一聲，這條破蟲子，沒有什麼本事，只知道寄宿在我身上，把我當旅館一樣，想出來就出來，想回去就回去，連我召喚的真言都省了。

我取出幾個葫蘆，分別裝滿了「狼酒」，這也算是天地靈寶了，再經過葫蘆中的靈氣改造，可以想像以後的效果會更好。

有了狼群的照顧，我倒是也不擔心被困在此地的各族族人，當晚便住在了狼洞中，狼洞裏四通八達，彷彿是天生的地下迷宮，雌狼王告訴我，自從狼群在此聚集的時候，這個洞便已存在了，後來便被數代狼王佔據作爲自己的巢穴。

到了牠這一代狼王，更是充分利用這個巨大的天然寶藏，將幾個石洞分別劃爲貯藏食物、存放幻獸蛋、養育幼狼以及各狼的住處。

一晚上的工夫也與大黑商量好所有的事宜，待我走訪其他聖地，並收服其他的幻獸後，聯合各部落的勇士一同出發，揮軍直指魔鬼的老巢——自由島，當然之前我還得走一趟自由島的天然屏障——猴山！

收服了猴山中的群猴，對我們攻破自由島會收到事半功倍的效用。

除了猴山，我還有三大聖地未去，「豹子林、蛇溪、樹窩」，這三個地方我得先走一趟，最後才是猴山。

揉了揉湊在我懷中的七小，我對以後的工作信心百倍，七小不但擁有龍的力量，而且本身也擁有雌狼王和大黑的優秀基因，再過一段時間，七小就可以和我合體，到那時候就是我直搗自由島的時候。

望著七小橫七豎八的不雅睡相，從心底散發出笑意，我彷彿看到勝利的天平已經開始慢慢向我這邊傾斜了。

翌日，我在雌狼王的帶領下，見到了各族被困居此地的族人，告訴他們這一切情況的真實情況，他們半信半疑，我倒也不在意他們是否相信我，只要他們回到部落中，自然會知道我所說不假。

大黑答應我帶領著部分狼群守護他們，送他們回去。

解決了所有的事，我告別大黑夫婦，帶著七隻歡欣雀躍的小狼繼續我的使命，下一個目的地是樹窩，因爲樹窩與豹子林挨得很近。

七匹可愛的小白狼，出乎我意料的擁有非凡的體質，不但輕鬆跟上我的速度，而且有餘力在路上嬉笑打鬧，有了牠們不時插科打諢，我的心情輕鬆多了。有時也陪著牠們胡鬧。

「似鳳」兩次折在七小手中，本分了不少，對七小有種說不出的畏懼，我看在眼裏笑在心中，真乃一物降一物。「似鳳」彷彿因爲上次喝「狼酒」的關係而戒了酒，一路上都不曾跟我提起酒的事。反倒是手掌中的肉蟲不時地鑽出來，搖動著胖乎乎的腦袋向我抗議要酒喝。

從狼原到樹窩，最快也用了我們近半個月的時間，用這半個月的時間，我抓緊修煉「九曲十八彎」，終於在月圓之夜借月能的幫助，打通淤塞的經脈，一連度了一曲兩劫，進入第二曲的境界，已經可以借助寵獸的力量合體了。

小龜受的重傷在我的幫助下，又有「百獸丸」和「混沌汁」的藥效，也恢復得差不多了。

這樣一來，我的實力迅速上升，有了小龜和我合體，我的修為基本上可以達到鼎盛時期的七成，雖然只有七成，已經給了我很大信心。

第十六天的早上，我帶著彷彿活力無限的七小來到了樹窩的地界，望著眼前一眼望去無限廣闊的針葉林，心中感慨萬分，想要在第四行星上找到這樣大的樹林真是很難得。甫一進入林中，一股青苔混雜著腐木的潮濕氣味撲鼻而來。這種樹林雖然在這顆行星很難見，但是我在地球上可見得多了，所以並未覺得有什麼新奇。

倒是七小從未見過這麼大片的樹林，興奮的嗷嗷叫著，左蹦右跳在樹林中四處掠動，我放心的跟在後面，這七匹小白狼雖然說是還未長大的幼崽，但就其擁有的力量來說，很難再有什麼怪獸能對付牠們，何況牠們有七隻之多。

走著，走著，林中的空隙不知不覺間減小了很多，只剩下一條可通人的羊腸小徑，兩旁的樹木枝條奇怪的或橫呈，或豎立，或斜依。

突然，樹枝發出「嘎吱、嘎吱」的聲音，粗大的樹枝緩慢地移動起來，看那意圖是要將我和七小困在當中。這點小把戲，我見過太多了，當下冷哼一聲，全神戒備，氣貫四肢蓄勢待發。

一棵不開眼的大樹，艱難地揮動著它大而粗壯的枝椏向我擋過來。

我雙腳點地彈起，內息以氣劍的形勢向枝椏削過去。「噹」的一聲，在極爲驚訝的情況下，被彈了回來。指劍彷彿碰到金石，不起眼的枝椏竟是出乎意料的堅硬。

我氣運雙眼仔細地觀望，那個被我擊中的枝椏，被我切出一個很深的傷口，從中不斷地冒出綠色的液體，一滴滴落下來，大樹發出一陣顫動，好似極爲疼痛。

見它也似知道疼痛，心中鎭定不少，向七小處看去，不禁啞然失笑，七小因爲個頭十分小巧，動作卻又出奇的靈活，笨重的樹枝根本連牠們一根毛也碰不著。

七小反而將其當作練習的對象，不斷的蹦上跳下，從樹枝上鑽進跳出，玩得不亦樂乎。

我知道這裏已經到了樹寵的領地，怕這些靜立的普通樹木中，每幾棵當中就有一棵樹寵，當下對它們大喝一聲，「歸位！」

七小戀戀不捨地放棄剛發現的有趣玩具，幾次躥動回來到我身邊，我默念召喚真言，小龜被我呼喚出來，大喊一聲「鎧化」，彩光流轉，身上已經披上一套堅硬烏鎏放光的鎧甲，手中拿著一把龜劍。

暫時的修爲只能令我一次合體，想要進行二次合體怕要過了第二曲才會有辦法。被我灌注了內息的龜劍舞動中，閃爍著烏亮的光芒。我威武不凡的朗聲喝道：「我是石族的長老，有要事要見你們首領。」

那些撩動的樹枝、藤蔓忽然靜止下來，四周萬籟俱靜，半晌過後，忽然響起一個震盪耳鼓的聲音道：「就憑你們小小的人類，也想見我們首領？哼，回去吧，首領吩咐過我們不要傷害人類的性命。」

聽到它的聲音，我不禁吐了一口氣，看來幻獸的語言是不分動物還是植物的，我又道：「我有很重要的事，是關係到這顆星球存亡的要事。」

事實上，我並非是誇大，以魔鬼的本領，想與四大星球爲敵，無異癡人說夢，他或許可能逞一時的強橫。

當四大星球上的強者聯合起來的時候，他絕對不會倖免。這並不是誇大之辭，憑四大聖者的修爲，任意一位都可以和他打個平手，任意兩個都能穩贏他。

當魔鬼被打敗的時候，第四行星將會作爲四大星球洩憤的對象而毀滅，到時候，這個星球的所有生物都難逃此劫。

先前的聲音又響起來，這次明顯的帶著敵意，怒聲道：「滾！你們的人，『長者』已經放了他們，不要再待在這裏騷擾『長者』的靜修。」

聲音過後，四周的樹木一起揮舞著枝條示威，「刷啦啦」的聲音在寂靜的森林中分外的刺耳。

我皺了皺眉頭，之前並沒有想過，樹窩中的樹寵會這麼不友好，在我心中，樹木花草是最熱愛和平、最友好的生物，我暗暗的緊了緊手中的龜劍，烏光如電火花一般在劍端一閃而沒。

看來是沒什麼好說的了，這一段時間我已經學會，當理講不通的時候，使用武力是你最好的選擇。腦中閃現過黑熊的胖大臉盤，嘴角輕輕抽動，顯出一絲笑容，道：「最後一次，我不想和你們動用暴力，我有很重要的事要和你們首領說，如果你們不讓我見你們首領，那麼很抱歉，只有讓我使用武力來達成我的願望了。」

「哈哈！」它忽然爆發出如人類般的笑聲，接著戛然而止，怒聲道：「無知的人類，你們和別的種族相處，難道只會用這種方式嗎？」

感嘆一聲，知道再無轉圜的餘地，心中湧現出無限的鬥志，眼中暴射出金光，龜甲也彷彿感應到我的鬥志，彩光在龜甲上如水一樣流動，此戰許勝不許敗，我喝道：「那好吧，就讓我們用武力來決定正確！」

那個聲音冷哼道：「這不正是你所期望的嗎？」

它的聲音剛落，四周的樹寵一起向我這兒攻擊而來，動作竟比先前快了許多，柔韌而速度極快的藤蔓，配合著堅硬而力大的枝椏，發出幾倍之前的威力。

七小興奮的發出低沉的「吼聲」，鎖定地看著席捲而來的敵人，綠幽幽的眼珠釋放著兇狠的目光，隨時準備擇人而噬。

我暴喝一聲，雙手握劍，搶先發動攻勢，劍光散動卻依然凌厲，四下的藤蔓凡是觸到劍光，無一例外的被絞成碎末。劍勢變老，交及右手，左手一展，蛇皮護臂化爲戰鬥態。左右開弓，兩手交互廝殺，不大會兒，地面已落滿了斷枝和綠色觸手，我仗著武器之力和極其靈動的動作，一時間無往而不利。七小始終跟在我四周，上躥下跳，爪撕牙咬，竟也戰功頗豐。

先前那個聲音忽然又道：「我倒小看了你，你這個人類特別的狡猾。」

我站在群樹中間，聽到它聲音，立即放開六識，緊緊的跟著聲音循過去，想要找出聲音的真身，這裏處處是樹，看起來都毫無二致，實在令我無法分別，究竟是哪一棵樹在和我說話。

四周的樹木陡然又靜止下來，彷彿在等待命令，進行下一輪的攻擊。

我也謹慎地盯著每一棵樹木，小心它們突然偷襲。

無形的壓力瀰漫在四周，一種看不見的氣場，牢牢的將我和七小給鎖住。

就在一觸即發的情況下，一個彷彿來自天際的蒼老而有力的聲音，悠悠的從林中深處傳出來：「烏木，放我們的人類朋友進來。」

先前那個聲音哼了一聲，卻出奇的沒有出聲反對，冷冷地道：「放他們進來。」

一陣繁雜的聲音，彷彿整個森林都陡然地顫抖起來，原本被圍得嚴嚴實實的空間，忽然間豁然開朗，一條可並行的通路魔術般倏地在眼前展開，通路的盡頭，可看見一棵矮壯的大樹獨立。

那個蒼老的聲音再次響起：「過來吧，孩子，你不會受到傷害。」

溫雅的聲音在森林中迴盪，我遲疑了一下，隨即收起手中的龜劍，解除鎧化，溫和的聲音令我感到它對我是沒有敵意的，所以才如此爽快，剛走了幾步，突然被一個驟然出現的粗大樹幹給擋住。

我疑問的往那個樹籠望去，高大樹身怕有十幾米，枝繁葉茂，在樹身大概三米高的位置，長了一張大嘴和兩隻眼睛，此刻正怒目望著我。

遠處那個悠然無絲毫火氣的聲音及時傳來：「烏木，讓他們過來吧，他們不會傷害到我的。」

「哦，它就是烏木。」我心中暗道，抬頭仔細的望著它。烏木瞪了我一會兒，才不甘心地舉起自己的手，放我過去。

看它們如同人類般擁有情緒，而攻擊敵人的時候如人類行兵打仗樣，有板有眼，進退有序講究戰略，我爲之暗暗心驚，隱隱感到此次我可能是見到了不一般的超卓人物。

越是靠近那個神秘的樹寵首領，心境越是安詳，有一種莫名的力量在影響著我，心中感到十分平和，體內原本翻騰的力量，也安靜、平緩的在經脈中流動著，隨著步伐的移動，我漸漸看清了它的模樣。

五六米高的樹身，長得與普通的樹幾乎沒有什麼區別，唯一的區別是樹枝上的綠葉，嬌嫩欲滴，要比其他的樹更充滿蓬勃的生機。

一米高的位置，兩對大眼正慈祥地望著我，鼻子下面是一副濃密白色鬍子，嘴巴中看不見牙齒，褶皺的樹皮彷彿是它的皺紋。

烏木口中的「長者」見我走近，眼睛中露出淡淡笑意，伸起彷彿是手的樹枝，向我招了招道：「孩子，到我這裏來。」

在空中與它的目光相碰，頓時感到一陣心虛，好似自己沒有穿衣服，在它眼中，我沒有任何秘密可言，那種完全暴露在陽光下的感覺，令我沒來由的興起膽怯的念頭。

覺察到我心中的膽怯，「長者」呵呵的開心笑出來，半晌始道：「孩子，你怕什麼？你有不可告人的秘密嗎？」

「長者」的目光彷彿可以穿透世上的一切，我本存著的驚顫情緒被它一激，頓時鼓起勇氣，大步向它走去，邊道：「我來是想尋求助手，合力剷除一個擁有邪惡力量的魔鬼。」

「長者」沒有回話，只是笑吟吟地看著我，充滿智慧的目光，忽然飄出五彩光芒，將我籠罩起來。天旋地轉自己驀地陷入一片無邊的黑暗，四周如死般靜謐，眼前陡然出現一束柔和白光，通向無限遠處。

彷彿感到呼喚聲，我怔怔的邁步向前走去，剛踏入白光中，眼前一閃，又看到了「長者」的一對磁性的雙眸。

「長者」狀甚欣悅，收回目光，呵呵笑道：「孩子，我看到了你的未來，正如我以前所預料到的，是充滿荊棘磨難的一條路，但是令我開心的是，你毅然的一路走下去，將希望帶給了全人類。」

我愕了一愕，不知道他爲何突然說出這種奇怪的話來，看到我的未來？我很懷疑，一個人的未來充滿無數的變化，又怎麼可能看得見？

皺了皺眉，想接著方才的話繼續說下去，告訴它我要借用它們樹窩的力量。「長者」

忽然開口，不疾不徐的道：「孩子，不要這麼沒有耐心，你想要告訴我的事，我早已經知道了。」

我驚訝地道：「你已經知道了？」

烏木好似不忍心目睹我的無知，突然插嘴道：「這顆行星只要有植物、有花草的地方，就沒有『長者』不知道的事情。」

我大訝，望著「長者」道：「這，這怎麼可能？」

長者瞥了我一眼，隨即闔上雙眸彷彿進入沉思中，半晌，徐徐睜開雙眸，淡淡地望著我道：「孩子，讓我來講個故事給你聽吧。」

我漸漸被它充滿神秘的表情給吸引，不由自主地點了點頭。

「長者」徐徐道：「在幾千年前，大概有五千年了吧，那時候我還只是一個樹籽，我的主人將我從地球帶到了這裏。」

我失聲道：「五千年前，你的主人怎麼可能辦得到這件事的？」旋即想起在別人說話的時候插嘴是一件很沒禮貌的事，馬上捂上嘴巴，尷尬地望著「長者」，「長者」滿含笑意地望著我，但是沒有責怪。

「長者」解釋道：「我的主人也是一個修煉武道的人，在你們人類當中算是一個卓越的人物，那個時候，他的修爲已經可以使他辦到這件事，在他探索未知宇宙的時候遇到這個無名的星球，那時，這個星球光禿禿的，沒有樹木、沒有鳥獸，更沒有人類，只有些許的綠色植物。

「於是我就在這顆行星扎下了根，主人一直陪著我待了兩年，直到我長大，可以獨立生存，才離開我。」

我驚訝地道：「他到哪裏去了？」

「長者」並沒計較又一次的被我打斷，慈祥地笑了笑道：「我的主人是一個嚮往自由，熱愛生命喜愛探索的人，隨後他可能是接著進行他的宇宙之旅了，雖然我的主人修爲驚天地泣鬼神，但是沒有人能活這麼久，我想，現在他可能已經化爲宇宙的塵埃了。」

我嘆了一聲，心中十分惋惜，這樣高的修爲比起義父他們又高了不知多少，要是有緣相見該多好，可惜，「長者」的推斷一下子打斷了我的想法。

「長者」接著道：「在隨後的千年中，我不斷的長大，直到有一天，我忽然有了思想，有了智慧，我開始有意識照顧著身邊的小樹木，它們也一天天的長大。又是兩三千年過去了，某天，這裏忽然出現了人類，但隨後便又離開了，過了很長一段日子，他們又回來了，並同時帶來了很多他們口中的寵獸，接著一些人類被擱置在這顆星球上，一些人死了，一些人適應了當時的惡劣環境活了下來，不久，這些人類便再也沒有來過，隨後的幾百年中，被留在此地的人類，孕育出了現在的文明。」

「哦！」我感嘆一聲，第四行星上的歷史被「長者」娓娓道來，我也大致弄清楚了，我疑惑地道：「你還沒有告訴我，你是怎麼會知道這顆行星其他地方發生的事情？」

「長者」呵呵一笑，道：「當你和我一樣活上五千年的時間，你就會擁有和我相同的神通，這是無法用語言來表述的，不過，我可以告訴你，這顆星球上，每一棵花草都是我的眼睛，透過它們，我可以清晰地看到每一件事情。當然那個沉睡了百年的邪惡的人類，更不能逃過我的眼睛。」

我倏地怒道：「你既然目睹了他的邪惡行徑，爲何你不阻止他！」

「長者」面對我的質問，並沒有反駁，嘆道：「上天賦予我無窮的智慧，卻沒有賦予我行走的本領。」

我頓時爲自己魯莽的行爲感到一陣陣臉紅，自己竟然忘了，這些樹木天生是沒有辦法移動的，我訥訥的道歉道：「對不起，我忘了，忘了……」

「長者」笑笑道：「我預測到將會有一個年輕而富有愛心的人類出現，將那個邪惡的人類剷除，果然過了不久，你就來到這裏，打你第一天來到這裏的時候，我已經開始密切地注意你。」

我道：「您覺得我就是您預測的那個人嗎？」

「長者」肯定地道：「沒有錯，你就是我們的救星，只有你才可以統領六大聖地的寵獸，令它們臣服於你，並且結合人類的勇士，將邪惡的力量給徹底毀滅。我雖然沒有辦法幫助你，但是我將以另外一種形式助你一臂之力。你走近一些。」

我順從的向它走去，「長者」邊伸出自己的手臂，邊道：「不要小看任何生物，它們的存在便證明了它們的偉大，你的身體中有一個我的同類，它的力量尚未覺醒，讓我來幫助你促進它快速生長起來吧。」

粗大的手掌蓋在我的頭上，一股奇異的力量鑽了進來。

我隨即一陣的眩暈，蒼老而平和的聲音傳來：「這股力量並非是用來戰鬥的，但是它將會幫助你度過一個一個的難關，相信我，孩子，珍惜這股力量，當有一天你被心中的黑暗所控制的時候，它將帶你重回光明。」

那株駐紮在我手背上的樹寵，受到這股奇異力量的刺激，迅速地生長起來，很快在我體內形成一個綠色的網路。

一種奇怪的呼吸聲，突然在耳邊響起，綿長而微細。綠色的生機將我給包裹起來，令我感到無比的舒適。

「長者」的聲音又一次傳來：「孩子，某一程度來說，你是我力量的傳承者，所以你也將會擁有我的神通，可以與樹木交流，通過它們的眼睛來觀察世界，只是你的能力是有限的。」

我驚喜地道：「真的嗎？」說著就想試試這種本領。

「長者」呵呵笑道：「孩子，做事要有耐性。你現在還無法做到這一點，只有當你把我給你的力量與自身相融合時，才能辦到。」

我不好意思地道：「那得需要多長時間？」

「長者」望著我道：「這得看你是否努力，不過暫時你不可以修煉，只有當你本身的修爲超過我輸給的能量時候再來修煉，這樣必有事半功倍之效，否則有害無益。」

我詫異地道：「爲什麼還有這樣的規定？」

「長者」露出古怪的笑容，悠然地道：「如果你想永遠在這裏陪我這個老頭子，那就儘管練好了。」

我恍然大悟，可能這股能量會令我木化，如果我沒有其他的能量來抑制它的話，可能會就此化爲一棵大樹，再也無法離開此地了。

既然達到了此行的目的，我謝過「長者」然後向它告辭，準備立即動身去「蛇溪」，時間無多，必須趕快才行。

出乎意料，當「長者」知道我的下一個目標的時候，阻止了我道：「孩子，蛇溪方面就由我這個老傢伙來幫你解決，你放心的去其他聖地吧。」

我訝然，搞不懂「長者」爲何主動把這事攬到自己的身上。

「長者」道：「所謂的蛇溪，只是牠們每年此時用來產卵的地方，事實上，牠們一年大部分時間都是生活在這裏，茂密的樹林給牠們提供了躲避場所和大量的食物，更重要的是，這裏的氣候遠比外面要潮濕和陰涼，所以過不了多久，牠們就會從蛇溪趕回到這裏。」

我立即明白過來，暗自忖度這樣倒是很好，省了我不少事，也不用費腦筋考慮如何來收服蛇寵。

謝過「長者」，我立即動身趕向最遠的豹林，現在是要和時間競賽，不得不辛苦一些，好在有七個可愛的小傢伙，倒也不覺得累。

有了「長者」的預言，心情也不再是那麼心急火燎的了，雖然依舊急著趕路，但對未來的威脅倒不是那麼擔心了，其實我並不是十分相信一棵大樹說的話，即便它有了好幾千年。

不過我還是按照它的囑咐，沒有去修煉它留在我身體中的那股奇特的能量，雖然我很想感受一下通過花草樹木看到的世界究竟是個怎麼樣的情況，不過還是忍住了，每天在休息的時候都會努力的修煉「九曲十八彎」功法。

又度過一個月圓之夜，我發現體內有三股力量蠢蠢欲動，一種是紅色的能量流，那是龍丹的力量，也最爲強大，死死的壓著另外兩股力量；一股是青色的能量流，搞不清是什麼東西，據我自己估計應該是狼的力量，由於我身體一半的血肉都是狼的，可能因此而擁有了狼的本能力量；再有一股是綠色的，這股力量最爲弱小，但是在身體中佔據的面積卻最大，因而受到另外兩股力量的合力抵制。我想這該是「長者」留在我體內的能量。

最後就是我自己的力量，與這三股力量相比，任何一種，我都遠遠不及，如果回到我最爲鼎盛時期的力量來說，也就是當我修煉過第三曲進入第四曲的時候，可能超過綠色能量，比起青色能量還要差一些。

想到這我不禁有些沮喪，以前修煉的那麼快也吃了不少苦頭，而且是因爲機緣好，才修煉到那種程度。

現在一切從零開始，不知道何年何月才能修煉到原來的境界。

令我不解的是，當月圓之夜來臨時，三種能量都有抬頭的趨勢，身體彷彿成了戰場，三種能量都要搶佔控制權，可惜與龍丹的力量相比，其餘兩種顯得太渺小了，根本不堪一擊。

龍丹的力量使我化身爲龍，擁有非凡的力量，如果我幫助其他任何一種力量取得控制權，那會是怎樣一番情景呢。想到這，我便不敢再想下去，至少是不敢真的去做，原因無它，萬一「長者」留下的能量令我變爲一棵不能移動的大樹，那該如何是好！

我仰望如圓盤似的明月，吸收著傾瀉而下的月能，這些能量很大部分都被龍丹吸收了，只有少部分月能被貯藏起來，感受著大股大股的月能被龍丹毫不可惜的轉化爲一丁點龍之力，心中真是痛苦。

這麼多的能量要是補在自己身上，差不多已經足夠讓我度第二曲的了，實在是可惜。

我忽然想出一個衡量自己的力量與龍丹力量的比值，就是以月能轉化的多少來衡量。結果發現月能與龍丹力量轉化爲幾百比一，而我現在的修爲差不多是一比二。自身的修爲竟然比龍丹差幾百倍，唉，這還是不完整的龍之力，等到變成完整的龍丹，不知道還會強大到什麼程度呢。

我竭力的避免所有的月能都被龍丹吸收掉，待到天明，竟也是收獲頗豐。可惜樂極生悲，殊不知體內的另外兩股力量竟然也是不勞而獲的小賊，合力把我辛苦一夜存下的能量給瓜分得丁點不剩。

我欲哭無淚，怎麼也沒想到，兩股能量竟是喧賓奪主。

這令我頗爲頭疼，我本想靠著每月一次的月圓從龍丹那裏獲得一些月能來迅速提高自己的修爲，誰想到那兩個小賊打破了我的美夢，怎麼才能使它們安分守己呢！

直到我與飛馬和七小來到了「豹子林」，也沒有想出一個好辦法來解決此事，只有將此事暫時放下再說，大不了就靠自己，一步步的修煉。

我收拾情懷，暫把擾人的念頭放到腦後，目前最重要的事情，還不是考慮怎麼去協調這三股能量。

七小在腳下穿梭跳躍著，隨在我和飛馬身邊向「豹子林」進去。

不遠處，幾頭長尾花斑豹正瞇著眼睛望著我們一人幾獸悠哉的向牠們的領地走近。

「豹子林」很寬闊，與樹窩排列密密麻麻的樹木不同，這裏同樣很寬廣的樹林，多半沒有參天古木，最高的也就六七米，稀疏的佔據著大片的面積。每隔三四米才有一棵樹。

我站在林子的邊緣處，沒有再往前走，因爲眼前有幾隻貓科動物把我們給攔住了，從牠們不太友好的眼神中，我感到如果再往前走，牠們會毫不猶豫地撲上來。

七小面對四五十公斤重的成年豹子，顯得很興奮，顯然牠們是第一次見到這種美麗而危險的動物。沒有我的允許，牠們不會擅自行動的，從小牠們就從狼群中學會要服從狼王的命令。

不過即便沒有我這個狼王的指示，牠們仍是雀雀欲試，想要挑戰眼前從未見到過的寵獸。

我一眼掃去，眼前的豹子寵都是級別很低的，大部分是三級以內的奴隸寵，只有一兩個是三級以上的，不過以三級野生寵獸普遍要比培養的寵獸高一到兩品來算，這群豹子寵的力量倒也不容小覷，至少我一個人是對付不來的。

我對著打頭的那個三級以上的豹子寵高聲喝道：「我要見你們首領。」

可能牠的級別較其他豹子寵要高，察覺到了眼前的一人數獸都擁有非比尋常的力量，較爲客氣地道：「人類，我們豹群正在進行豹王挑戰，你還是等一段時間再來吧。」

我愣了愣，不知道牠口中的豹王挑戰是怎麼回事，望了一眼飛馬道：「你知道豹王挑戰是怎麼回事嗎？」

飛馬道：「就是牠們豹群中有其他的成年豹子向牠們首領挑戰，如果牠戰勝了，牠就是豹群的新首領，舊豹王會被驅逐出群落，如果挑戰不成功，牠的下場就是被豹王撕成碎片。」

第三章　命墜猴山

夜幕終於降臨，天邊升起點點星光，受到豹群的阻攔，我無奈的偕同飛馬和七小在林子的附近暫時安定下來。

篝火上，我心不在焉地烤著兩隻野兔，這一手還是和石龍學來的，七小在一邊目不轉睛地盯著我手中的美味，不住地咽下大把的口水。

飛馬忽然道：「主人，沒有豹群的幫助，我們一樣可以由主人帶領五大聖地的幻獸們，聯合人類向那個邪惡的傢伙宣戰吧！」

我苦嘆一聲，不知該怎樣回牠。與魔鬼作戰，當然是要多兵力越好，誰知道以現在的人馬是否敵得過他，也許豹群的加入正好可令我們勝過他。

我搖搖頭不曉得該怎麼作，最後的一步就是用武力來征服牠們，可是憑我現在的修爲再加上七小和飛馬，一人八獸怎麼可能敵得過一整群成千上萬的豹子。就算是搬援兵也得一個月以後才能到，到那時就算是成功使豹群臣服，也已經遲了。

就在我苦惱的當兒，突然感到有人在碰我，我低頭看去，只見七小中最小的那隻小傢伙，正眼巴巴地望著我，忽然鼻中嗅到一股焦味，立刻意識到，手中的兔子被我烤糊了。

我趕緊將兩隻噴香卻夾雜著一股不協調的怪味的兔子給收回來，將內息運到手上，將兔肉給撕成七塊，分別分給七小，七小不顧兔肉的高溫，開始大塊朵頤。

望著牠們貪婪的吃相，我也只好趕快將自己的肚子給填飽，否則牠們幾個不知道飽為何物的貪吃鬼，一準吃完還會要我手中的。

就在我們分秒必爭的搶吃屬於自己的那份食物時，林中忽然傳來一聲嘹亮的咆哮聲，不大會兒，豹群騷動起來，厲吼在林中此起彼伏，我大訝長身站起，向黑幽幽的樹林中望去。

七小完全被美味吸引，只顧低頭一個勁兒的吃著。借著淡淡的星光，我朦朧地看到所有的豹子都在引頸嚎叫，好像在慶祝什麼。

我問道：「飛馬，你能猜到裏面發生什麼事了嗎？為什麼會突然叫起來？」

飛馬道：「可能是新的首領產生了，或者是挑戰者被殺死了。」

「哦。」我點點頭，坐了回來，這倒也算是個好消息，既然豹群安定了下來，我們明天可以再去見見這位豹群的首領，抑或挑戰獲勝的新首領。舉起手中剩下很大部分的兔肉正待吃下去，餘光卻瞥見，一眾小傢伙正睜著溜溜的眼珠子盯著我。

我哈哈一笑，伸手揉了揉牠們的小腦袋，慷慨的將手中的兔肉拋給牠們。七小見有了吃的，團團圍過去，將剩下的部分給瓜分了。

正要躺下休息，忽然有所警覺，立即從地面彈起，飛馬和七小也有所警覺，向樹林的方面望去。

一對綠油油的眼珠出現在我們視線中，黑暗中，一個身影被拉長了的豹子逐漸從暗處走出，眼神帶著憤恨和濃濃敵意。明顯的敵對情緒，立即令七小進入戰鬥狀態，齜牙咧嘴的對著那隻突然出現的豹子。

面對我們一人八獸，牠雖然小心謹慎的邁動著步伐，但是神態卻絲毫不把我們放在心上，好似我們只是微不足道的小爬蟲。

這隻不請自來的豹子，體格壯碩，四肢強健，微微張開的嘴巴，不時反射出一絲白森森的寒光，望著我們的眼神充滿了不屑。

只看牠的表面，我可以篤定的說牠定不是一般的豹寵，在豹群中應該擁有不低的位置。只是令我奇怪的是，牠本該潔淨無染的美麗皮毛，此時卻多處汙血，華麗的皮毛幾處被抓裂，露出裏面的血肉，其他一些地方也同樣傷痕累累。

飛馬忽然低聲道：「牠是豹王！」

沒錯，從牠的氣勢和一身傷痕來看，十分吻合這個判斷，牠是豹王或者牠是挑戰者，但是如果是挑戰豹王的傢伙，按照飛馬的說法，牠應該被撕得粉碎了。這樣一來，牠十有八九就是豹王。

我上前兩步道：「請問，你是不是……」

剛說到這，牠敵視的眼眸中忽現厲芒，低吼一聲，竟作勢向我撲來，我待要轉身躲開，卻見到牠剛跳起就摔了下去，倒在地面，彷彿暈了過去。

我立即判斷牠傷勢太重，馬上兩個箭步來到牠身邊，將牠抱回到火堆邊，沉甸甸的重量，我估計牠大概有兩隻成年豹子的重量，只看牠的體型和氣勢，我實在想不透還有什麼樣的豹子能強過牠！

治人不行，但是治寵獸我還是頗有一手的，馬上取出四粒「百獸丸」，兩粒塞到它嘴中，另兩粒碾成碎末混合水，小心地洗去牠受創處的血污，然後塗抹上一些從地球帶來的草藥。

還好牠受的傷都只是些許的皮外傷，不打緊。我舒了口氣，在牠身邊坐下，打量著這隻驕傲的豹子，心中一個念頭漸漸地浮了出來，越來越清晰。

我轉頭問飛馬道：「被打敗的首領會怎麼樣？」

飛馬望著一動不動躺在地面的昔日豹王，頗有感觸地道：「像牠一樣，永遠被趕出族群，永遠也不能回來，從此只能形單影隻的在外面遊蕩，直至老死，除非……」

我好奇地問：「除非什麼？」

「除非有一天，牠可以重新打敗新首領，坐回到自己的位置。不過那幾乎是不可能的，一般族群首領受到挑戰多是在自己年老體弱的時候，能打敗豹群站在豹王面前的都是年輕而充滿活力的豹子，而且必定是豹群中最強大的豹子，當豹王被打敗的那一刻起，就註定了舊的時代過去，新的時代到來。」

我哈哈大笑道：「若是那豹王並非年老體弱，又如何哩？」

飛馬仍然沒有明白我的意思，道：「就算不是年老體弱，也很難重奪回原屬於牠的權利了，牠的驕傲和牠被打敗的恐懼，會深深地折磨著牠，並且牠僅有一次挑戰的權利。」

望著安靜地躺著的豹王，腦中又回想到剛才見到牠時，牠凌厲、不屈的眼神，嘴角禁不住露出一抹笑意，心中暗道：「我相信你的眼神。」

第二天清晨時，昔日的豹王，今日的失敗者醒了過來，我遞上早已準備好的食物和水，同時說出了我的提議，我想這個提議是牠無法拒絕的，還有什麼比重新奪回屬於自己的權力對牠更重要呢。

我的提議是：我負責治好牠的傷，每天提供足夠的食物，幫助牠奪回豹王寶座，而當牠重新為王時，要帶領豹群幫助我攻打自由島，除去那個邪惡的魔鬼。

牠出乎意料沒有答應，可當我告訴牠，其他五大聖地都已經答應助我一臂之力的時候，立即答應了下來。

我暗笑牠真是一隻有強烈自尊心的豹王，牠之所以答應我，十有八九是因為知道飛馬是「鷹子崖」的首領，而熊谷的首領黑熊也向我臣服，狼原中最兇狠的狼群也以我馬首是瞻，至於樹窩和蛇溪同樣答應了我的請求，這所有的一切令牠覺得，答應我的要求不會太丟臉。

我們離開「豹子林」，在十幾公里外找了一個山洞住了下來，豹王的傷勢漸漸有了起色，如果沒有我的草藥和「百獸丸」每天的供著，不知要等多長時間才能恢復呢。

和牠混熟了，也知道了那天奪王的內幕，竟是和魔鬼手下「沙拉畢」有關，因為他們妄圖驅動豹群夥同他們一塊攻擊來搜集「幻獸蛋」的各族族人，豹王的自尊心令牠帶領豹群與那群「沙拉畢」發生了一場戰鬥，結果是豹王負傷。

最後來，豹群中突然崛起一個年輕的成年豹子，趁牠受傷挑戰豹王威權，不用說，結果豹王含恨飲敗，遇到了我們。

知道這段事情，我更加堅信自己的判斷沒有錯，只要等牠傷好，一定能夠打敗新豹王，重拾自己的權力。

豹王一天天的好起來，飛馬不時的陪牠練練，瞧著牠矯健而有力的身姿，我確定牠真正的好了，我決定再過幾天，觀察一下牠的傷勢，就正式重回「豹子林」。

七小與豹王互相看不上眼，只是七小這些天只顧滿足牙齒上的欲望，倒是沒有和牠起爭端。真要打起來，七對一，恐怕就算是六級的野寵豹王也未必能勝。

時間一晃就是兩個星期，反覆觀察確定豹王已經恢復了往日雄風，我騎坐在飛馬背上，七小和豹王奔跑著跟在身後，向「豹子林」進發。

來之前，我給豹王提了一個要求，讓牠在打敗新豹王的時候不能殺了它，原因是新豹王能夠戰勝牠，必定擁有非凡的力量，是我們攻打自由島不可或缺的一員。

豹王一馬當先走進「豹子林」，豹群擋在我們身前，見到昔日的首領，豹群已了無往日的敬畏，謹慎地盯著我們。

突然一聲厲吼，豹群陡然分成兩排，新豹王悠然的獨自走在豹群當中，看見豹王，驚異地停住了腳步，隨即高傲的向牠走了過去。

一山難容兩虎，當然一個豹群也絕對不允許有兩個豹王，新老豹王就在豹群的見證下，隨即展開了最後一次生死角逐，這次無論勝負都將是一個終結。

上一次新豹王占了老豹王受傷的便宜，這次，老豹王生龍活虎，狀態比起以前尤有勝之，交鋒不久，便高下立見。但新豹王也算是了得，苦苦支撐了半個鐘頭，才被老豹王打敗。

豹王一腳踩在這個膽敢冒犯自己王威的手下身上，漸漸張開嘴巴，露出白森尖利的牙齒。

看情形，牠是想要一口咬斷牠的喉嚨，我不得不立即出聲提醒牠事先和我的約定，豹王瞥了我一眼，仍怒瞪著腳下的失敗者，半晌才闔上鋒利的牙齒，收回自己的前爪，驀地對豹群發出長吼！

豹群紛紛響應，樹林中再次迴盪著驚天動地吼叫聲，重登王座，豹王顯得十分興奮，坐了沒多久就被趕下來的新豹王，垂頭喪氣地爬起身來，望著高高在上的豹王，不敢出一聲。

事情很順利，幾乎沒費多少工夫就收服了六大聖地的寵獸們，這一刻腦海中出現一個景象，彷彿又回到了幼小的年代，里威爺爺在和我們說「力量之源」的故事。

多少年，「力量之源」口耳相傳，據說，「力量之源」聚集了聯邦時代所有強大的寵獸，任何人只要擁有其中一隻，都必將能縱橫四海，無人可敵，也因此無數的人都夢想能夠找到傳說中的「力量之源」。

傳說多是以訛傳訛，六大聖地的寵獸雖然擁有眾多級別不低的野寵，但卻不是那種獲得一隻就可以擁有無窮力量的那種。即便這樣，合在一塊也是不容小覷的強大力量。

今天，我不但找到了「力量之源」也就是六大聖地，而且成爲六大聖地的主人，借助它們的力量，我一定可以徹底將魔鬼的生命烙印從現實世界中抹去。

又在「豹子林」待了一天，我告別豹王再次動身出發了。

計畫進展順利，現在已到了最後部分，最後一個目的地——猴山，要去猴山，必定要經過「鼠窩蛤蟆村」，「鼠窩蛤蟆村」聚集了各種奇形怪狀的寵獸，這是唯一不是群居的寵獸生存地，歹毒怪異的寵獸分別以其他寵獸爲自己的食物。

因此，我要萬分小心才行，不然一個不小心在那裏受了傷，至乎丟了小命，便實在不值得。

按照約定，我放出「似鳳」，通知石頂天，要他集合各大部族的人類勇士向白由島秘密前進了。我出來也有幾個月之久，想必各部族已經結了盟約，只等我的通知了。

即便以「似鳳」的快速，全力前進也得一個星期才能飛回到石族，等到人類盟軍趕到這裏，最快也應該是一個月以後的事情了。通知完石頂天，「似鳳」還得馬不停蹄的分別趕到六大聖地。

以寵獸們的速度，大概要比人類盟軍提前兩到三天趕至。

這份苦差事，「似鳳」自然是老大不情願的，不過還好牠有貪吃的習慣，我用了三十粒「百獸丸」和十株「九幽草」外加兩塊大片的「鳳凰蛋殼」、三分之一葫蘆的「猴兒酒」、十滴「混沌汁」才使牠心甘情願的接下這份差使。

牠的要求幾乎將我手上所有好東西都一網打盡，看來，牠不但沒有忘記這些好寶貝，而且每天都在惦記著哩！

我心中暗罵這隻臭賊鳥，平時什麼都不做，靠我養著牠，到了關鍵時刻需要牠幹些事，居然還敢勒索我這個主人。這次沒辦法，只能向牠妥協，待我以後一定要想辦法連本帶利要回來。

「似鳳」心滿意得的一陣風似的飛出去，很快就不見了蹤影，忽然瞥見腳邊蹦上跳下的七小，心頭忽然產生一個好點子，「似鳳」兩次灰頭土臉的栽在七小手中，我以後要好好利用，呵呵~

心中一想以後處置「似鳳」的悲慘場景，頓時舒服了不少，被勒索了大量寶貝而心疼的心情也好了不少。「好！」我象徵性的一揮拳頭，眺望遠方，喝道：「咱們出發！目的地——猴山！」

猴山離這兒已經很近了，大概也就一個星期就能趕到。七小歡呼一聲，搶先向前方奔馳絕塵而去，「嗚嗚！」飛馬也一聲長嘶，振翅而起，我哈哈大笑，緊跑幾步，騰身高高躍起，凌空翻滾，穩穩當當的落在飛馬的背上，一人八獸在無垠的大草原上身形漸漸遠去。

經過六天的疾馳，我們提前一天抵達了自由島的前哨——「鼠窩蛤蟆村」，渡過這裏的危險地帶就是猴山，靈長類本身就是具有非凡靈性的獸類，我相信只要能安然抵達猴山，一定可以說服牠們！

這裏離自由島太近，爲了安全起見，我決定晚上行動。

似火驕陽在燒烤了一天的大地後，終於疲倦的落下西山，天邊的晚霞美麗而短暫，夜幕終於君臨大地，明月也升上天空。

今天的月能特別充足，身體的力量已經按捺不住的蠢蠢欲動。我仰望星空，星羅棋佈的夜空有一種神秘的美麗，再過兩天便又是月圓之夜。我現在最歡喜的就是每月一次的月圓，可以無止盡的吸收純淨的月能，補充給自己虛弱的身體。

身體中三股能量互相爭奪控制權和月能的事仍然沒有解決，苦惱歸苦惱，但是我已經想好了，另外一個辦法，就是將月能藏在三股能量所不及的地方，這樣就可以保存下來，供自己的能量煉化。

我輕喚一聲，小龜憑空出現，與我合為一體，我功力未復，修為不足，安全起見，我只好召喚出小龜進行鎧化，這樣一來，只要不出現太強大的寵獸，都能自己對付。

手握龜劍，我走在最後，飛馬在前面開路，而我負責斷後，並且這樣也可使走在中間的七小沒法調皮嬉鬧。

我們小心翼翼地走在泥濘的路上，這片雨林，可能剛落過雨水，道路比較滑，不太容易行走，也虧得我們都不是普通人，走得還算順暢。

不時的蟲鳴，令我彷彿感到好像走在鄉間小路上，差點就放鬆自己的警惕心。六識全力辨別著周圍的一草一木，陡然心中一緊，來不及招呼走在最前面的飛馬，一條几米長的巨尾橫掃而來。

待到巨尾離身前不及三米的時候，才發現，原來並非是巨尾，乃是一種奇怪的獸類，尾巴的頂端長著一張巨嘴，滿嘴鋒利的牙齒正向飛馬噬去，飛馬及時剎住去勢，瞬間射出一股水箭，正射中怪獸的嘴中。

巨尾受創，唉叫著，尾巴在天空甩動，我這時才發現牠的根部長在地上，是沒法移動的，只有靠長長的身軀捕捉來往的動物。

飛馬動作不停，接連有噴出幾股水，竟是格外的冷，使怪獸身上結了一層層薄冰，立即抑制住怪獸的靈敏。我低喝一聲，騰身躍過飛馬的頭頂，手中龜劍帶起道道煞氣，瞬間將怪獸分屍。

腥血四濺，忽然樹林「漱漱」的響了幾聲，幾個體態矮小的蜥蜴一般卻沒有長尾的不知名怪獸被吸引過來。

我一愣，隨即轉身躍過去，劍起劍落，竟是順利的將幾隻剛出現的怪獸給擊斃。我低喝一聲道：「快走，有更多的怪獸向這裏趕過來了。」

我們一行，動作迅速的在林中穿梭，不經意的回頭瞥了一眼，大概幾十隻剛才的那種怪獸正大口的吞吃著地面的屍體。

大自然是不會浪費資源的，這些失去生命的寵獸，雖然斷了氣，身體仍為其他寵獸的生存作出了貢獻。

雨林中的動靜越來越大，剛幹掉幾隻雙頭蜘蛛，更多的又已經冒出來，左前方，隱約的身影可以分別出有大量的小型寵獸正在往這邊趕來，我頭皮發麻，終於色變！

功力提高到最巔峰，六識也更加靈敏，放眼望去，那群正急匆匆奔過來的小型寵獸竟是一隻隻大愈貓狗的老鼠，成百上千的老鼠帶起一股鼠流向我們湧過來。

「天哪，這裏的老鼠都成精了嗎！一個個長這麼大！」我心中暗罵一聲，加緊往右前方逃逸。這些老鼠究竟是吃什麼長大的，竟長得這麼肥，待我以後有時間，定要來把牠們烤成鼠肉！

穿過雨林，前方出現了一個湖泊，是我上次經過的地方，那次，我還看到一隻大如小山的蟾蜍從湖中爬出來捕食，希望牠有晚上睡覺的習慣，否則我真的要喚「菩薩保佑」了。

想歸想，速度可一點沒減慢，我邊放出靈龜鼎，邊躍上飛馬背上，飛馬輕嘶一聲，騰空而去從湖的上方穿越，七小被我托在靈龜鼎上，也飛越而起跟在我身後。

突然間，破空聲響起，一個長長的黑影正急速的從斜下方向我和飛馬電射而來，飛馬應變不及，將我給甩下身來，還好我的內息已經夠我使用「御風術」了，我駕著晚風，在半空站穩，小心地盯望著看似平靜的湖面，微波粼粼的湖面隱藏著驚人殺機。

我雙手持著龜劍，注視著湖面，六識使盡全力的感覺著下方的異動。

突然，再一次破空聲，我清晰地看到，向我們攻擊來的東西，根本就是一條長長的舌頭，大概是那隻小山似的蟾蜍在作怪。

我怒喝一聲，心中暗道：「老子今天讓你榮登極樂！」心中豪氣翻湧，駕風飆射迎去，接觸的一刹那，陡然帶動身軀旋轉，全力一劍削在那條噁心的舌頭上。

沒想到，蟾蜍的舌頭，竟比我猜想中要柔韌多了，龜劍及體，深深的陷進舌頭的肉中，再彈出時，蟾蜍的肉舌卻安然無恙。

我大駭，受到我的攻擊，蟾蜍立即做出了反應，舌頭靈活異常的帶著一股腥臭向我卷過來。我仗著敏捷的身法，與牠糾纏，透過湖面可隱約看到牠龐大的身軀正隱藏在湖下。

雖然沒被擊中，但是倒吸了不少牠舌頭散發出的臭氣，頭不一會兒，感覺昏昏的，才醒悟這種臭氣是帶毒的。

飛馬轉身前來幫我，吐出股股水箭，擊中在蟾蜍舌頭上，牠的靈活度陡然降低了不少，我定睛望去，心中大喜，原來牠的舌頭被飛馬吐出的水與冷氣給冰凍住了。

我哪還猶豫，一聲低叱，手中龜劍散發出條條墨光，信手一揮卻是帶動了全身的功力，長長的舌頭頓時在空中化爲十條八條墜落下去，我輕喝一聲，尾隨著舌頭急追下去。

此時已經使上了「霜之哀傷」中的御劍訣，人劍合一，朝著隱藏在湖水中的巨大蟾蜍投去。我的去勢急快，一路勢如破竹，將牠剩下的舌頭斬成兩截，只餘下短短一截收了回去。

劍甫一接觸到蟾蜍巨大的背上，頓時凹陷下去，接著一股大力將我給彈起，跟著再是一股毒水向我濺來，我驚呼一聲，連忙躲開，也放棄了趁勢將牠擊斃的誘人念頭，百足之蟲死而不僵，像牠這種毒蟲，逼急了，我也討不得好去。

擰腰借力，我踏風而去，危險來得快，去得也快，轉眼間，四周又回到了死一般的寂靜，我收拾情懷接著向前趕。

有驚無險的安然渡過「鼠窩蛤蟆村」，前方的猴山隱約可見，我感嘆一聲，經過這麼多苦難，終於來到了終點站，當然這還不算完事，還有最後一場艱苦、慘烈的戰鬥等著我。

收了靈龜鼎，解除了鎧化，我偕飛馬和七小走在山路上，來到半山腰，找了一個空曠的地方停了下來，想起剛才險機百出的情況，仍禁不住感到一陣陣的頭皮發麻，這「鼠窩蛤蟆村」堪稱是寵獸發源地中最危險的一個，當真是物以類聚，也只有魔鬼這般邪惡的人才會招引這麼多毒蟲怪獸。

揀了一個乾燥的地方，盤膝坐下，行吐納之術，驅除心中的不安和吸到體內的毒素，越接近成功越是要小心行事，所以我才要打坐一下，令自己恢復到最佳狀態。

平常情況下，我雖然不能任意吸收月亮精華，但是充足的月光能令我特別集中精力，行功之時也是事半功倍。沐浴在月光中，心境漸漸平和，感到通體舒泰，意識也若有若無的向四周擴展。

倏地，一片烏雲將月光遮住，我陡然醒來，警覺的望著四周，我感到一股強大的邪惡力量，正向這個方向趕來，速度不快不慢，顯得十分悠然。飛馬和七小也分別感應到我心中不安，紛紛站起身。

很快一個身影出現在視線中，我凝神望去，頓時心緒大亂，腦袋也一片混亂，來人竟然是我全力要對付的魔鬼，他的提前出現，頓時將我全盤計畫給打亂。

現在打起來，我還不是他對手。七小剛剛長大，勉強能夠與我合體，今天又非月圓之夜，無法讓我動用龍丹的力量變身為龍。

這一切來得太突然了，我怔怔望著他直抵身前，卻無法做出反應。

魔鬼仍是一副慈眉善目的樣子，望見我好似非常開心的哈哈大笑起來，道：「小傢伙，咱們又見面了，你真是令我很吃驚，受了那麼嚴重的傷被扔到狼群中都還未死，不但未死，還宰了兩群狼寵。看來我是低估你了，我真想知道，究竟是什麼令你在重傷之下，仍能逃出生天。」

望著他，腦中不由自主的浮現當天戰鬥的場景，心中一陣驚慄，心臟砰砰跳動，說不出話來。

魔鬼淡淡地望著我，悠然道：「我在想第五星球究竟誰有這般本事，不但聯合了所有部落一起抵抗我，令我無法痛下殺手，達殺一儆百之效，而且還能統一六大聖地的寵獸。到今天我才知道原來是你。」

我漸漸鎮定下來，冷靜地望著他，心中知道，今晚又是一個死局，能否逃生就看我的表現了。

魔鬼瞥了我一眼，接著道：「我非常氣憤，但是更想看看，這般人物究竟會是誰，今天看到你，更證明我的眼光沒錯，可惜，你還是功虧一簣，我知道你定不會放過猴山這塊地方，想要和我對戰，這可是最有利的前哨了。」

「哼，」我冷哼一聲接口道，「所以，你就一早潛進猴山，等我前來。」

魔鬼呵呵笑道：「沒錯，爲什麼像你這麼聰明的人就是不明白呢，和我作對只有死路一條，歸順了我，你就有無數的好處！」

我呼出一口氣，道：「你已經失去了人性，在你身體中流淌的是魔鬼的血液，你的處事方式，讓我看清你是冷血的怪獸。」

魔鬼嘿嘿笑道：「是這樣子嗎，看來你還不夠聰明，看不清這個世界的本質，強權才是真理，軟弱的物種就應該被淘汰，這是自然的定律。」

我怒喝道：「你把那些花朵般的少女，弄成那般樣子，抽離她們的思想，剝奪她們行動的權力，把她們和植物合成一體，當作你的食物在花園裏養著，這就是你的自然定律嗎？」

魔鬼沒有生氣，面帶笑意地看著我道：「你是從地球上來的，應該吃過各種葷菜吧，人類將各種動物做成各式各樣難以計數的美味，比起我猶有過之吧，何況人類不是也把動物圈養起來，想吃就抓來殺了，做成佳餚嗎？」

我喝道：「這怎麼一樣，我們吃牠們，是因爲要生活，就像貓要吃老鼠一般，這是食物鏈的法則。」

我說出這番話，也頗爲心虛，明知道他說得不對，卻仍不知道該怎麼反駁他，只好勉強說出幾句，來撐場面。

魔鬼哈哈狂笑道：「食物鏈的法則，那麼我告訴你，很不幸，我正處在食物鏈的最頂端，萬物盡皆是我取之不盡的食物。」

「唉。」話說到這，已經沒什麼好說的了，我既不肯臣服他，他必然要致我於死地，防止他會突然出手，我暗暗的戒備著。

魔鬼似笑非笑地瞥了我一眼，油然道：「看來你是已經準備好了。」

我冷望著他，道：「這次你想讓我怎麼死？」

魔鬼淡淡的道：「爲何聰明人總要做傻事。上次沒打死你，今次我很想看看，你會否還能再生一次。」

話說得很明白，他已下定決心要徹底將我擊斃！

我默念召喚口訣，欲要和七小合體，想要脫生，只能借助七小體內的龍丹的力量。剛念出口訣，忽然想起一件事情，急道：「不好！」

龍丹的力量分爲七份，分別在七小的身上，而我從來沒試過一次和七隻寵獸合體，可惜，念頭剛起，就已經遲了。

立在我身邊的七小，忽然化爲七道綠光，紛紛向我身體迎來，而且位置多有不同。身體猛的一震，七股力量不分先後的湧進體內。

七股力量分別環繞在頭部、胸部、背部、雙臂、雙腿，然後在丹田部分交匯，形成一股粗大的能量流遊走全身。

原本就存在身體中的三種能量都蠢蠢欲動起來，其中屬狼的那道能量最爲活躍，龍丹的力量雖然很強大，卻因爲未到月圓之夜，反而在三股能量種最爲穩定。彷彿是受到了召喚，狼之力和七小的能量驟然彙聚，腦際轟然巨震。

奇異的能量瞬間遍佈全身，骨骼「劈啪」作響，身體彷彿長大了不少，待我回過神來，驚喜地發現，這次合體竟然較我最鼎盛時期的合體仍要高出幾分。

魔鬼本來還意定神閑的看著我變身，最後終於色變，眼睛中射出驚人的寒光，道：「合體狼人，小傢伙的花樣還挺多，每次都能讓我有新的驚喜，上次是一把神劍和大地之熊，這次不但未死，反而修爲又精進許多，我當真要認真對待。」

我不經意地打量著自己的變化，合體變爲狼人令我實力大增，而且肉體與外貌都跟著變化了，此時的我就是一隻直立行走的巨狼，特徵與狼無異，肉體的強韌得到極大的強化。

冷冷地瞥了一眼魔鬼道：「你想不到的事還多著呢！」

魔鬼故作啞然失笑狀，悠然地抽出他的「噬天棍」，不疾不徐地道：「如果你技止於此，那麼很抱歉，我要告訴你，今晚你必死無疑。」

我試探的揮動毛茸茸的手爪，道：「鹿死誰手，尙未可知呢！」

魔鬼嘿嘿一笑，道：「小傢伙無疑是很聰明的，可惜太天真了，你今次比起上一次又如何呢，最多不過修爲些許長進，不過這點進步在我眼中沒有什麼區別，上次我沒盡全力，這次我仍然不用盡全力就可以輕鬆把你殺死！」

我喝道：「那麼多廢話，等動手才知真假。」不等說完，我已經搶先一步動起來，迅捷無比的速度瞬間將我拉到他眼前，鋒利的狼爪，陡然直插他的心臟，諒你是不死身，沒有了心臟，仍然得死。

他彷彿早料到我會如此做一般，手中的「噬天棍」迅速橫移，頓時將我的變化封死，同時不作任何停留，繞過我的手臂向我胸膛點來。

與七小合體後，不但是力量大幅度增強，連速度和敏捷度也增強了不少，把狼的特性完全發揮出來。

我相信，以我現在的身法，很少有人能夠超過我的了。

他能擋住我的招式，早在我意料之中，身體迅速側移，帶動手臂一塊兒往旁邊繞去，烏光一閃，左手的護臂已經是戰鬥態，陡然伸長的武器，令他促不及防。

我倆身形交錯而過，護臂上森森的幾根鱗刺留下了鮮紅的血跡。

狼的兇殘狡猾本性，一點一點在激發著我，令我在戰鬥的時候，都在想著如何才能更有效的將敵人斃命，這不符合平常的心態，也許這就是「長者」告誡我說的心中的黑暗，只有他留在我體內的那股能量才能幫我消除。

魔鬼慢慢轉過身來，怒目望著我，半晌忽然哈哈狂笑起來，道：「我是低估你了，不過接下來，你沒有機會了。」他猛的將手中的上古神器插在面前的地面上，喝道：「長！」

「噬天棍」陡然放出閃爍光芒，與月光相比毫不遜色，棍身不斷的長大變粗，其上如鱷魚皮般的花紋愈發明顯。

魔鬼嘿嘿冷笑，叫了聲停，將一人高手臂粗的「噬天棍」拔起，道：「對不起，我有神兵利器，而你沒有，世界就是這麼不公平，你今夜飲恨此地，就怪你自己太蠢吧，與強者作對是十分不智的。」

說完，他揮動「噬天棍」帶起一抹彩光，直向我的頭頂劈下來。

我以前也有和用棍的對手打過，那人就是高老村的劉一勇，當然他的修爲是不能和魔鬼相提並論的，即便是給他提鞋子，恐怕都不配。

想起劉一勇那個被我廢了武功的傢伙，嘴角露出一抹殘忍的笑意。棍這種兵器是非常兇猛的，但就單打獨鬥來說，並不如劍的威力來得強。棍強調「砸、點、掃、挑……」等要訣，當然我不會傻得以爲魔鬼會按部就班地使用這些老套路。

修爲到了他這種程度，即便是一個草棒也能使出十八般變化。

「噬天棍」作爲上古神物，我在前一次已經充分領略了它的威力，此時見魔鬼終於認真起來，也打醒十二萬分精神，小心翼翼地躲避著神棍的威力。

「噬天棍」在魔鬼手中彷彿活了起來，變化無窮，所有招式連貫得連水也潑不進。

我遊走在「噬天棍」的週邊，雖然他耍得虎虎生風，氣勢萬千，但在我眼中，卻比以前慢了很多，我雖然修爲遠不及他，但卻有一種掌控全局的感覺，所有的變化都在我意料之中。

我當然不會蠢得以爲他修爲不過如此而已，事實上，他的修爲可以用深不見底來形容，因爲他曾說他若使出全部力量，會大大減損他的壽命，所以他很少拿出全部力量。

他太大意了，過於堅信力量強過我，就一定能勝我，又捨不得折損壽命拿出全部力量來對付我，大概這個就是我能否逃命的決定條件。

採用避實就虛、遇虛就實的打法，一時間與他打得旗鼓相當，光華在我和他之間四溢，卻沒有以實碰實的交過一招。

魔鬼眼見明明修為高我很多，偏偏奈何我不得，又捨不得動用全部修為，打得漸漸火起，手中的「噬天棍」更是以燎天之勢，在周圍爆出無數的棍影。

化身為狼人令我占盡了便宜，動作迅速得連肉眼都無法捕捉到，最難得的並不在於此，而是口耳眼鼻以身體的觸覺都隨之本體的速度得到了一致的提升，所以我才能在威力驚人的「噬天棍」下，遊蕩了半天仍能不受一點傷，這全靠六識的判斷，六識能夠與本身的速度達到一致，看到、聽到、感覺到，身體也立即隨之變化。

否則只能覺察到卻不能及時反應，仍是枉然。

這種程度的提高，我想至少得我修煉到第五曲或者第六曲的境界，才能夠辦得到。瞅準機會，我當機立斷，大膽的穿過他漫天掃動的棍氣，覷準他的要害，毫不猶豫的全力攻下。

魔鬼陡然發出一聲驚天動地的尖嚎，手陡然收回，五根鱗刺已然沒入他的體內，只留下根部，在月光下閃閃生輝。

一招得手，我毫不留情的連續暴擊，儘量讓他無法有還手的餘地，一時間，勁氣連天，巨響連續在猴山傳開，魔鬼一招即失，滿盤皆輸，如同木偶在我手下拋來擲去。

直到他無力地倒了下去，連「噬天棍」也滾落在身邊不遠處，望著他如同一灘泥般倒在地面。我不敢停留，迅速地展開身法，全力向遠處逃去，我知道，他遭到這種程度的打擊，惱羞成怒下，必然不惜耗損生命，全力追殺我。

所以，我得在他醒來之前，有多遠就逃多遠，當然我也不會認爲自己可以趁此機會幹掉他，他的修爲能夠瞬間爆發，那時我必定是死無葬身之地，現在死局中出現逃生的機會，我一定不能錯過。

萬千思慮在電光火石間從頭腦中閃過，認準了方向，我拚命的向前狂飆，希望可以在他醒來之前拉開我們之間的距離，令他放棄追殺我的念頭。

魔鬼緩緩的從地面爬起，眼眸變成紫色的眼珠射出惡毒的神情，可令人不寒而慄。喉嚨發出「咕嚕」的異響，望著我已逃得杳無蹤跡的方向，忽然發出一聲巨大的厲吼。

接著若無其事的，用左手將已經被我打斷的右臂給接上，輕晃兩下腦袋，發出骨節的脆響，突然身體發出無形的罡風。

第四章　靈猴救主

魔鬼顯然是氣急，釋放出的罡風如同刀子般削過四周，方圓十米內，盡皆成為不毛之地，塵土飛揚中，魔鬼如同炮彈瞬間掠了出去。

我雖然速度很快，卻還沒可能在幾息之間就跑出猴山的範圍。

剛才跑錯了方向，飛馬被我留在了與我相反的位置，不然可以讓飛馬馱著我逃離此地，那樣該快得多了。

我邊想著，邊向前飛快的掠動，突然我感到一股強大的威勢逼過來，我驚駭地發現魔鬼赫然立在我面前，百忙之中，我陡然旋轉身體換了一個方向，不作任何停留的繼續飛行。

當我剛飛出不多遠，就看到魔鬼已經在我眼前等著我了，如此這般連續換了好幾個方向，仍然沒法逃脫。

魔鬼並不出手，只是攔在我身前，猙獰的面孔帶著戲謔的表情，彷彿在看一隻無力逃脫，卻拚命掙扎的獵物。

幾次過後，我終於放棄逃跑的誘人念頭，我在心中已經想通了，他既然能夠瞬間從背後趕超我，那說明了他現在的速度遠在我之上，沒想到他爲了殺我，竟然願意以損耗生命爲代價，施展全部修爲追趕我。

我嘆了一口氣，在他面前站定，心中曉得，他既然動用了全部修爲，已經說明他要殺我之心是如何堅決了，我們兩者修爲差這麼多，我既逃不了，那麼也就只能死戰了。

魔鬼臉上佈滿了煞氣，哪還有一點平常的和藹神情，嘿嘿的笑著，道：「跑啊，怎麼不跑了，很久沒有玩貓捉老鼠的遊戲了！」

死心已定，也就沒什麼好怕的了，反正都是死，既然都是死，還不如死得有尊嚴一點。我淡淡地道：「出手吧，我知道你不會放過我的。」

魔鬼好像非常欣賞我的鎮定，片刻間，突然怒氣沖天地道：「混蛋，你以爲你是什麼東西，竟然讓我消耗自己的生命來殺你。」

說完忽然神情又冷靜了，道：「哼，你以爲有了必死的念頭，就可以很容易的死去嗎，讓我來告訴你，你的死法將會是什麼樣子的。」

我不爲他的話語所動，冷冷地道：「有差別嗎？」

魔鬼道：「差別很大啊，你上次不是死後就復生了嗎，誰敢肯定你這次死後會不會還能活下來，所以我決定，在你死之前，我要一點一點的打斷你的四肢，廢了你的氣穴，就算你再活過來，也只是一個可憐的殘廢人，哈哈，那種感覺一定很好。」

面對死亡，剛才的我沒有絲毫畏懼，在我腦海裏，冥冥中總感覺我不會真正的死去，我會如同上一次，再一次活過來。死亡只會作爲我重生的一種方式，當我醒來，將會更加強大。

我沒想到魔鬼竟然看透了我的想法，我不得不承認他是一個可怕的敵人，不論是在修爲和智慧上，都有常人難以企及的高度。

如果，真如他所說，我的四肢和修煉的根本——氣穴都被他給廢了，恐怕我真的就只能永遠當一個廢人，如此，我還不如真正的死去！

想及此，心中頓如死灰，萬念俱滅。

突然，只是瞬間的工夫，魔鬼驟然動起來，如電光一樣從幾十米一下子出現在我眼前，因爲喪失了反抗的念頭，反應也變得遲鈍起來，象徵性的一招同歸於盡的招式也落了空。

身體傳來胸骨碎裂的聲音，力氣如水銀一般四下散去。

魔鬼的攻勢如狂風暴雨般朝我傾瀉而下，不過力道卻把握得非常好，不會令我馬上死掉，我全無還手之力的任他蹂躪。

心中後悔不已，在他陡然發難的那一刻，我就已經意識到，自己是上當了，這令我徹底喪失了活命的機會。

原因就在於，他雖然動用了全部的修爲，但仍想儘量少用自己的力量，所以才會說出那番話，在潛意識中打壓我，令失去勇氣，在我缺乏警覺的那一刻，才驟然出擊偷襲成功。

悔之晚矣，我被他當作肉袋一樣，盡情地發洩之前失敗的痛苦。

魔鬼停下手，得意地望著我，嘿嘿笑道：「知道自己錯得有多離譜了嗎，你和我的差別就在於我比你多了幾百年經驗累積的智慧。」

我全身都已經失去動彈的可能性，只有眼睛尚可以活動，見他說出這番話，恨不得撲上去生咬他兩口。

魔鬼悠然的繞著我身體轉著圈道：「接下來，就要實現我剛才所給你預告的死亡方法的預言了。你說我從哪裏下手比較好呢，你希望是手還是腳，是先左邊還是先右邊。」

他譏笑地望著我，忽然道：「我忘記你已經沒法說話了，不如這樣，如果你決定是先手就眨一下眼睛，是腳就眨兩下眼睛，左邊就眨三下，右邊眨四下，這個主意不錯吧！」

我在心中不停的怒罵著，可惜卻於事無補，怪只怪自己太嫩，被他三言兩語就給騙了。不然好好利用他愛惜自己生命的機會，說不定就可逃出生天呢，一切都已經晚了。

魔鬼對我怒視的神情，視而不見，欣然道：「這個問題可能對你來說，都非常難選擇，不如這樣吧，讓我來替你作答吧。」

說完手中忽然發出一股氣直沖我的丹田，貫穿而過，劇烈的疼痛中，身體猛的往上拋動，四肢猛烈的抽搐了幾下。頭上冷汗之冒，即便我心如死灰，這種強烈的痛楚也令我的精神陡然一振。

血水汩汩的從身體上的大洞流出來，魔鬼見我痛苦的樣子，狀甚開心，哈哈狂笑著，兩手齊動，我的手腳也隨之被他打斷。

我雙眼無神的望著高掛天空的明月，如果今夜是月圓，我想戰局的結果將會是相反的吧，是我太大意了，小看了他，如果我再謹慎一點，也不至於弄成現在這個下場，蒼天弄人！

魔鬼雙手發力將我從地面吸起，一隻手掐在我脖頸，面無表情，淡淡地道：「如果這樣你還能復活，我實在無話可說了，就算是我死在你的手裏，也只能怪老天故意和我作對！」

魔鬼說完手中驟然發力，我含恨而去，又一次死在他手上，帶著無盡的憤恨。

月空下，魔鬼憑空而起，身上的衣服隨風而動，在配上那副絕佳的偽善面孔，除去手中極不協調的屍體，倒彷彿是世外高人。

魔鬼又回到「鼠窩蛤蟆村」，徐徐從空中落下，將我的身體扔在地面，口中忽然發出人耳難以聽見的聲音，這種頻率的音波只會被某一類生物聽見。

不大會兒，無數的蚱蜢個個如拳頭大小，從「鼠窩蛤蟆村」四面八方聚集過來，鋪天蓋地如移動著的烏雲，魔鬼看著我的身體被這些異種蚱蜢裹了一層又一層，嚴嚴實實連風也吹不盡。

魔鬼非常滿意眼前的場景，沒有任何眷戀的立即飛身離開，再也沒有看我一眼的念頭，一個不論再怎麼令他欣賞的人才，一旦變成了沒有生命的屍體，他是不會有興趣看第二眼的。

弱肉強食便是這樣，沒有利用價值的人，不配活著。

可惜，他雖然活了好幾百年，也仍不能神通廣大到瞭解這世界上的每一件事，就像是我的復活，他恐怕就算是死也不會明白的。

在我死去的剎那間，龍丹的力量就開始迅速活動起來，卻沒有如上次那樣，從身體內從溢散到體外，由於這次肉體被破壞得太嚴重，龍之力充滿全身，忙著修補遭到破壞的地方。

當漫山遍野的蚱蜢覆蓋到我身上，妄圖咬食我身體的時候，龍之力及時在我的體表形成一層朦朧的淡紅光暈，阻擋著牠們。

可惜，這一切魔鬼都無法看到，所以他才放心地離開了。

過了很大一會兒，遠處傳來大群的腳步聲，聲音很輕，顯得腳步很輕盈，無數的蚱蜢「吱吱」的叫著，竭盡牠們每一分氣力，妄圖破壞保護我的光圈。

百多隻猴子，突然出現在我身前，望著裹著我的蚱蜢群，猴子們突然拿出一種奇怪的草葉，這種草葉很普通，卻散發著一種難聞的怪味，很快蚱蜢群受不了這種氣味，振翅從我身體上飛走。

有調皮的小猴，不時的迅速跳起，落下時，手中已經抓了一隻拳頭大的蚱蜢，毫不猶豫的塞到嘴中大嚼起來，吃得津津有味，看牠開心的樣子，想必這種蚱蜢平常也是牠們的餐點之一，否則不會如此熟悉對付牠們的方法。

不大會兒，異種蚱蜢跑得一乾二淨，露出我發出微弱紅光的身體，一隻老猴忽然「吱」的叫了一聲，猴群中迅速走出五六個身強體壯的大猴，老猴走到幾隻猴子面前，來回掃了兩眼，用手指了指其中的三個。

三個被選中的體格寬大的猴子，三步兩步躥到我身邊，一猴扛頭，兩猴扛腳，將我從地面抬起來。

老猴嘶嘴尖叫了一聲，眾猴輕手輕腳的向來時的路走去。因爲受不了煙熏的味道而暈死在地面的很多蚱蜢在夢中就做了糊塗鬼。猴群沒有浪費糧食的習慣，三五成群將地面的蚱蜢一掃而光，手腳利索，彷彿已經不是第一趟幹這種事了。

我的意識受到強烈的打擊，自我保護的陷入思海最深處，等到痊癒的那天，恐怕才有可能重新回到識海中掌控身體。

猴群帶著我的身體跑了一個多小時，將我背到猴山，在山腰一處長滿了蔓生植物的停下來，幾隻小猴上前，撥去隱蔽物，眼前赫然出現一個幽深的山洞，山洞一條路通到底，道路很乾淨平整，兩邊只有稍許的碎土灰塵，越往下，道路越寬，夠三四隻猴子並行。

走不多久，終於來到了目的地，一個寬大的地下大廳，兩邊的牆壁上竟也如同人類插著一些火把，要是我清醒著，一定會奇怪，爲什麼還會有不怕火的猴子。想來這群猴子大多已經不再是普通的野獸了，而是進化爲猴寵了吧。

大廳中早已站了一些猴子，這時候看到出去做事的兄弟姐妹們回來了，立即讓出一條路，老猴手一揮，三個抬著我的大猴立即走到最前面，將我放在大廳中一個石桌上。

饒是那三個大猴如何的體強力大，背了我這麼久，也已累得直喘粗氣。

猴群都以驚異的目光望著我，一隻剛斷奶的猴囡好奇的躡手躡腳走到我身前，伸出手指去戳我的身體，卻被牠的母親驚恐萬狀的一把拉了回來。

正在猴群騷動的時候，突然一個力大的黑毛猴子，發出嗷嗷的叫聲使勁推開一塊很大石盤，轟隆聲中，一個下巴上掛了幾尺長白色鬍鬚的老猴拄了一截木棍走了出來。

老猴雖已年高，卻自有一股氣勢，眼神充滿了嚴肅，目光在猴群中掃過，所有猴子都靜了下來，恭敬地望著這個老態龍鍾的老猴。

老猴最後將目光落在躺在石桌上的我身上，眼中閃爍著智慧的光芒，悠然的向我走來。

站在我身邊，目不轉睛地望著我，忽然伸出一隻猴手，放到我胸口的位置，感受到我微弱的心跳，下意識地點了點頭。一揮手中的木棍，高聲地叫了幾聲，猴群有規律地退了出去。

只留下包括牠和先前那隻推石盤的三隻猴寵。其中一隻將我背起，跟在老猴身後向地下室走下去，另一隻猴寵再將石盤給移了回去。

這樣子，我不知原因的被這群猴寵給藏在猴山，一晃就是一個星期過去了。

在這一個星期中，那老態畢現的猴王，每天都會來看我，可惜我始終處於深度的沉睡中。只有體內的紅芒愈來愈盛，身上的傷勢卻已好得差不多，只是缺乏能量補充，身體比以前整個瘦了一圈。

就像上次一樣，與我合體的七小同我一塊進入沉睡中，既沒有死去也沒有和我脫離，就這麼一直保持著合體的狀態。

到了第十天，龍之力終於將我的傷勢完全治癒，紅芒漸漸的外溢，有再次將我結繭的趨勢，在這期間，體內的狼之力與七小力量的結合趨於圓潤。「長者」贈我的力量也趁亂進一步拓展了自己的領地，在我全身任一角落紮下了根。

更奇怪的是，就在紅芒把我纏繞形成繭的同時，那株繼承了「長者」力量的植物也不甘寂寞的從我體內鑽出來，又將我裹了一圈，然後紮根到身邊的泥土中，不斷的從地底吸收養分，供給於身體的需要。

龍之力由於其他的養分供應，只能將植物寵源源供給的能量占爲己有，用來改造我的身體，使之與龍之力能夠更好的通融。

這樣一來，更令得植物的力量遍佈我全身的每個角落，三種力量狼之力和植物的力量都在此次重生中得到了極大的提高，唯獨龍之力因爲給我療傷而耗費了不少，反而相對減弱了一些。

時間一天天的過去，轉眼又是十天，我的意識漸漸的從沉睡中甦醒過來，這標誌著重生已經接近結束的階段，很快我就可以破繭而出。

猴王面對我結繭的變化，卻是欣慰大於驚訝，彷彿牠看到我身上鋪蓋著的厚厚一層綠葉，就感覺到了什麼似的。

逐漸的我意識完全的清醒了，那日之後的變化，也同樣的在腦海裏一次次的浮現，我十分驚訝，猴山不是魔鬼的地盤嗎，這些猴寵怎麼會背著他救了我呢？

紅芒緩緩退去，龍之力這次耗費了大量力量來補救我破損的身體，在我清醒過來的同時也逐漸收回所有力量，退回到體內的角落中。

我撥開厚厚的綠葉和枝藤組成的綠繭，從中鑽出來。發現這些綠葉有一頭是與我手部相連的，心中一動，默念了兩句召喚口訣，綠色植物迅速收回分身向我體內縮回去。

睡了二十多天，竟也不覺得餓，此次重生倒讓我知道了，這株植物的一個好處，就是可以從土地中吸取養分，供給我，以後不怕會挨餓了。

剛想邁步走出去，忽然想到自己仍然是光溜溜的，念頭剛起，植物寵從身體鑽出來，迅速繞著我的下體繞了幾圈，便出現了一個古怪的葉子衣服，我這個樣子想來應該很像野人。

七小在我破繭而出的時候，也恢復了自己的意識，我默念一聲解除鎧化，七小當即出現，二十多天，牠們也有了很大變化，身體變大了一些，卻仍然很小，體表的白毛愈發柔順，仔細望去還會看到有若隱若現的白芒，眼神更加犀利，粉嫩的小鼻子一出來就東嗅西嗅。

七小歡快的在我身邊蹦來蹦去，彷彿是在慶祝重生，感受到牠們心中的歡欣，我也暫時將煩惱抛到一邊，和牠們鬧起來。

不大會兒，有腳步傳來，我立刻知曉是猴王出來了，七小立即警覺的向路的盡頭望去，我笑著拍拍牠們道：「自己人。」

過了很大會兒，還不見牠出來，我正要去看一下，猴王卻出現了，我馬上明白自己重生後，聽力變得更加好了，可以聽到更遠的地方。

猴王見到我和七小，並未出現驚訝的表情，但是牠身後的兩隻壯猴倒是有點不自然的緊張起來。

猴王拄著手中的木棍，不急不徐的向我走過來，一張猴臉明顯對我們露出笑意。

他一開口，立即把我嚇了一跳，因爲牠說的竟是人類的語言，在我見過所有寵獸中，包括極富智慧的長者都沒法說出人類的語言。

「猴囡仔，你醒了，應該餓了吧？」說完一揮手中的木棍，在牠身後又出現了幾隻小猴，端著一些水果送給我。

看牠準備得這麼充分，我愕然道：「你怎麼會知道今天我會醒？」

猴王呵呵笑道：「我本來是不知道的，不過剛才長者告訴我你已經醒來了，所以，我才會帶著食物來看你。」

「長者？它怎麼會知道？」心中剛念到「長者」這兩個字，體內的力量馬上湧起一股衝動，我恍然大悟，「長者」說過只要有植物的地方就沒有它不知道的事，應該是體內的植物寵在紮根土地吸收養分的時候告訴它的吧。

一株嬌嫩欲滴的纖細植物從我手中爬出，直向土地中鑽去，剎那時刻，我彷彿擁有了千里眼、順風耳，思維無限的向四面八方延伸，掠過山脈、掠過丘陵，直抵一處寬曠的森林。

日思夜想的那種感覺終於在今天體味到了，所有的事情都逃不脫我的眼睛，植物眼中的世界是那麼生動、那麼生機蓬勃，正在我沉浸在這種動人情景中時，耳朵忽然傳來熟悉的蒼老聲音。

「孩子，看到你仍舊生龍活虎，精神這麼好，我就放心了。」

我訝道：「長者？是你嗎？」

「長者」呵呵笑道：「除了我，又會是誰呢，你應該感謝猴王，是牠冒著危險救了你！」

從「長者」那裏，我知道了一切，那日我與魔鬼的對戰都一絲不落的落入「長者」的眼中，直到後來我被魔鬼重創，都是「長者」通知猴王前來營救我。

猴王也是活了好幾百年的智慧生物，是「長者」的朋友，所以「長者」才會將這麼重要的事託付給牠。

忽然我感到「長者」的聲音，漸漸微不可聞，直至消失，完全聽不見。那種動人的感覺突然消失了，我有些悵然若失，感嘆自己的力量太弱，只有在剛甦醒的時候，能夠做到通過植物來感受遠處的世界，等到時間一長，力量消散，我又被打回成凡人。

猴王笑瞇瞇地望著我，牠知道我剛才是在與牠的老友通話。我從「長者」那裏知道，完全可以信任牠，於是對牠一笑道：「謝謝你救了我。」

猴王點點頭道：「猴囡仔，我們還要靠你消滅邪惡力量，自他出現的那一天，猴山的靈土就已受到了污染，我們猴群更是受到他的摧殘，所以你一定要全力消滅那個邪惡的人類。」

我點點頭道：「你放心吧，這次我一定會把他的生命烙印徹底抹去。」

猴王道：「我相信你，在你沉睡中，我就已發現了你體內有三股極強大的力量，其中一種就是我老友的力量，另外兩種我雖然不大清楚，但是可以感到絕不低於前一種力量，只要充分利用任何一種力量，都可令魔鬼煙消灰滅。」

猴王說完，忽然又道：「猴囡仔，餓了吧，先吃點東西，有了力氣，我們再聊。」

面對著猴王，我彷佛是在和一個人類的長輩促膝談心，心中充滿了尊敬，這是除了

「長者」，我所遇到的又一種值得尊敬的生物。

點了點頭，剛要拿起一邊的果子送到嘴裏，卻啞然失笑的看到七小葷素不忌地啃著野果，看著地上的幾顆果核，想來牠們亦很享受這種味道，吃得不亦樂乎。

我忍俊不禁的哈哈笑出聲來，這群猴籠先是一愣，接著也都「吱吱」笑出來，牠們應該也從未看過，狼會去吃野果子吧。

我搖搖頭，不去管牠們，拿著果子吃起來，民以食爲天，民生大計應該作爲首要問題解決，不大會兒，猴王帶來的果子被我們解決得一乾二淨，抹了抹嘴向猴王謝道：「謝謝您的款待。」

這天起，我便安心的待在猴山在猴王的庇護下，等待大進攻的時機。

離下一次月圓之夜只隔一星期之久，似鳳應該早回來才對，卻一直沒有發現牠的蹤影，這令我隱隱感到不安。

莫非牠在中途出了什麼事嗎？想想卻不大可能，憑牠的機靈和速度，根本沒有東西可以對牠產生任何實質性傷害。

這些天，我都在靜靜地研究三叔傳我的煉器術，現在我手中沒有任何可以和魔鬼的「噬天棍」相抗衡的神器，打起來難免吃虧，所以我希望可以在有限的時間裏，找到一個合適的方法，將神鐵木鍛煉成型。

好在三叔已對神鐵木進行了大概的煉造，初具模型，只要我找到合適的方法，應該可勉強打造出一把不差的武器。

只是這樣一來，勢必對神鐵木造成傷害，以後就不能像三叔想的那樣，把它鍛煉成超一流的神器，實在是一大遺憾。

望著手中粗制的劍胚，心中感嘆良久，實在不知該從哪裏下手好，已經想好了的劍形，在我拿到神鐵木的時候，統統忘了個精光。

心神不寧的時候，突然聞得外面猴群的吵鬧聲，我皺了皺眉頭，起身向洞外步起，離洞口還有一段距離的時候，就看到外面十幾隻猴子，來來回回的，手中還拿著那天驅趕蚱蜢的香蕉。

我疑惑道：「難道那些蚱蜢飛到這裏了，不是找死嗎？」想到這，我加緊向洞外走去，愈近，猴子們對著天上齜牙咧嘴的表情看得更清楚。

突然，一聲嘹亮的響聲喚起了我的回憶，我喜道：「似鳳！」展開身法，陡然掠出洞去，剛出來就給外面的陣勢嚇了一跳。

「似鳳」帶著一票在「鷹子崖」收服的小弟，不斷的拍打著翅膀停留在猴山，在「似鳳」身邊赫然是那天被我留在猴山腳下的飛馬。

在鳥群下面，有上百隻猴子，鳥與猴子就這樣對峙著，直到我出來。看到很久不見的朋友，我嘿的怪叫一聲，展開「御風術」向鳥陣最頂處衝去，「似鳳」也同一時間發現了我，尖叫一聲向我飛來。

飛馬也開心的摻合起來，玩鬧了半天，我給牠們說清了事情的始末，飛馬才明白爲什麼那天我會突然失蹤，「似鳳」也向我報告了自己的戰況，所有聖地的幻獸都巳經收到我的消息，不日就能聚集在猴山。

人類大軍也已開動，他們從北邊悄悄向自由島方面掩進，而幻獸大軍從南方明目張膽的向自由島前進。

我坐在飛馬的背上，而「似鳳」落在肩上，我捏了捏「似鳳」的翅膀，呵呵笑道：「幹得好！飛馬咱們下去吧。」

我剛才已經告訴牠們，猴寵是我們的朋友，所以我們下去的同時，「似鳳」也命令牠的小弟全部散去，那些好看的小鳥，在得到「似鳳」命令後，陡然振翅消失在四面八方的林子中。

突然我感到臉上一陣火辣辣的疼，卻是「似鳳」用翅膀打了我一下，見我充滿疑惑的望著牠，牠振振有辭的道：「人家的報酬拿來！」

我心中哀嘆，真是一隻討債鳥，我眼珠一轉忽然道：「你知道這是什麼地方嗎？」

「似鳳」瞥了下面的猴群一眼，道：「當我不知道嗎？猴山而已。」

說完還自鳴得意的「咭」的笑了一聲，見牠入套，我呵呵笑道：「聽說『猴兒酒』這種東西好像是猴子釀造的，下面這群猴寵個個都活了百年，不曉得會釀造出什麼東西哦。」

「似鳳」的視線果然被我成功轉到下面那群註定要倒楣了的猴寵身上，小眼珠滴溜溜的轉了幾轉，卻出奇的沒敢有動作，雖然牠被「猴兒酒」這幾個字弄得心癢癢，可是剛才已經見到了猴寵的厲害，心中卻拿不定主意。

見牠心神不定的樣子，我暗暗偷笑，至少一段時間內，不用聽到牠的聒噪，也不用擔心牠整天纏著我向我討報酬。

猴王已然走了出來，看到我和這些鳥兒的親密樣，猜到牠們是我的朋友，吩咐在一邊虎視眈眈的猴子猴孫們散去。邀請我們進洞。

我從飛馬身上下來，跟在猴王身後，領著一馬一鳥向洞中深處走去，幸好猴寵中不乏體大的猴子，所以山洞的高寬度足可令飛馬毫無問題的進出。

我現在心中大定，雖然中途計畫出了點紕漏，差點令我身亡，不過現在卻又回到軌道上來，有條不紊的進行著。

我坐在猴王的對面，將現在的情勢一一道出，說完盡顯輕鬆。

猴王嘿嘿笑了笑，沒有說話，望著我手邊無精打采的「似鳳」，笑道：「猴囡仔，你的朋友不喜歡吃這種口味的果子嗎？」

我雖然奇怪爲什麼猴王在聽我說完現今的情況後，只露出一抹神秘的笑意，卻又開話題，移到「似鳳」身上。

我瞥了「似鳳」一眼，心道這傢伙一心惦記著你老人家的「猴兒酒」呢，我轉頭向猴王笑道：「牠可是出了名的刁嘴，您老人家的野果子，牠自然是看不上眼的。」

猴王呵呵笑道：「鳳凰的後裔，挑一些也是應該的。牠進來就在我老人家的洞府中左顧右盼的，是不是看上了我老人家的什麼東西？只管說出來，能夠讓天下有名的神獸鳳凰看中的東西，我老人家不會小氣的。」

我驚訝地道：「你竟看出牠是鳳凰的後裔！」

猴王抓起石桌前的一個果子吃了兩口，道：「這有什麼奇怪的，牠的身上充滿了靈氣，又有一副鳳凰彩衣，答案還不簡單嗎！」

我暗嘆這「似鳳」傢伙好運，只不過頂著老祖宗的名號，就能到處騙吃騙喝。猴王雖老，卻洞察世情，眼神如電，一眼就看出牠是鳳凰的後裔，更看出「似鳳」對牠的珍藏有所圖謀。

猴王忽然站起道：「跟我來吧，我想我已經猜到牠要的是什麼了。」說著領頭走去，路上，猴王忽然對我道：「你覺得事情會是這麼簡單的嗎，魔鬼既然能猜到你的行動，難道猜不到你們的計畫嗎？」

「啊！」我訝異的驚嘆一聲，不知牠怎麼會突然說起這個。

猴王呵呵道：「你要記得，他可是活了好幾百年，經驗豐富不是你這個初出茅廬的猴囡仔所能比的，他的智慧也不是我這種生物能夠比得上的。我們唯一的優勢就是團結，各種種族之間的團結。我們唯一能勝過他的方法就是謹慎。」

猴王短短幾句話，如警鐘敲醒了我，想想那天魔鬼在猴山堵截我的時候，就曾說過，他早已發現有人聯繫六大聖地的寵獸，所以說他既能發現寵獸的動靜，人類聯軍的活動也必定難逃他的耳目，想到這裏，身上頓時驚出一身冷汗。

他當可從這些行動中推斷出我們的計畫，自然不會不做出相應的應變，在我自以為勝利在望的時候，恐怕已經一步步邁進了他的圈套中。

猴王突然用手中的木棍敲在我腦袋上，淡淡地道：「猴囡仔，戰鬥還未開始，你已充滿了恐懼，我們各個種族就是把希望放到你這個膽小的傢伙身上嗎？」

我身軀劇震，心中慚愧不已，自己這個樣子怎麼可能戰勝魔鬼。

猴王見達到效果，語氣不再嚴肅，但卻語重心長的說了一句頗為值得玩味的話：「兩軍對壘，並非每次都是殺得人仰馬翻，才算贏得勝利。」

我愣道：「啊？」心中一時把握不到牠話中的意思。

猴王恢復一貫的詼諧語調，快走兩步，道：「快到了，在這裏應該可以聞得到香味了，啊，好香！」說著話，聳動著鼻子努力的在空氣中嗅，擺出一副陶醉的樣子。

「似鳳」彷彿快要瘋了似的，上下拚命撲騰自己的翅膀。

因爲心中思考著猴王的話，忽略了空氣中飄蕩的香味，此時猴王一說，我立即感覺到空氣中飄動著一股動人的香氣，醇厚至極，我脫口而出：「猴兒酒！」如果說以前在地球獲得的「猴兒酒」是精品的話，那麼眼前的就是極品。

我本來尙弄不明白，爲何猴王可以如此精準的猜測到，「似鳳」想要的就是猴子的寶貝「猴兒酒」，但是當牠拿起拴在木棍一側，不斷在空中蕩悠的一個其貌不揚的葫蘆開始往裏裝酒的時候，我就全明白了。

「似鳳」定是聞到葫蘆中的酒香，不斷的盯著人家的葫蘆看，以猴王的智慧，自然可猜得到「似鳳」的目的。

在猴王面前，即便是連「似鳳」也不敢放肆，急得心裏癢癢的，偏是沒有猴王的話，就不敢上前喝個痛快。

第五章　再戰魔王

猴王拔開葫蘆嘴，美美地啜了一口，望著我們盯著牠看的目光，呵呵笑道：「儘管喝，能喝多少就喝多少，就算我請客好了。」

不愧是猴王，果然大方。眼前的「猴兒酒」盛放在用玉製作的容器中，旁邊還放著一個玉勺，雖然做工打磨都比較粗糙，但已可看出，普通靈猴與充滿智慧的猴寵的區別。

這種天才地寶，沒有人會不動心，「似鳳」更是一馬當先，落在玉器旁，狂飲起來，七小和飛馬雖然不懂得這個酒是什麼東西，卻能感應到其中的好處，也開懷的飲著。

我拿起一邊的玉勺，半天一勺的品味。

猴王樂呵呵地站在我身邊，看著牠們痛飲，不時舉起葫蘆輕啜一口，見我也是慢慢的品味，贊道：「這種東西雖然對人類或者動物都有很大的益處，卻不可一次喝得太多，喝多了便失去應有的靈效。只有每次少喝一些，等到在體內將它們完全消耗了，再進行下一次。」

我愕然道：「那如牠們這般喝法，豈不是糟蹋了好東西？」

猴王哈哈笑道：「個人不同喝法，既然牠們喜愛這般喝法，也就由牠們，只要猴群不滅，『猴兒酒』就永遠不會消失。」

見牠說得豪氣，我舉起手中的玉勺準備一乾而盡，卻突然發現手心一陣鼓動，我立刻想起，那隻什麼都不會，就只會跑出來喝酒的小肉蟲。

念頭剛起，牠已鑽了出來，一下跳進玉勺中。

瞬間工夫，一勺「猴兒酒」被牠喝個精光，但仍是不滿足的在勺子上探身向濃郁香氣的源頭，因為距離太遠，牠無法跳過去，急得在勺子上直打轉，口中「吱吱」的叫著。

猴王本未在意，待到看清的時候，突然激動地道：「快，快，把牠放到『猴兒酒』中。」

被猴王這麼一催，我糊裏糊塗的就將小肉蟲給放到玉器中，肉蟲一入酒中，立即歡躍的鑽上鑽下。

猴王呼了一口氣，道：「你是不是很久沒有給牠喝過酒了？」

我莫名其妙地點了點頭，猴王一直盯著在酒中打滾的小肉蟲，道：「難怪，要不是老猴我一時興起，請你們喝酒，這條寶貝酒蟲就得活活被你給渴死了。」

聽牠的口氣，彷彿牠對小肉蟲的來歷十分清楚，試探地道：「您說牠叫什麼酒蟲，您知道牠的來歷嗎？」

猴王嘿嘿笑道：「這個酒蟲對很多人來說都沒有什麼作用，不過對少部分來說卻是無價之寶。」

我狐疑道：「此話怎麼說？」

猴王道：「說牠對很多人沒有用處，是因爲牠並不具有任何攻擊力和防禦力，也不具有挖掘主人潛能的本事，牠唯一的能耐就是喝酒。」

我道：「喝酒能對什麼人有用？」

猴王道：「只要經過兩次蛻變，酒蟲就有了一種萬中無一的功能，能夠將一罈劣質酒瞬間變爲一罈上等佳釀，待到牠第三次蛻變，就可以把白水變化成如『猴兒酒』這般的美酒。」

我恍然大悟，頓時感嘆大自然的神奇，連這種奇怪的生物都會存在。

猴王一說完，我便曉得酒蟲對我沒任何用處，對猴王來說卻是千金不易的無價之寶。心中就有了將其送人的念頭。

一邊的猴王看得真切，道：「這種酒蟲雖然對我們很珍貴，可惜牠必須寄生在人類身體中，否則是無法存活的。」

聽牠這麼一說，我便也收了念頭，其實我之所以願意將肉蟲送給猴王，主要是感謝猴王的救命之恩，又這麼大方的請我一人九獸喝「猴兒酒」，否則我還捨不得哩，酒蟲雖然沒啥本事，卻也跟了我許久了。

猴王可惜的嘆道：「看你這酒蟲還是幼蟲，最多也就經過一次蛻皮，如果蛻過兩次皮，再經過『猴兒酒』的刺激，可能會進行第三次蛻皮，只要擁有第三次的皮蛻，這『猴兒酒』將會更具靈性。」

我納悶地道：「皮蛻能有什麼用呢？」

猴王道：「第一次與第二次當然沒什麼用，因為其中包含酒蟲靈氣太少，第三次卻不一樣，擁有了酒蟲的一半靈性，只要用好酒養著，這個皮蛻就彷彿是牠的分身一般，發揮著相同的作用。」

正說著，忽然玉器中散發出濛濛的光暈，猴王訝道：「第二次蛻皮！」

光芒越來越盛，這次不比上次，過程很快，酒蟲蛻下了外皮，然後再將其吞下。

我們正感嘆的時候，忽然見酒蟲扭動著肥胖的身軀，竟然又一次的蛻皮了，猴王驚喜連連，道：「怎麼會連著蛻皮！」

其中原因只有我能猜到一二，想是酒蟲也在我第二次重生中獲得了不少好處，所以才可能連續的進行蛻皮吧。

猴王緊張地道：「猴囡仔，等一下，一等牠蛻完皮，你就立即把牠給收回到體內，否則牠就會把蛻皮給吃了。如果沒有吞吃下自己的蛻皮，牠的第三次蛻皮就是不完全的，會退回到第二次蛻皮以後的能力，不過以後時機成熟，仍能夠進行第三次蛻皮。」

我點點頭，也聚精會神的仔細盯著酒蟲，只待牠一蛻皮完畢，我就召喚牠回到我體內，第三次蛻皮要比第二次的速度慢很多，過了很長時間，才漸漸的把皮給蛻下，露出晶瑩如玉般剔透的圓滾身子。

我趕緊念動真言，酒蟲不甘心的劇烈扭動著，最後才化爲一道白光回到我的體內。而僥倖沒被吃掉的皮蛻，長得竟如酒蟲一樣，一點也看不出只是一個皮殼。

在「猴兒酒」的浸泡下，身軀逐漸豐滿。猴王哈哈笑道：「這可是我們猴群的寶貝，以後有了這玩意，釀造『猴兒酒』就簡單多了。」

我望著猴王開心的樣子，也爲牠高興不已。

在過去的兩天裏，人類聯軍以他們獨有的聯絡方式通知我，已經在今天早上趕到，在離自由島五十里外駐紮了下來。

我們計畫今晚的月圓之夜出發，之所以敢作出這麼大膽的選擇，是有一定原因的。以魔鬼的高科技手段，想要毀滅大部分人類和六大聖地寵獸可以說如翻掌爾，念動間，我們便粉身碎骨，絕無第二種可能。

但是，魔鬼的野心卻令我們於死地之間有了一線生機。無源之水必然乾涸，因此，他要是妄圖攻佔「地球、后羿、夢幻、方舟」等四大星球，就必須有自己的部隊，而第五星球的這幫驍勇的落後人類就是他的希望。

也因此，我們賭定他必定會用特殊手段降服各部落的人民，而這些寵獸也是他未來進攻四大星球時絕好的武器，所以他不會將牠們趕盡殺絕，那些中上等的野寵能爲他造就出很多高手，將會成爲他極大的助力。所以他才會一直隱忍不發，只對付我一個人。

我們的優勢就在這裏，他無法使出全力對付我，我們卻要使出十二分的力量，力求把他及他的勢力連根拔起。

今晚將是極爲慘烈的一晚，刀槍火海、人獸踐踏如泥，日月無光、風雲變色。但是不論怎樣，我將是直接導致今晚成功與否的關鍵。

我本也不曾想出這點，只是猴王的睿智令我豁然開朗，想出其中的關鍵，俗話說群龍無首，再怎麼強悍、團結，只要失去了首領，頓時沒有了凝聚力成爲散沙一盤。

所以猴王說，這一戰的關鍵是看我能否保得住小命。

我疑問道：「他怎麼知道我還活在世上呢？」

猴王呵呵笑道：「他當然不知道，但他卻知道，人類和寵獸的聯盟中一定有一個核心首領，才可令我們如此團結。所以他的目標就是那個令我們團結的首領。你想想看，當他看到你活生生的立在他面前時，他會不會想到你就是那個核心人物？」

猴王的一番話如醍醐灌頂，把我澆醒，只是牠沒有想到，其實在我心中，又豈是保得住自己小命這麼簡單。今晚我將會化身爲龍，並會使出一切手段，盡我所有力量，把他在這顆星球上的生命烙印給毀去。

他的目標是我，我的目標是他。

今夜將不死不休，如果我死了，第四行星的人類也就完了，如果他敗了，我們將會勢如破竹摧毀他的自由島。換句話說，今晚的成敗完全繫於我一身。

重任壓身，我出奇的卻很輕鬆，我知道，今晚其實壓力並沒有壓在我身上，而是壓在龍的身上，當我化身爲龍的一刻，不會有任何生物能夠阻擋我的步伐，沒有任何力量能夠在我面前保持冷靜，偉大的力量會使他們戰戰兢兢地臣服在我的腳下。

而魔鬼那個可憐蟲，他可能還沒有想過，今晚他將面對的是一個什麼樣的生物。「天算不如人算」，他想破腦袋也不會算出會出現這種令他震撼的情形吧！

我將挾著無匹的氣勢，夾雜著滔天怒氣，將他徹底湮滅。

圓圓的月亮帶著無限的魔力高高的升起，掛在天空，水銀泄地般的淡黃月光如同一匹黃簾充斥在天地間，約好的時間終於到了。

我從洞中步出，身邊圍繞的是七小，滿月的今天，牠們顯得比往常都要興奮，活躍在我的腿邊，不時發出稚嫩的低鳴。

剛走出洞口，我剎那被眼前的陣勢給震住了，鋪天蓋地的寵獸，一望無垠，黑壓壓的如同遮蔽了天日的厚厚烏雲。

形形色色的寵獸充斥在眼前的空間內，最惹眼的還是飛馬王，威風凜凜地飄浮在上空，晚風中鬃毛拂動，一身雪白堪匹月光，緊靠在牠身後的是牠的子弟兵，百十頭紅白不同顏色的飛馬，昂首挺胸，氣勢如虹，在後面的就是千奇百怪的各種飛行類幻獸。

空中的另一邊，無數隻羽毛鮮豔的小鳥，組成了一幅巨大的圖案，一隻鳥的形狀，卻非常形似「似鳳」，只看牠得意洋洋的列在最前面，就知道這個主意是牠出的。

我微微一笑，心中暗罵這傢伙到哪都喜歡出風頭。

列在地面的幻獸大致分為幾塊，當然都是以牠們首領為分界限，目光掃去，首先看到了體格龐大的黑熊，黑熊見我望著牠，咧開大嘴向我一笑。

在牠身後是數以千計的體格強壯的大熊。在黑熊的左邊是白獅王，身後一群是金黃色的獅群，顯得威武不凡。黑熊的右邊是體型懸殊的猴群，同樣也有幾千隻，此時都安分地站立著。

在最右邊的是蛇群，打頭一隻，體型巨大，盤成小山似的蛇陣，不時吐出蛇信，其皮五彩斑斕，正是六級的極品幻獸，蛇寵與其他幻獸不同，其他幻獸越是級別高，毛色越純，但是蛇卻正好相反，級別越高，皮膚上的花紋越是斑斕。

牠的頭頂有一個大大的肉瘤，遠望去，彷彿是一頂王冠，在牠後面是數目龐大的蛇群，靠前的都是巨蟒，越往後體型越小，卻具有更強的毒性。

看著牠們，我又想起了被連刀一併送給李獵的「魚皮蛇紋刀」中封印的小青蛇，心中不禁一番唏噓，心中對這些從未蒙面的蛇群多了一份說不出的感情。

無數隻幻獸，無數雙眼睛盯望著我，心中有些不堪的戰慄起來，熱血激揚，狼之力受到月光的吸引不安分的騷動起來，我心念一動，強力壓下龍之力，令狼之力可以順利的升起。

異變陡然發生，赤裸裸的在無數的幻獸眼睛下，化身爲巨大的狼人，四肢演化爲強而有力的鋒利狼爪，突出的吻部露出尖銳的獠牙，閃爍著寒光，破爛的衣衫掩飾不了充滿爆炸力量的肌肉。

心情異常興奮，突然按捺不住的仰天放出一聲長嚎，聲音在空曠的山谷中迴盪，經久不歇。

忽然在幻獸群中，接連響起狼嚎，聲音最終匯在一起，對山谷中的幻獸產生巨大的聽覺衝擊。我回首望去，是我剛才遺漏的狼原的眾狼，由雌狼王和大黑帶隊。

面對狼群我總有說不出的好感，那可能是因爲身體中有一半是流著狼群的血吧。狼群見到我突然變身爲狼，顯得特別激動。

該到的總算都已經到了，面對這一刻，我不知該說什麼，猴王不知何時出現在我身後，輕聲道：「你的行動是對大家最大的鼓舞！」

我微微地點頭，突然厲吼一聲道：「咱們出發！」在幻獸的世界裏，規則是非常簡單的，強者稱王！只有真正的強者才能令牠們心甘情願臣服。我緩步走出去，幻獸群立即讓開一條寬闊的道路，讓我走在最前面，眺望遠方，我深深地吸了一口氣，振奮精神，心中暗道：「魔鬼，今夜是你我的生死之戰！不過天已經註定死的人會是你！」

大地在我腳下震顫，今天將會被載入第四星球的史冊，被後世所傳誦。

月亮正中，此一刻，另一個方向的人類聯軍也已經開始了他們的腳步。

幾十里外的自由島，彷彿一隻隱身於黑暗的凶獸，隨時都可能撲出來，發出最猛烈的攻勢。

我施展開「御風術」，陡然飛上天空，風馳電掣的向自由島飛去，身後腳步如雷聲震動，假若在白天，定可看到塵土如煙、萬獸齊奔的壯觀景象。我在天空中任意揮灑自己的速度。

很快，我就來到了自由島的上方，茫茫天際我雖然如灰塵一樣渺小，卻依然被自由島發現，受到防禦系統的攻擊，很輕鬆地躲過了幾波攻擊，我便退了回來。

靜靜地站在防禦所不及的地方等著，我等的人自然就是魔鬼，在我的體內一半是人類的血液，另一半卻是獸類的血，爲了儘量減少死亡，我決定以身試險，只要猴王的猜測準確，魔鬼看到我一定會單身從島中追出來將我殺死，以達到兵不血刃瓦解人獸聯軍的目的。

這對他來說，具有極強的誘惑力。

不過即便成功幹掉魔鬼，要進一步摧毀他的殘餘力量，攻破有強大防禦力的自由島，仍要付出很大的代價。

一個黑影倏地從自由島中飛出，速度如電，顯得來人的心情很急迫。

我淡淡一笑，心中暗贊猴王確實神機妙算。急匆匆衝出防禦罩的黑影正是今晚的正點子——魔鬼，看他在高空站定四下搜索我的樣子，我露出一抹笑意，悠然從月光不及的地方走了出來。

我剛走出，魔鬼的目光如電直射到我身上。見到我不慌不忙閒適無比的樣子，先是愣了愣，隨即也放鬆了下來，徐徐下降到我面前不遠處，話家常般呵呵一笑道：「你竟然又重生了，真是讓我吃驚，能不能告訴我你可以屢次不死的秘密。」

雖然暫時我倆之間平靜若水，事實上卻是山雨欲來之勢，不動則已，一發則不可收拾，是個不死不休的死局，我幾可推斷，這次萬一我不敵被他打敗，他定將我大卸八塊，把我分屍，好令我永遠不能再生。

不過，這個可能性將是微乎其微的，我微微一笑道：「我變身爲狼的樣子，竟然還被你認出來。」

魔鬼哈哈大笑道：「你要知道，一個人的外形無論如何變化，他的眼神永遠不會改變，他的習慣也不會改變。」

我輕描淡寫地道：「原來如此，是眼神上出現了破綻。」

他原以爲我會大吃一驚的，沒想到我卻表現出毫不在意的樣子，愣了一下，隨即淡淡地道：「你知道我爲什麼單獨出來和你見面？」

見他故弄玄虛的樣子，我油然道：「殺了我就能兵不血刃的解除人獸聯盟軍的威脅。」

魔鬼再吃一驚，深望了我一眼，旋即抬頭望天，嘆了一口氣，惋惜地道：「我真的是小看了你的才能，你竟能一而再，再而三的令我吃驚，這種人才偏不能歸我所用，是上天在捉弄我嗎？如果今天我要是埋骨於此，也怨不得別人了。」

我沒想到他會說出這番話來，他確實有鬼神莫測之能，只可惜走上邪路。他定是預感到什麼，才會說出上面的話。

魔鬼收拾情懷，一改往常的僞善和唏噓的樣子，狂傲地道：「既然你猜到了我的動機，那必然知道，今晚我必定不會給你任何機會，殺死你，還會將你挫骨揚灰，永世不得翻身！」

我瞥了他一眼，也飛身上來，淡淡地道：「今天你的話，不會對我有任何用處，那晚的情形不會重演。」當他剛才話一說口，我就知道他是故技重施，想要從心理和精神上打擊我，令我失去鬥志。

可嘆，他不知道，在滿月的夜中，我是無所懼怕的，每月的今天我就是暗夜中的王，無所匹敵。

魔鬼被我戳破心思，並無絲毫尷尬，哈哈笑道：「被你識破了，但是不要以爲這樣就能從我手中逃生。不過我知道，你既然敢單人匹馬來找我，定有所憑藉，拿出你的看家本領吧，不然你沒有任何機會。」

我深深地舒出一口氣道：「在古代，兩軍對壘，並非取決於兩邊戰士的多少，而是在於領兵的將軍，沒想到，在這裏我竟然會扮演這種重要的角色，我們兩方的勝負關鍵就看你和我誰會最後活下來。」

魔鬼有些摸不著頭腦，不知道我怎麼會在即將動手之際，說一些不相干的話。惱怒道：「如果只能活下來一個人，那個人必定是我，而你，只是看看能否多撐一點時間罷了。你那些聯盟大軍，在我眼中根本不值一哂，如果你是想拖延時間，給牠們更多的機會來攻打自由島，那你就大錯特錯了，自由島的防禦系統會自動啓動的，沒有我親自指揮，只是讓那些笨蛋多活幾分鐘，結局是不會變的。」

我點點頭，神態輕鬆地道：「看來我們之間也沒有什麼好談的了，那就開始吧，今晚只有一個人能見到明天的陽光。」

魔鬼嘿嘿笑道：「你終於醒悟了嗎？」

我全力催動身體中狼之力，眼神也射出綻綻幽光。魔鬼嘿嘿冷笑，也跟著駕馭自身的內息，顯出萬千氣勢。

化身爲狼後，靈覺也更加清晰，很清楚地感覺到對方有多強，他剛剛放出來的氣勢就如同那夜追殺我時，是同一個等級的。雖然我動用狼之力水準大大提高，但是妄想用這種程度的力量和他對打，仍是以卵擊石。

魔鬼見我遲遲不敢出手，顧盼自豪，哈哈狂笑道：「害怕了嗎，這等強度的力量是你所不及的，即便在我那個時代，這種程度也算得上是高手了，現在的世界退化成這個樣子，根本沒有可能會有人超過我，死心吧，讓我助你歸西吧！」

我冷笑兩聲，他現在的水準勉強可高過李霸天之流，但仍不能達到頂尖水準，在我心中的頂尖水準就是四大聖者！

雖然笑話他鼠目寸光，自己卻不敢托大，默念召喚口訣，七小頓時化爲七道毫光分別投向我身體的七個部位。

七小的加入，狼之力迅速彙聚膨脹起來，而龍之力接受到七小身上龍丹的力量也漸漸有抬頭的趨勢。

我怒吼一聲，身體迅速長大，竟有平常的兩倍大小，在人類的眼中可算是龐然大物了，這次變化不但是體型變大，頭頂正中赫然頂出一隻獨角，眼中閃過一絲厲芒，揮舞四肢如同風一般驟然掠去。

魔鬼雖驚訝我的變化，臉上卻沒有透露出一絲懼怕，見我驟然發難，神色平靜的陡然拍出一掌，剛好抵住我的五指。

殊不知，我的四肢粗大堅韌，再加上鋒利無比的爪甲乃是天生的兵器，以人類脆弱的身體和我直接相碰，即便強橫至魔鬼也得吃虧。

魔鬼悶哼一聲，忍住劇痛，知道此時萬不可退，兵敗如山倒，高手之爭只在一招之間，此時一退，先機盡失，導致最後飲恨，所以他不退反進，倏地收掌化拳，向我的五指擊來。

如若被他打實，恐怕五指都會不保，如果在平常，我會借勢揉身逼到他的懷中，連消帶打，保證令他哭爹喊娘。可惜我現在身形太大，再用這招，未免太笨拙。

心念電閃，我反手繞過他的拳風，纏上他的前臂，試圖折段他的手臂。卻沒想到，他變招極為迅速，我的五爪甫一觸到他的手臂，卻突然抓了個空，原來，他已經收手橫肘，身形迅速前伸，採用我剛才想到的那一招，揉身逼近我的懷中。

當胸一肘堅實的命中我的胸口大穴，我如中重錘，眼前一花，陷入完全的被動。

我這才意識到，從剛才交手到現在，自己採用的策略是完全失敗的，以己之短攻人之長。

魔鬼見識廣博，經驗豐富，講到臨敵變化，我怎麼可能比得上，現在反而妄圖用招數取勝，不是自取其亡嗎？

魔鬼的招數如在花叢中飛舞的蝴蝶，翩翩起舞，偏又招招致命。

「亂花漸欲迷人眼」，我陷入他眼花繚亂的攻擊中幾乎迷失了自己，找到了真理，馬上付之行動，只有憑藉自己體強力大才能在與他的對戰中取得優勢，七小力量的加入已經大大拉近了我們之間的差距，再加上我狼身的耐擊打能力和快速的恢復能力，充分利用這些優勢，絕對有一拚之力。

我狂吼一聲，勉強力挽頹勢，不再顧忌他紛繁的招式，豁的衝出一拳，斜下打向他的頂門，他嘿嘿一笑，已然看出了我的企圖，一沾即退，令我鞭長莫及。

剛才時間窮於應付他的進攻，驟然停下，立即感覺到胸中發悶，體力消耗極大，反觀魔鬼也有些微喘，嘿嘿的盯著我，忽然探手入懷取出一個瓶子，拔開瓶塞，大口灌到嘴中。

看到鮮紅的顏色，我立即醒悟，他是在用事先存好的少女鮮血來補充耗費的體力，和因使用全力消耗的生命力，只要有血，他幾可算得上是永遠不死的。

魔鬼隨意將手中的瓶子丟下去，一抹嘴邊的血跡，望著我道：「小子，束手投降吧，你幾乎沒有一線希望能夠戰勝我，只要有少女的鮮血，我的生命和體力都是無限的。」

看他行動間又恢復了最初的靈敏，精神熠熠，確實令我頭皮發麻，驚懼中卻讓我想到一樣好東西，伸手從烏金戒指中拿出了狼酒，「咕咚，咕咚」的仰頭灌下去。

狼酒入體，迅速激起我的野性鬥志，鮮血如烈火般在體內熊熊燃燒，越來越旺，我如一尊不可撼動的火神穩立在他面前。

魔鬼驚懼地盯著我手中的狼酒，驚疑的道：「你喝的是什麼？」

見他露出害怕的神色，我心中不由得大爽，哈哈大笑道：「此物乃是我的長生不老藥，比起你的人血不知要好用多少。」

魔鬼見我喝過狼酒，只一會兒工夫就鬥志昂揚，精氣神都非常充沛，半信半疑地道：

「有什麼能比人血更補的嗎？」

「狼酒」的燥熱令我有不動不快之感，我豪爽的大笑一聲，道：「天下間的靈丹仙藥又豈是你這個邪惡的傢伙可以知曉的，廢話少說，今天不是你死便是我亡。」

說話間，我已經搶先一步動手，兩手握拳大開大闔，不再用細膩的拳法和他糾纏，魔鬼雖然不知道我究竟喝了什麼東西，能突然間令我變得氣勢如虹，但是卻也不曾畏懼。冷哼一聲，迎了上來。

兩拳相撞，發出驚天動地的巨響。

我們兩人竟然是平分秋色，同時被對方震得倒退幾步，臉上俱是一愣，我是沒想到，他會這麼好相與，自己在與七小合體後，竟能與他打個平手，看來之前對他的估計是有些高了。

而魔鬼卻沒想到我會實力突然大增到與他平起平坐的程度，心中不由得驚駭，更相信我說的話，認爲我喝的狼酒是某種可以增強功力的好東西。不禁後悔剛才不應該隱藏實力，實在應該採用霹靂手段，以迅雷不及掩耳之勢，趁對方不備，將其擊斃，現在再想輕鬆殺死對方是不可能的了，恐怕不付出幾年的壽命，實難完成自己的心願。

魔鬼冷哼一聲，望著我，嘿嘿冷笑兩聲，神情孤傲，正待要說話，忽然大地之上傳出「通通」巨響，接著就是濃烈的獸鳴從遠處傳來，震撼著人心。

我立即知道，自己和魔鬼戰鬥的這些時間，六大聖地的幻獸大軍已然抵達了。

魔鬼眼珠一轉，心中突然有了好主意，對我嘿嘿笑道：「你的幻獸大軍已經到了，不過，就憑你這些實力就想闖入我的自由島，未免有些不自量力了。」說完，猛的發出一聲劇烈的低鳴。

無數奇形怪狀的異獸從湖水中湧出來，更有數量龐雜的毒物寵獸在「鼠窩蛤蟆村」的地頭湧現，攔住了幻獸大軍的去路。

沒想到小小一個自由島竟養了這麼多怪獸，我爲之暗暗動容。

魔鬼冷冷地瞥了我一眼，隨即又發出一聲奇怪刺耳的尖銳叫聲，這些湧出來的怪獸頓時騷動起來，奮不顧身的向對面的幻獸大軍撲過去。

我一愣，道：「你難道不需要牠們爲你造就出實力高強的部下嗎？」

魔鬼淡淡的掃了我一眼，又把視線轉回到下面慘烈的廝殺當中，道：「只有能在戰鬥中存活下來的幻獸才是我需要的。那些在戰鬥中死去的，只能怪牠們實力不夠，就算是讓牠們活下來，對我也無任何用處。」

沒料到他會有這種論調，我不能眼睜睜地看著下面的幻獸一個個的爲了我而丟失性命。

我趁他注意力都在下面幻獸的廝鬥上，悄無聲息的向他撲殺過去。

魔鬼就像早就料到我會這麼做一樣，迅捷地躲開我的攻擊，輕蔑地望著我道：「既然你想先一步死，我就成全你。」

一把神劍陡然出現在他手中，我看得真切，那正是我丟失的「大地之劍」，現在竟落到他的手中。

第六章　功德圓滿

魔鬼見我目瞪口呆地望著他手中的神劍，得意地道：「大地神劍確實是寶貝，比起我的『噬天棍』猶有過之，可惜神劍中的劍靈尚未成長完全，現在已被我給禁錮。」

一條五花大蟒昂然從神劍中顯現出來，從外形看來，這是一隻七級上品的寵獸，等到該寵獸全部出現在眼前時，頓令我大吃一驚，牠的下半身竟然是一獅身，這種蛇首獅身的怪物我還是第一次看到。

魔鬼望著怪獸欣然道：「此獸名爲『蛇獅』，蛇首獅身，力大無窮，噴雲吐霧，是『噬天棍』中的神獸，現在已被我轉到大地之劍中，得到了大地的力量，更是實力大增，今晚你不再會有僥倖！」

蛇獅體型碩大無比，眼中凶光四射，蛇頭在空中飛轉，蛇信吞吐不停，淡淡的雲霧在牠口中溢出，猛的一聲吼叫，似獅吼，卻夾雜著「嘶嘶」的蛇聲。

這時自由島的另一邊也被火把染成赤彤彤火紅一片，人類的聯軍業已趕至，與另一邊魔鬼的守衛軍戰在一塊。

高空中，我和魔鬼格外顯眼，下面廝殺連天，仍有人獸不斷的在下面為自己一方的首領打氣。魔鬼哈哈狂笑，大笑聲中，只聽到一聲「鎧化」，魔鬼已經先我一步合體，他瘦小的身體，驀地被一溜五彩詭異光線籠罩。

被雲霧覆蓋的身形，不斷的膨脹，不多大會兒，魔鬼也化為蛇首獅身，強壯的獅身人立而起，竟超過我兩倍之巨，靈活的脖子，掛著大大的蟒首，唯獨眼中凶光不變。

變身後的魔鬼一聲怒吼，聲音猶若擂鼓，經久不歇，口中噴吐出毒煙環繞在四周，更添聲勢，大地之劍在他手中釋放出堪比日月的光芒。

我沒有阻止的在一邊悠閒地看著他搞出這麼大的聲勢，他的目的很明顯，造出巨大的聲勢，就是為了吸引在下面劇烈廝殺的寵獸和人類大軍的注意，然後再以霹靂手段將我搏殺，達到震懾聯軍的效果。

而這也正是我想做的，萬眾矚目的情形下殺死對方的首腦人物，盡最大可能削弱敵方的鬥志，以最少的傷亡取得最後勝利。

魔鬼倏地展開蒲扇大小的巴掌，呼的一聲向我面門搧來，速度猶若霹靂，瞬間即移到我的面前，還好我早有準備，險之毫釐的躲開，卻被他的掌風迫得呼吸困難，我嚇出了一身冷汗，心中震顫不已。

實在太驚人了，沒想到他合體後修爲竟然扶搖直上，直追四大聖者，神獸的能力確實厲害，竟可以提高主人的功力到這種程度。

我努力的穩下心來，盯著束手背後停在我面前五米處的魔鬼，道：「擁有一隻上古神獸真是讓人羡慕，卻不知被你封印了的大地之熊該怎麼解開封印？」

魔鬼實力大增，眼見勝局已定，並沒有想到，爲何在這個節骨眼，我還會問一些雞毛蒜皮的小事，答我道：「只要殺了我自然可解開封印，只是我覺得，你最好還是擔心你自己吧，想解開封印，你今生無望。」

我微微一笑，將垂在兩肋下的雙手舉起，望著正處在頭頂上的圓月，我大喝一聲，全身發力，一股無形的氣場，隨即向外排開。魔鬼嘿嘿冷笑著望著我，並不動手，對我的動作視若無睹。

在我的意識引導下，一直被壓抑著的龍之力，迅速取代狼之力的控制權，一陣空蒙的紅光由內而外的釋放出去，從與七小合體的位置上，七顆極小的龍丹投射到我身上的那顆大龍丹上。

一時間紅芒大漲，本來不將我放在眼中的魔鬼，瞇著的雙眼「霍地」睜開，凶芒不定的注射著我，從我身體中散發出的絕大氣勢，令他隱隱感到不安。

紅光映紅了半邊天空，大地也爲紅光所掩印，所有的人和獸都被突發而來的異像所震驚，仰頭尋找紅光的來源，這片紅光令所有的寵獸感到不安和恐懼，有種打心底的懼怕。

魔鬼終於按捺不住心中一直滋生蔓延的恐懼，再不出手，恐怕不用我出手，他就已經輸了，高手之戰首爭氣勢。神劍如開天闢地之勢直向我劈下。

我放出的氣場形成一個半圓形將我護在其中，感受到魔鬼強烈的殺念，我微微抬頭，目光閃出一絲悠閒的意味，他的這點力量根本不在我眼裏，神劍劈到一半就再也下不去，我譏笑地瞥了他一眼，輕輕仰手，一股絕大的力量把他震飛出去。

魔鬼又驚又懼，目光閃爍不定地盯著我。剛才試探性的一擊，竟然被我毫不費力的化解，他有些狐疑地望著我，有些不相信剛才的反擊是我做的。

但是事實偏偏擺在眼前，在他心中，雖然非常清楚天下間修爲高過他的人大有人在，卻從來不曾想過我會是其中一員。

龍之力迅速充溢全身，並且在剛才受到魔鬼一劍的衝擊下，竟然瞬間吞噬了狼之力和植物的力量，本身又進一步提升。

我悠然自得地撤去氣場，走將出來，奚落他道：「不是說，我再不會有機會解開封印嗎，跳樑小丑也敢放大話！」

魔鬼驚疑不定，陰森地望著我道：「你的修爲怎麼會突然增長到這種駭人的程度，不可能的，和你先前的修爲相比，天差地遠，就算再怎麼厲害的靈丹，也無法在瞬間將修爲提高到如神一般。」

我悠然的向他走過去，邊走邊道：「可能上天知道有你這個魔鬼出世，特意遣我來收拾你的，所以今天你就認命吧！」

魔鬼陰沉著臉，突然暴喝一聲，一手持劍，一手持棍，兩柄神器霞光萬丈，如排山倒海之勢，向我襲來。

他自知不敵，想趁我不經意間偷襲我，如果得手，在兩柄神器的攻擊下，我必無倖理，受到重創，他自然可以扭轉敗局。就算不得手也能搶佔先機，或許尚有一絲勝算。

只可惜，他太高估自己，卻又太小看我了，龍神的力量，又豈是小小的詭計可以得逞的。

我不慌不忙，妙之毫顛的伸手握住「噬天棍」，同時借力用「噬天棍」封住了「大地之劍」的攻擊，一迎一送間，魔鬼合體後的龐大身軀在我手中如若無物的任我左右。

被龍之力改造的身體，強橫到難以置信，我正處在有史以來最強的狀態，我想即便強若義父等四位叔伯，也最多只能達到我現在的程度。

晶瑩如玉的雙手，纏裹著烏黑的龍絲鱗甲，強韌程度，就連身爲五大神劍的「大地之劍」也難以擊破。

我運力開聲大喝道：「破！」無形的壓力如貫日長虹，直向魔鬼迫去。

魔鬼不愧爲一代梟雄，當機立斷，放棄被我抓在手中的「噬天棍」，迅若流星的往後退去，邊退邊用神劍在身前布下一道道劍幕，用以阻擋我的追勢。

我狀甚愜意的停下腳步，掂量著手中的「噬天棍」，這上古神物確實不是假的，不起眼的體形竟然重逾千斤，雖然封印的神獸被魔鬼給轉到神劍中了，但仍然從棍身傳出一股股如同烈焰般的熱力。

我心中暗暗一笑，小小一個兵器也敢抗拒龍神的威力，龍之力隨意念而發，不但瞬間將棍中傳來的熱力給消弭於無形，而且幻出滔天駭浪，反攻到棍身，在強大無匹的龍之力下，「噬天棍」也只有俯首貼耳的份，臣服於我。

魔鬼在我身前十幾米外的地方，膽戰心驚地望著我，此時見我把玩著手中的「噬天棍」，強裝鎮定地道：「噬天棍乃是上古神物，除非我死了，否則你別想能收服它！」

從我們倆見面起，我就一直被他玩弄於股掌之上，甚至把小命都搞丟了兩次，直到現在，我才找到了一點強者的感覺。

我面帶笑意地望著他，淡淡地道：「你淺薄的見識，是導致你今天喪命第四行星的主要原因。」

毫無徵兆的，橫在我手中的「噬天棍」迅疾的向兩邊伸長。

魔鬼忽然歇斯底里地道：「不可能的，不可能的，上古神物不是強力可以征服的。」

看著他被強大壓力壓得即將崩潰的樣子，我總算出了口惡氣，徐徐的道：「既然你有能力把大地之熊給封印，強行佔有，我爲什麼不可以降服你的噬天棍！」接著我望著手中的噬天棍，自言自語道：「我叫依天，你卻叫『噬天』，這個名字我不喜歡，從今往後，還是改名爲『盤龍』吧！」

魔鬼被我三千氣機牢牢鎖住，冷汗不停的從他臉上滾落，他望著我談笑自若的模樣，心中愈發害怕，但仍存了一絲僥倖。

他壯膽似的冷哼一聲，色厲內荏地道：「空有強大的力量，沒有與之相合的精神駕馭也是徒勞。」

他雖然說這句話是給自己壯膽，但也確實道出了實情，再怎麼強大的力量，如果沒有同樣等級的精神與之匹配，也不能盡全功。

我波瀾不驚，漫步向他步去，踏虛空如履平地，微笑著道：「殺你足夠了。」

魔鬼狂喝一聲，手中神劍驟然放出妖異光彩，劍形漲大，條條異光四射，脫手而出，如蛟龍出海，當頭向我擊來，我心中大訝，這一招我很熟悉，是御劍訣中的最後一式，沒想到他也得到了御劍訣。

見他全力一擊，我也不敢過於小覷，手中的「盤龍棍」飛舞起來，旋轉著如同輪盤，棍劍交鳴。魔鬼見成功將我纏住，厲喝一聲，吐出濃濃的霧氣，轉眼間，附近百米之內幾不可視。

他吐出的雲霧含毒，我屏住呼吸，將全身毛孔收縮起來。

魔鬼做完這一切，化作一道異光，瞬間在高空消失。他一逃，我立即從氣機上感應出來。

沒有後力支持的神劍漸漸不是「盤龍」的對手，我顧不得糾纏下去，唯恐讓魔鬼再逃了。我運足龍之力，大喝一聲將神劍搶到手中，龍之力隨即貫入，暫時制服了被魔化的神劍。

我另一手催發出三昧真火，籠罩在四下裏的毒霧頓時被焚燒得一乾二淨，我和魔鬼之間的戰鬥，一絲不落的都落入下面戰鬥中的獸與人的眼中，魔鬼的部隊眼見魔鬼都逃跑了，頓時士氣大減，三三倆倆的開始從戰場中逃跑。

尤其是那些從湖水中爬出的怪獸，紛紛掉轉頭向湖水中奔去。

我一眼掃去，全部情況已大致收到眼底，眼見大勢已定，我可以放心的去追那逃竄的魔鬼，倏地向他逃竄的方向掠去，「除惡務盡」，我一定要把罪魁禍首除去。

循著他的蹤跡，我直追到自由島的內部，此時島內混亂一片，很多被魔鬼抓來的部落的人，尚未泯滅人性的，現在見魔鬼大勢已去，紛紛開始破壞城堡內部的設施。

我感應著魔鬼的位置，一刻也不耽誤的向他追去。

紛繁複雜的通道一點也不影響我的速度，很快我就追到了他，魔鬼正急匆慌忙的來到一個儀器前，手腳慌亂的在大螢幕前指點一個星球的位置。

我破門而入，施施然走了進去，魔鬼慌忙轉過身，見我這麼快就追了過來，眼中閃過一絲慌亂，下意識的往後退了一步，驚慌地盯著我。

我一手拿棍一手拿劍，望著他，淡淡一笑道：「本來我是不想追來的，但是，有人告訴我，只有殺了你才能解開大地之熊的封印，所以我只好趕過來，借你性命一用。」

魔鬼被我調侃得臉一陣白一陣紅，惱羞成怒地道：「依天，你不要欺人太甚，兔子急了也會咬人的。」

我臉容一整，正聲道：「哈，跟我說正義！你爲了延長自己的壽命，殘忍的以少女的鮮血爲食，更有甚者利用特殊手段把正値妙齡的少女，改造成不能言沒有思想的植物，專門供作你的食物，這麼多年，你殘害了多少部落的人民，現在還有臉跟我說正義。我倒想看看你是怎麼咬人的！」

「縮地成寸」的功法當即施展出來，我彷彿幽靈般憑空消失，下一刻卻驟然出現在他面前，狠狠的一拳擊向他的腹部，魔鬼憑著豐富的作戰經驗，及時用手格擋住我的雷霆一擊。

卻沒曾想，我的力量竟然生生折段他的手臂，再打中他的腹部。

他在哀號聲中，被我震飛出去，重重的撞在十米外的堅實牆壁上，彈落在地面，魔鬼不愧一代凶人，受到這麼大的重創，哼都不哼一聲，翻身爬起，凶光四射，劇烈的打擊反倒是激起了他的暴戾本性。

被我折段的手臂，「自由」的垂落在身體的一邊。

他單臂搓指成刀，突然暴起發難，身體如龍捲風般向我卷來，身在半空，單臂回輪，高高揚起，斜向我的脖頸砍來。

我動也不動，任他砍在脖子上。他巨大的力量卻不能傷我絲毫。

他駭然發現我正譏笑地望著他，想收手急退，卻來之不及。

劍光電射，他砍在我脖子上的手臂齊肩而斷，鮮血急噴而出。我收回神劍，徐徐地道：「你另一邊手也沒有用了，讓我來幫你了結吧。」

「盤龍棍」化出金光一道，魔鬼慘號一聲，另一條手臂被盤龍棍硬生生的砸得骨肉橫飛，脫離本體。

魔鬼跌坐在地面，見我如同修羅一般，仍一步步的向他逼近，顫聲哀求道：「不要殺我，求求你不要殺我。」見我不爲所動，一點點向後挪動，情形悲慘之極，哪還有一點平時的威風八面。

我搖搖頭，暗嘆一聲，心中也不免爲他悲哀。

「啊，對了。」魔鬼好像想起了什麼重要的事，忽然高聲叫道，「你不能殺我，你殺了我，就再也回不了地球了。」

我殺他的心之堅定，聽他這句話，也不免神情一愣，魔鬼見我殺氣大減，呼呼的喘著氣道：「在這個星球上，只有我一個人掌握送你回地球的方法。」

我淡淡地道：「怎麼回去？」

魔鬼大口地喘了幾口氣，道：「你要保證不殺我，我就告訴你，怎麼才可以回去。」

我仔細地盯著他的臉，半晌，我微微一笑道：「我答應你！」

他萬萬沒有想到，我會這麼輕易就答應他，怔了幾秒鐘，道：「你不會反悔吧！」不等我答話，或者怕惱怒之下一劍殺了他，又馬上接著道：「我相信你的信諾。」指著剛才他站立的位置說：「你在螢幕上選中你想要去的星球，然後按紅色按扭和黑色按扭，然後走到傳送倉中，三分鐘內就會啓動，將你送到目的地。」

說了一大段話，他呼呼地喘著，驚疑不定地望著我，我轉身離去，邊走邊道：「我信守自己的諾言！」

我大步走到大螢幕前，觀察著上面的星河圖。

半晌，癱在那兒的魔鬼，突然發出撕心裂肺的聲音：「我的身體！怎麼會這樣，救我！求求你，救救我，我不想這麼死！」

我不回頭也知道發生了什麼事，我之所以肯答應放過他，就是因為我發現他面部的皮膚一直在不斷的老化中，由於他與我爭鬥不但使出了全部力量，導致了身體迅速老化，而且另一方面，受到我的重創，連兩隻手都已經丟掉了，再加上沒有鮮血的補充，這讓他的生命力迅速消失。

我在心中暗嘆，世上哪有什麼不死身，逆天行事，茹毛飲血，到了最後還不是要還的嗎！

回頭瞥了一眼魔鬼，他正在迅速的老化，一會兒工夫，已不復之前的神采熠熠，一副老態龍鍾的模樣，一層皮包著骨頭，瘦骨嶙峋。合體早已解開，蛇獅在龍神面前，不敢稍有反抗，乖乖的匍匐在一邊。

魔鬼見我轉過頭看著他，沙啞著聲音，有氣無力的哀求我道：「我知道你不會救我的，求你一劍把我殺了吧，也算給我一個痛快，幫我一個忙。」

望著他悲涼的樣子，心中劃過一絲不忍，嘆了口氣，劍起劍落，魔鬼的腦袋從他的身體上脫離，滾出幾步遠，尚未失去知覺的眼睛望著我，憑空多了幾分感激與平和。

沾了魔鬼鮮血的神劍毫芒大盛，一溜靈動鮮豔的黃芒在劍身遊走。

大地之熊的封印因爲魔鬼的死，業已經解開。我望著匍匐在一邊的上古神獸——蛇獅，淡淡道了一句：「以後跟著我吧！」這種上古神獸殺了著實可惜，只盼以後跟了我，會漸漸脫離魔性。

我喝道：「封！」蛇獅化作一道金光投射到棍身，再度被封印到其中。

首惡已除，餘惡便紛紛歸順，一場惡戰，在我以龍神身分的幫助下，於天際投來第一絲陽光時，終於畫上了一個句號。

幻獸與人類聯軍傷亡不在少數，但與預計的相比，實在是算傷亡很低了，天亮時候，人類聯盟已經全部掌握了自由島。

我再次恢復回人形，龍之力如潮水般退回，被它給吞噬的另外兩股力量也脫離出來退回到各自的地盤，不再有所行動。

我化作龍神看似輕鬆，其實卻特別的累，那是精神上的疲勞，駕馭龐大的力量，我的這點精神修爲實在不夠，所以一解除合體，我立即感到疲乏不堪，頭暈目眩，還好身上尚有不少丹藥，服食後，立即打坐，待我十二個時辰後醒過來才好一點。

我醒來之時，人類聯盟軍已經開始打掃戰場，自由島的自然環境由於昨晚殘酷的戰鬥而大受傷害，還好現在是落後的部落時代，也許用不了幾年，這裏的環境就會恢復如初的。

我飄浮在空中，俯瞰著下面指揮部落勇士們收拾戰場的一張張熟悉面孔，心中有一份唏噓和一份傷感，因爲打我從魔鬼口中得知回到四大星球的方法後，已經決定不日就要趕往四叔那兒。

我在這裏待了太長時間，自己突然從梅家的飛船中消失，可能會引起很多人擔心，而且三叔四叔都要我儘快趕去他們那裏，我實在沒辦法在這裏多停留一些日子，不過我想有一天我還會回來的。

心頭浮現出藍薇冷豔的嬌靨，我微微嘘出口氣，沒想到，時間轉瞬即逝，轉眼都已經過去一年了。

清兒李雄他們不知過得怎麼樣，還有就是李獵那傢伙，可千萬不要虧待了我的小青蛇寵，小青蛇寵自出生就跟著我，送與他心中也著實捨不得，只盼李獵那傢伙要好好珍惜牠才好。

轉而心中又掠出石頂天、石龍兄妹等幾人的熟悉面孔，在這個行星待了這麼長時間，多少都有感情了，一旦決定離開，還真有些依戀，旋即心中又有些好笑，自己又何必做這種小女兒態呢，有了星際地圖，自然可以找到第四行星的位置，以後還能夠回來，不必要弄得跟生離死別一樣。

那些幻獸大軍都已分別覓地休息了，猴王帶著牠的猴子猴孫們已經返回猴山去了，此地戰事已了，再留在這裏也沒有必要。

猴王臨走之時跟我說了一些話，令我將信將疑。

猴王送了我一枚寵獸卵，語重心長的道：「猴囡仔，收下這枚火屬性寵獸卵，以後會對你有用處的。」

我點點頭，沒有和牠客氣收了下來，對這位異類的長輩，我的心中總是充滿敬佩的。我道：「猴王，我可能在幾天後就會返回我的世界。」

猴王充滿睿智的眼神望了我一眼，些許驚訝的道：「沒想到你已經想通了這點，我本還打算告誡你的，既然你已經明白了，我也就可以放心的回猴山了。」

我被牠說得一愣，自己只不過是要回去而已，被牠這麼一說，好像其中還充滿了玄機似的。我道：「我不明白您老說的話。」

猴王掀開手中的葫蘆嘬了一口酒，徐徐道：「猴囡仔，你的心中是樸實的，所以想不到那些心中被利益填滿了的人的想法。」

我道：「有什麼差別嗎？」

猴王狀甚開心的笑了起來，道：「不但有差別，而且還很大。你心中沒有利益，所以想的都是別人，而被利益充塞的人，心中想的卻是自己。」

我越聽越糊塗，道：「這我和離開這裏有什麼關聯嗎？」

猴王不再和我打啞謎，開門見山的道：「在巨大的危險面前，人類的所有部落放棄彼此的陳見攜手抗敵，但是一旦危險過後，那些曾經彼此充滿矛盾的部落之間就會再次勾心鬥角，再加上大戰之後的面前是大好的利益，人類內部的鬥爭不遠了！」

我點點頭若有所思，猴王說的不無道理。

猴王又道：「但是在此之前，所有的矛頭都會指向你！」

我失聲道：「怎麼會是我呢？我和他們並無瓜葛，更談不上怨隙。」

猴王道：「世間事，真要這麼簡單就好了。雖然你和他們並無聯繫，但是你卻掌握了最大的利益和實力。」

我疑惑的道：「我怎麼不知道自己掌握了什麼利益？」

猴王道：「你是人類聯盟的名義首領，又是幻獸大軍的總首領，你擁有最強大的實力，如果你是梟雄，有很大的野心，那麼只要你一句話，大軍所過之處擋者披靡，第四行星必然是你囊中之物，難道這不是最大的利益嗎？」

我驚道：「我從來沒想過要第四行星的，只是一心想著怎麼把魔鬼從這裏給剷除而已。」

猴王道：「我相信你心中是這麼想的，可是光我相信是沒有用的。這是你們人類的劣根所致，利益擺在眼前都會千方百計的排除其他人，將其占爲己有。就算你沒有和他爭的念頭，他們也不會輕易相信的。」

我一時說不出話來，心中已有七八分相信，口中卻不願承認。

猴王接著道：「你既心中沒有爭奪的念頭，最好的方法就是一走了之，省心省力。我本來是想來告戒你，讓你離開這裏的，沒想到你卻早有此打算，我也可以放心了。」

猴王領著自己的猴群走了，我卻陷入沉思，沒想到事情並沒有因爲最大的惡源消除了而平息，反而更加的痲煩起來。

想來想去，確實只有離開這裏是最好的方法，大不了以後想念這裏的朋友了，再回來這裏，等我走時，想把魔鬼的超級電腦中儲存的星際地圖保留一份到自己的晶片中，也好以後哪日想念這裏了，還可以回來。

天空不知何時下起了點點小雨，涼風徐徐而過，爲大戰之後帶來一絲清涼。

我從空中折返回自由島，因爲各部落的首領都聚集在這裏，我想走之前先和他們告個別。

把守的勇士告訴我，八大部落的首領正在商議什麼事情。這樣一來更好，省得我一一找他們了，在兩個勇士的帶領下，我來到了首領們商議事情的地方。

我剛要推門進去，裏面突然傳來吵聲，聲音的主人好像是石頂天石大哥。「想要我和你們同流合污，門都沒有，我們石族部落從來不會做這麼卑鄙的事！」

一個陰柔的聲音道：「不要說得那麼好聽，聽起來倒像是正人君子一樣，只怕你不願與我們合作的背後另有企圖吧！」

另有一個聲音道：「不錯，石頂天，誰不知道，你家石鳳和那小子眉來眼去的，只怕你不與我們合作的目的，就是想利用那個笨小子手中的力量獨佔所有的利益！」

石頂天喝道：「老子叫石頂天，頭頂天腳踏地，幹的都是光明磊落的事，這等卑鄙齷齪的事，老子不屑幹！有種就明刀明槍地打個痛快，暗地裏放冷箭算什麼東西！」

「他媽的，老小子，不要給你臉不要臉，你不答應，我們就先宰了你，再殺那小子，還少了一個人來和我們分！」

突然一個威嚴的聲音道：「都別吵了！」

這把老而威嚴的聲音將吵鬧聲都震了下去，「石兄弟既然不答應，我們也不要強人所難，只是以後再見面，我們便是敵非友，以一敵眾，石兄弟可要想清楚了。」

石頂天哼了一聲道：「就算老子只有一個人，也不會怕了你們這些鼠輩，道不同不相爲謀，老子先走了。」說著起身離開。

我雖然身在外面，但是裏面的對話卻一句未落的聽在耳中，心中有所感，卻不知該怎麼表達，只是輕輕嘆了口氣，感嘆人的思想確實難以預料，前日還笑臉相迎，背後卻在商量著如何謀財害命。

聽到石大哥走近的腳步聲，我趕緊飛起，緊貼在天花板上，我不希望裏面的那群所謂的首領們知道我聽到了他們的談話。

我悄悄的跟在石頂天身後，等到離商議的地點有一段距離的時候，我才現身在石大哥面前。

石大哥見我突然出現，嚇了一跳，訝道：「兄弟怎麼在這？」

我微微一笑道：「我一直跟在大哥身後。」

石頂天吃了一驚，盯了我一會道：「你都聽見了？」

我點點頭，嘆了口氣道：「我很欣慰大哥沒有和他們同流合污。」

石頂天強打精神，笑道：「不用擔心，大哥始終會站在你這邊的，憑我石族的實力，他們不敢輕舉妄動的，再說你有六大聖地的寵獸，誰人能拿兄弟怎麼樣！」

我嘆了口氣沒有說話，他和我心中都明白，明槍易躲暗箭難防，就算是我擁有再強的實力，除非我每天都躲在家中，不然一定會遭到其他部落無所不用其極的暗殺。

我現在的修爲雖有寸進，恢復到最初來時的程度，但除非變身爲龍神，否則仍是難逃一死。

我遲疑了一下，道：「石大哥，這兩天我就要回去了。」

「回去？」石頂天明顯的愣了一下，「去哪？」

「返回我原來的世界。我已經找到了回去的方法，在那邊還有很多小弟要辦的事和牽掛的人，所以必須回去不可，不過大哥盡可放心，我還會回來的。」我面有愧色的道，在石頂天和其他大部落爲了我鬧番的當兒提出要走，實在令我心中難安。

石頂天顯然沒有料到，我竟然能夠找到回去的方法，望著我，沒有說出話來。

我嘆了口氣正要說話，石頂天搶先我一步，笑道：「那大哥我倒要恭喜兄弟終於得償所願，可以回家了，你放心走吧，這邊大哥撐得住。」

聽到石頂天說出這樣的話來，終令我放下心，我本還怕他真如那些首領們所說，想利用我來獨霸天下，現在看來，石頂天確實是頂天立地的真漢子。

我握住石頂天的手感激地道：「多謝大哥支持小弟，小弟會將咱們的關係告訴六大聖地的幻獸，只要日後你有什麼困難，只管派人去六大聖地，牠們必定助大哥一臂之力的。」

石頂天也不推辭，緊握了一下我的手，豪爽的大笑道：「那要謝謝兄弟了，我們都是一家人，大哥就不惺惺作態了。」

石頂天接著又道：「你準備何時動身回家？」

我想了想，緩緩地道：「事已至此，自己都成了別人的眼中釘，而且要做的事也已經完成，再留下也沒什麼意思了，我準備馬上就走。」

石頂天道：「這麼快，怎麼也要等我石族重新建起來再走啊！」

我笑了笑道：「大哥心意我心領了，但是我仍有一些要緊的事要辦，遲則不及。」心中在想，可能等我趕到四大星球的時候，四位長輩已然歸隱了吧。

石頂天見我心志已決，也不再挽留我，道：「那大哥就祝你一路順風吧，人心多險惡，兄弟到那邊也要多加小心。」

我笑了笑道：「這我知道，大哥就不用操心了，小弟不在你身邊，你也要多加小心，其他部落的實力不容小覷啊。」

石頂天哈哈大笑道：「跳樑小丑，不足道哉，有了兄弟的寵獸幫忙，我不主動去動他們，他們就該燒高香了，哪還輪到他們在我面前叫囂。」

我道：「那也萬不可大意，能夠和平相處是最好了。等下，我出去和那些寵獸告個別，立即動身離開這裏。」

石頂天道：「那大哥就不送你了，我要先去佈置一下，省得那幫卑鄙的人會在暗中動手腳。」

我和石頂天出了城堡，便分手各做自己的事。告別了石頂天，我第一個來到了蛇王帶領的大軍的駐紮地，腳下密密麻麻盤爬著顏色各異種類不同的爬行類，蛇王披著一身五彩斑斕的皮紋出來迎接我。

我向牠道出了來意，並請牠以後如果接到石大哥的信號，萬望牠可出手幫忙，蛇王出乎我意料的爽快，一口答應，並送我一枚幻獸蛋。見人家這麼客氣，我這個名義上的幻獸大軍的首領自不能小氣，隨手送靈藥數枚，想來好好利用到可以令牠再升一級。

接下來又分別去了白獅的領地、雌狼王的駐地、黑熊的駐地、飛馬王的駐地，豹王的駐地。這些幻獸王無一例外的都送我一枚幻獸卵，我也回贈了一些靈藥。

我最不捨的還是大黑，大黑已經在此定居，和雌狼王生活在一起，我雖然十分捨不得和牠離開，卻不忍心因一己之私，破壞了大黑的幸福生活，經過這麼多事，我深刻的體會到寵獸也是有感情的，和人類並無二致。

所有幻獸王都答應我，當石大哥有事情的時候，一定會出力幫助。黑熊聽到我叫牠幫助石頂天，搖著肥大的腦袋道：「我爲什麼要幫助一個人類？」

看著牠的傻相，我哭笑不得地踹了牠一腳道：「你記住，我才是熊王，你只是暫代我的位子，你要是答應我的要求，我可以在走了以後把熊王的位置讓給你，否則現在就把熊王的位子讓給別的熊。」

牠身後幾隻傻熊聽到我說的話，馬上挺起了胸膛，呼哧呼哧地喘著粗氣。黑熊一見自己的王位受到了威脅，馬上道：「我答應我答應，不過你要說話算話，熊王的位子要給我。」

我拍了牠一下厚肉的大腦袋，道：「好，我現在就把位子讓給你，現在該放心了吧。」

黑熊張開大嘴嘿嘿的傻笑起來。

我取出幾枚靈藥遞給它，道：「每一個月吃一顆，可令你再升一級，如果你運氣好，也許勉強可擠身於神獸的行列，這要看你的造化了。」

黑熊伸出毛茸茸的大手掌，小心翼翼的將幾粒藥丸收了起來。

我又拍拍牠的大腦袋，道：「我要走了，以後你們要乖乖的，也許我還會來看你們的。」

黑熊直噴著熱氣，人立而起，鼻涕淚水胡了滿臉，不捨地道：「熊王你一定回來看我啊！」

告別完所有的幻獸，我逕自來到了魔鬼僰命的房間，超級電腦仍在運轉著，大螢幕上星際圖熠熠發輝，我嘆了口氣，收拾情懷，故作輕鬆的來到大螢幕前。

先把星際圖給儲存到我的晶片中，然後按照魔鬼告訴我的方法，找準了后羿星的位置，按下紅紐，來到超級電腦邊一個傳送的密閉容器內，一道光芒照在身上，能量有規則的湧動起來。

一個好聽的女生響起，「地點后羿星球，三十秒後正式啓動，放鬆心情，您將會在三個小時內抵達后羿星。」

不大會兒，時間進行到計時，因爲自己有了上次被傳送的經驗，故心中並不擔心，靜心的等待被傳送。

又過了一會兒，身體一陣顫動，我知道馬上就要開始傳送了，這次傳送不像上次那麼慘，又是氣悶又是頭疼。在容器內，並沒有什麼不良反應，彷彿躺在床上睡覺般。

三個小時的時間還長著呢，爲防止乏味，我將心神又沉入身體內部，開始審查自己最近的修煉情況和身體狀況。

和魔鬼一戰令我的修爲突飛猛進，一下子衝破重重障礙，恢復了最初抵達第四行星的修爲，內息也再次變爲至陰。

不過自己的內息雖然增強了很多，仍然無法自然駕馭龍之力，另外還有狼之力和植物的力量，這兩股力量也不可小覷，與魔鬼的對戰中，我竟然僅憑狼之力就可以與魔鬼打了個旗鼓相當。

這說明狼之力也有很大的發展潛力，而植物的力量更令我嚮往，天下間的一花一草都可以充當自己的耳朵和眼睛，這是多麼美妙的一件事情。只是這三股力量會不會鳩占鵲巢，反客爲主，讓我傷透了腦筋。

算來算去，身體中四股力量並存，希望以後待我的修爲上升的時候，可以一一駕馭它們。

想到這，我放棄心中的雜念，導引著自己的內息在經脈中循環，盡盡人事，也讓自己安心些。

等我醒過來的時候，我才發現不知什麼時候我都已經安然著陸了，可能自己太用心修煉，才忽略了外界的聲響。

我打開容器的門，翻身跳了出來，望著黑漆漆的四周，我心中暗道：「這就是后羿星球嗎？」突然一縷星光射下。

借著點點星光，我發覺自己身在一個不知名的小森林中，因爲樹木遮蔽，所以四周漆黑一片，我深深地吸了一口氣，心情開朗起來，終於到了后羿星。

第七章　初會魔羅

四周萬籟俱靜，穿過重疊的樹枝綠葉，斑駁的星光散落在地面，涼爽宜人的山風，深刻的令我感覺到自己真的是從第四行星回來了。

四周林木阻隔，我不辨東西的在林中漫步，我的寵獸們都被我封印起來和我一塊兒來到了此地，不過我現在不想把牠們放出來。眼前月色迷人，假若換作佳人相伴，比如藍薇，花前月下倒也繾綣。

如若「似鳳」被放出來，則必定大煞風景。還不如我一人獨行來得愜意。

我緩緩而行，倒也不急著找到有人煙的地方，這般平和的心境來之不易，理應好好體味，等到天明再找人詢問也自不遲。

四叔辦的「崑崙武道」在后羿星有名得很，隨便找個人問問都能找到。

走不多久，竟聽到湍湍水聲，我疾步走去，一條窄窄溪流「嘩嘩」流淌，月光倒影，令我想起了地球的家園。

我順勢停步，坐在水邊，觀賞月色，聽著叮咚水聲，頗是悠然自得。正悠閒的時候，耳中忽然聽到野獸的「嗚咽」聲。我心中奇怪，站起身，向聲音傳來的方向走去。

聲源越來越近，終於我看到在二三十米外的一棵大樹下，一頭野豬獠牙高高翹起，在牠額頭明顯的有三道條紋，沒想到竟在這裏看到三級的野寵，牠警惕地盯著身前的敵人。

在牠身周有三隻普通的掠食性動物——豺狗，虎視眈眈地盯著野豬寵，看樣子，三隻膽大包天的豺狗把牠當作晚餐了。

以野豬寵的能力，收拾幾隻豺狗該是輕而易舉的事，偏是好像牠才是弱勢的一方。納悶之餘，我仔細地望去，才發現在野豬寵身旁的地面有一個凹陷下去彷彿巢穴一樣的地方，在上面明顯地躺著一枚寵獸蛋。

我這才明白過來，野豬寵冒著生命危險產下了一枚蛋，因而實力大減，經過這麼一段時間，力量尚未恢復，沒想到今天晚上卻碰到了三隻想趁機撿便宜的三隻豺狗。

野豬寵想要脫身該是輕而易舉的事情，只是捨不下自己的蛋，所以就留在蛋的旁邊和三隻豺狗僵持下來。

這件事既然讓我碰上，那是一定要管一管的。自從我在第四行星見識了六大聖地寵獸的壯觀場面，又做了一回寵獸的首領，心中就起了一個念頭，走遍四大星球，搜集天下寵獸，然後偕一佳人，選一處風景秀麗、山水相合的地方，蓋上幾間房屋以伺弄寵獸為樂，房屋的名字我也已經想好了，就叫作——馭獸齋。

仿古人之遺風，不亦樂哉。

我雖然想了這麼多東西，腳下可沒停著，很快就走到離一豬三狗幾米遠的地方，三隻豺狗見我不斷靠近，其中一隻掉轉過頭來，對我嗚嗚低吼起來，想用叫聲令我退避三舍。

我望著血紅的眼睛，微微笑道：「笨狗，想找死嗎？」

那隻豺狗見我不為所動，自己卻被我嚇得連退幾步，其餘兩隻豺狗一起轉過頭來盯著我，見我仍然不停地走過去，三隻豺狗捨不得眼前的美食，驟然暴起發難搶先向我撲過來。

我哈哈大笑，這種笨狗，若是跑了我也不屑追上去把你們宰了，你們非要送死，那我只好享用一頓狗肉晚餐了。

我瞅準機會當先一腳，最先撲上來的豺狗哼了一聲就被我踢飛出去，後面兩隻豺狗不分前後的也跟著撲上，我踢出去的腿沒有收回，又是連續兩踢，這兩隻豺狗也趴在了地上，沒了氣。

我剛要走上前去，忽然發現野豬寵正警惕的防範著我，我一愣道：「我幫你打死了這幾隻豺狗，你可以安心地孵化你的蛋了。」

沒想到，野豬寵忽然低鳴一聲，用獠牙捲起其中一隻豺狗的屍體，連自己的寵獸蛋也不顧轉頭跑了。

我目瞪口呆地望著那隻三級野豬寵越跑越遠，漸漸地消失在林中。

我納悶地撓了撓頭，不知道這頭笨豬爲什麼看到我就跑，我不是說了自己在幫牠的嗎，難道牠沒有聽懂我的話，不可能啊，莫非后羿星的寵獸語言與第四行星的語言不同？

我莫名其妙地搖了搖頭，走到那個簡陋的巢穴前，伸手將裏面唯一的寵獸蛋給取了出來，寵獸蛋在我手中傳來一陣陣熱力，忽然寵獸蛋一動，竟彷彿快要孵化的樣子。

我訝道：「不會吧，怎麼會這麼巧的，竟然要孵化了！」

迎著月光，寵獸蛋越發動得厲害，我用雙手把它捧著，小心地注視著它孵化，不大工夫，靠近右邊的一塊蛋殼禁不住折騰，終於被裏面的小東西給敲開來，一個濕嫩的小蹄子先伸了出來。

粉嫩欲滴的小蹄子，讓人一眼看上去就忘不掉，一會兒，小蹄子又縮了回去，又是好一陣的折騰，終於戰果擴大，小腦袋從先前破開的地方鑽了出來，竟也是粉色，唯獨鼻子是白色。

嬌嫩的皮膚無一絲毛，微微睜開的大眼睛透出一絲水氣，出奇的討人喜歡。

我看著牠可愛的樣子，一點也不敢相信，先前跑了的那隻粗頭大身子，滿面獠牙，黑毛遍體的野豬寵會是牠的父母。我倒是覺得可能這個蛋的父母已經被剛才那頭野豬寵趕走，卻碰巧又來了三隻貪婪的豺狗，耗費了大量體力的野豬寵暫時沒有能力趕走聞訊而來的投機者，又捨不得到嘴的寵獸蛋，所以才會僵持下來的。

我暗暗罵了一聲跑了的那隻野豬寵，這個時候，粉紅的小豬已經爬了出來，胖嘟嘟的身體費盡了力氣，此刻正躺在我手掌上面休息。

嬌小的體態，肉肉的身體，粉紅的體色，可愛的大眼睛，我已經決定這隻小豬寵自己養了。我在地球曾在李家見過一隻豬寵，這類豬寵並不具多大的攻擊力，不過牠們有一種特別的能力，就是進行遠距離的傳送，至於傳送的距離遠近，就要看豬寵的級別了。

更爲神奇者，個別的豬寵可以幫助主人時空跳躍，換句話中，就是可以自由回到過去的任一時代。不過這只是一個傳說，還沒有聽說哪裏有確切的記載。

歇息好了的小豬寵，搖晃著爬起身來，把蛋殼一點點吞到肚中。我把小豬寵捧到眼前仔細地觀察著，空出另一隻手，逗弄著牠。

正玩得開心時，忽然一股陰森森的感覺如潮水般湧過，我渾身打了個激靈，頓時警覺起來，一手掣出「大地之劍」小心戒備著。

經過魔鬼的事情，我已不再是剛出村的小孩子，自己的修爲越高，越感到天下比自己修爲高的人多如過江之鯽。

內息傾巢而出，守護在身體四周，剛才過去的森冷之感，令我壓力大增，這股壓力不亞於魔鬼給我的感覺。今晚不是月圓之夜，要是真碰到魔鬼級別的高手，將會非常棘手。

小豬寵也彷彿覺察到危險，靜靜地趴在我左手中，一動不動。

我也不敢稍動，怕給隱藏在暗中的敵人可乘之機，精神與功力被我提高到極至，六識靈敏地捕捉著四周的一點點動靜。

黑暗中我眼光不及的某一樹杈上，一雙血紅的眼睛正貪婪地望著我。

無形的壓力令我額頭不斷的滲出汗來，心中暗自揣測，這究竟是誰，修爲會有這麼高，憑我剛才的感覺，這股陰森的內息帶著邪惡的意味。自己究竟走的是什麼運道，剛解決了一個野心勃勃的邪惡傢伙，沒想到剛一抵達后羿星，就又碰到一個更邪惡的。

順暢的風聲突然出現一絲停頓，一個黑影以電光火石一樣的速度驟然向我投來，所幸我防備甚嚴，並無慌亂的閃身躲過他的第一次攻擊。

手中的神劍剛想反擊時，人影已經不見了，再次消失在稀疏的林中。

林子經過剎那的危險，又變回暗寂的樣子。

我暗嘆好快的速度，我一向以速度自詡，沒料到今天碰上了對手。

一擊不成的黑影，這次躲到了一簇草叢中。令人瞠目的是，一個高大的身體怎麼會縮小到可以躲在一簇草中？

不知哪位前輩曾跟我說過，最好的防守就是進攻，與其死命防守不如放手一搏，或可有一線生機。

我雖然六識非常靈敏，但是畢竟在黑夜中受到很大的局限，極難發現對方的藏身之所。我心中一動，倏地將靈龜鼎召喚了出來。

頓時霞光萬道，將整片林子映射得如同白晝，我全力掃視四周可疑的地方，銳利的眼神總算是發揮了作用，一簇微微隆起的草叢惹起了我的注意，我跳到空中，故意四下亂砍。

記住了敵人的隱身之所，我大喝一聲「鎧化」，靈龜鼎化作五道彩光紛紛向我身上投來，看來我「鎧甲王」的稱號不得不在后羿星上顯上一顯了。

一股靈力極快的遍佈全身，融合到我的內息中，自己的修爲數倍提升，我不再隱藏實力，一聲狂喝，向敵人的藏身之地力劈而下。

手中的神劍濛濛黃光將整團草叢籠罩在內，誓要將其斬殺於當場。

躲在草叢中，心中正暗自得意的黑影，實在料不到這次自己的下手對象竟會如此難纏，以前每次都能夠輕易得手，早就把他的警覺心給降到了最低，今天碰上我，是他一輩子的不幸。

神劍如鋪天蓋地之勢席捲而去，黑影人也確有真才實學，關鍵時刻，毫不手軟，雖然躲避得極爲狼狽，卻仍被他逃過這幾乎必殺的一擊。

驚嘆於他的修爲，我下手更是毫不留情。

經過這麼多事，我的對敵經驗絲毫不遜色於任何一個高手。

如水銀瀉地的攻勢連綿不絕的招呼過去，堅決不能讓他有反手的機會，黑影人也算了得，幾個照面被我打傷了三四處，知道在我手中討不到好去，也不戀戰，拚命一擊，頓時逸向遠處。

眼看此獠逃走，我疾喝道：「大地之熊！」

大地之熊刹那間出現在森林中，隨著大地之熊的低吼，無數隻土箭石刺不斷地從地底鑽出。

黑影人猝不及防，頓時再次受傷，又因爲不停的有鋒利的尖石從地下冒出來，黑影人的速度大大受到影響，雖然只是片刻的工夫，我已經追趕上來，神劍揮動，道道劍氣毫不留情地刺過去。

黑影人傷上加傷，又被我緊逼，氣勢大弱，更因爲石刺的緣故無法發揮自己隱匿身形的長項。

我抓住機會，心中絲毫不敢放鬆，要是能夠利用這個機會除掉此獠，也算是爲后羿星的人民做了一點好事。眼前的黑影人我從未見過，但是從突然的偷襲和他身體散發出不同尋常的邪惡氣息，我判定此人定是與魔鬼屬於同等貨色。

黑影人逃脫不掉，只好轉過頭來硬著頭皮與我戰在一塊，卻處於絕對的劣勢。此時面對面我才看清此人，他應該也是合體了，卻與四大星球的合體術不大一樣，倒是與我在第四行星參悟出來的合體方法頗為類似。

四大星球的合體術是利用寵獸在體外形成一層堅固的鎧甲，保護自己的肉體，減輕肉體所受傷害。

而第四行星的則不一樣，是直接與寵獸合為一體，利用寵獸強化本身的肉體，激發自己的潛能，這樣一來，身體在合體後也有了獸類的特徵，眼前之人正是如此，通紅的眼珠，三瓣嘴巴，通體的獸毛，靈敏的奔跑速度。

我暗自猜測他的合體寵獸多半應該是兔寵。

只是兔寵這類寵獸比狗貓還要低等，幾乎是沒有什麼用處的，只是速度上稍有優勢。我真搞不懂竟然還會有人用這種極其低級的寵獸合體來與人搏殺。

黑影人的鮮血不斷從傷口處流出，過多的失血，令他越來越不濟，速度和力度都慢了許多，我手上一緊，以更加猛烈的打擊力度力圖在幾個回合內把他擊斃。

黑影人也察覺到我的意圖，奮起反擊。我則死死的咬住他不放，以細雨綿綿般的劍招緊緊纏著他。

黑影人眼看脫身不得就得喪命我的劍下，驟然發出一聲淒厲的厲吼，身體散發出血紅色的薄霧，我初始以爲這只是他的惑敵之計，用來脫身，哪知紅霧一沾在我身上，立即把我衣服給腐蝕了。

我大驚失色，掣劍揮出一片劍幕，紅色血霧被攔在身外，黑影人眼見得逞，邊逃邊發出淒若厲鬼般的叫聲：「下次見面就是你的死期。」

我眼睜睜地望著此獠逃向遠處，當機立斷，施展御劍訣，來不及施展最厲害的第三招，因爲耗費時間長。只好勉強使用第二招，神劍如驚天長虹，霹靂般追刺他的命門！

黑影人一聲慘叫，跌落下去，我揮散血霧，急急地追了上去。

只是眨眼的工夫，待我趕到時，只看到地面有一隻斷了的手臂，正在掙扎著，而黑影人則完全的蹤跡杳然，不知去向。

黑影人本就善於藏匿之術，又在黑夜之中，周圍頗多樹木花草，雖然只慢了一線，想要再尋到他的蹤跡，卻難得很！

那隻斷臂漸漸縮下，脫去外面的毛髮，露出一隻完整的人的手臂。大灘的血跡，證明黑影人一定受了不輕的傷。

我嘆了口氣，返身離開這裏，眼見可以誅殺此獠，卻萬萬沒料到他還有這種絕活，令我功虧一簣，雖然將其重傷，但是過不了多久，他還會復原的，希望他經此一劫，能夠改邪歸正。

雖然口頭上這麼說，其實心中卻不認爲黑影人真的能夠改邪歸正。

今日讓他逃走，不知道有多少人又要遭他毒手。

黑影人見我走遠，在一塊大石邊現出了身形，不再停留，馬不停蹄的向遠處閃去。黑影人此時心中是又驚又恨，心裏暗道：「死小鬼竟然斬斷了我的手臂，下次讓我見到你，一定要把你銼骨揚灰，否則難消我心頭之恨！想我身爲五強者中的鬼王，今天打雁不成反被啄瞎了眼，真是可悲啊。」

本來迅速飛逸的身體忽然停了下來，立在地面，自言自語地道：「這樣回去，一定會被人懷疑，我要先想辦法恢復自己的斷臂才行。」

黑影人正是一年前暗算自己的主人，奪得那隻兔寵的鬼王，自從他獲得這隻可以吞噬別的寵獸來完善自己的兔寵後，他便經常合體後在后羿星四處掠食，喪命在他手中的人、獸，已經不下五六十之多。

沒想到今晚出來，卻遇到了強勁的對手，大意之下，還差點丟了性命。

鬼王恨恨的想著，斷了的手臂已經不再流血了，好在他吸收的寵獸中，有具有斷臂重生的獨特功能，因此只要他找到足夠的能量，就可以立即再生出一條手臂。

鬼王如鷹隼的目光在周圍來回的掃動著，突然騰身躍起，跳將過去，口中喝道：「就是你了！」只見一頭野豬寵被他輕易的從一處灌木中捉出來，此豬寵正是我剛才所見到的那隻。此時被鬼王抓在手中，鬼王的面部一陣抽動，嘴巴突然變大，佔據了整張臉，一口將野豬寵吞下，便又恢復了原先兔人般的模樣。

龐大的野豬寵把他的腹部撐大起來，肚腸不斷蠕動中，齊肩斷落的傷口處，一段新肉如同破土的嫩芽不停的向外延升，很快一條新生的手臂便長了出來。

黑影人顯得很疲乏，卻強忍著沒有解體。

與寵獸合體需要足夠的精神修爲來駕馭，如果精神修爲不到，則無法駕馭該類寵獸，當人疲倦、精神非常疲勞的時候，由於沒有足夠的精神力都會解體，來儘快恢復自己的精神力。

而鬼王這時候強撐著精神力卻不解體，也是有他的原因。他要恢復斷臂，就必須在合體的情況下，利用兔寵的特殊能力再生出一條新手臂，否則一旦解體，就無法再恢復了。

好不容易等到新臂長出來，鬼王深舒一口氣，立即解體，一道白光閃過，一隻雪白的兔寵安靜地趴在他的面前，只是血紅的眼睛，散發著難以言喻的恐怖。

鬼王揮了揮新手，倒也靈活自如，眼中精光一閃，念了句封印口訣，兔寵頓時被封印起來。鬼王長身站起，在腦海中又回想了一遍我的模樣，冷冷地哼一聲，向左前方飛速的掠過去。

我捧著豬寵，坐在河邊一塊大石上，豬寵填飽了肚子，此時已在我手中進入了夢鄉，不時微微甩動腦袋，哼唧兩聲。

我將豬寵抱在懷裏，盤膝坐下，剛才危險的搏鬥，雖然我占盡上風，威風八面，卻消耗了我很多的內息，現在正好趁著大好月光，修煉一會兒，也好恢復到最佳狀態。

等到天已大亮的時候，我也從靜坐中醒來，精氣神都已恢復如初，我現在越來越喜歡在月色充盈的情況下修煉，每當在這類條件下，我的狀態都非常好，精神也特別活躍。

我用清涼的河水洗了洗臉，小豬寵也已經醒了，此時正用牠那白色的鼻子在草叢中嗅，有了許多餵養寵獸的經驗，我知道牠是餓了，拿了一枚百獸丸出來，餵給牠。

我身上的靈藥差不多都已用光了，今次到了后羿星，一定要找個機會多弄 些草藥再煉一些。小豬寵很乖，吃了百獸丸，並沒如「似鳳」那般貪婪，而是「嗯唧」兩聲自己跑到河邊喝水。

我趁這個機會眺目遠望，才發現離這裏幾里外的地方，有一條寬闊的大路，此時已有三五輛模樣古怪的電車在上面行駛，在天空上，稀疏的幾輛飛行工具在天空飛翔。

我點了點頭，看來自己已經處在城外的某個地方，等會進了城，打聽去「崑崙武道」的途徑，自己就不再做停留，直接趕往四叔那好了，希望四叔他們還沒有歸隱。

小豬寵還未長大，無法封印起來，只好暫時將其放到烏金戒指中，只要每過一段時間，把牠取出來吸吸新鮮空氣就可。

我駕起「御風術」冉冉的升上天空，向前方的大路飛過去，林木在腳下向後倒退，晨曦的清風中飄灑著花兒的芳香。

我充滿歡欣的飛過去，跟在一輛電車後上方，向前面的城門飛過去。

第八章　天街城中煩事多

我跟著電車一塊進了城，甫一進城，就被眼前的繁華給震住，城中高樓林立，直插雲霄，地面來往車輛如同河流般不疾不徐地行駛，各式立交橋彷彿一條條巨龍穿插縱橫，在空中，種類繁多的飛行器井然有序地飛著。

更令我驚異的是，我看到了在飛馬城都很少看到的景象，不少人都利用一些簡易的助飛器在天空遨遊，還有不少人駕馭著各種寵獸在高空飛翔，更有少數人把飛行器製作成飛劍、古扇等形狀，人或站或坐在其上，彷彿是修得正果的仙人。

更有年輕人把飛行器製作成滑板等形狀，在天際滑翔。

我本以爲飛馬城已經非常大，但與此城相比，又不知相差多少倍，有小巫見大巫之感。我這個土包子，面對如此複雜的場景，一時間摸不清該怎麼辦了。正不知該如何是好的時候，突然後面傳來充滿怒氣的聲音：「快讓開！」

我頓時嚇了一跳，急忙閃到一邊，只覺一陣風從臉邊刮過，一個人在我面前停了下來，怒氣沖沖地望著我道：「喂，你這個人怎麼回事，不知道飛行的交通規則嗎？要是飛累了就停到一邊休息去，不要占著飛行的路，有礙交通！」

我暈頭轉腦的還不明白怎麼回事，就被他訓了一頓，仔細看過去，眼前之人像是一個男孩子，看上去彷彿比我還要小上很多，偏是眉宇間顯得很成熟，身著黑色套服，我一眼發現，在黑色套服裏是一件白色的武士服，這時正怒色盯著我。

我向他身下望去，他踩著一件飛行器，飛行器的外形古怪異常，我在村裏曾經見過，那是一種流傳很廣的樂器，在四大星球任何地方都可以看到，是一把吉他，外形與普通的吉他沒有任何區別。

有琴弦、琴準、上下琴枕等一系列普通吉他所必備的部分。琴身看起來質地較硬，可能是雲杉或者冷衫等木材製成。

我暗暗感嘆，外面世界的人真是思想怪異，面對對方咄咄逼人之勢，我也只好道歉以息事寧人，誰叫自己初來乍到，不懂得交通規則呢。

我還真沒想到，原來在天上飛竟然也是要受到規則限制的。

對方狠狠盯了我一眼，自語道：「要是讓我誤了風笑兒小姐的演唱會，我就讓你好看，死小子！」

難怪他這麼匆忙的，原來是趕著去看一個叫風笑兒的演唱會，見他仍不太情願地怒盯著我，我指了指後面的人道：「朋友，你好像擋住了後面人的路，如果你再不走，可能會真的趕不上風笑兒的演唱會，還是快點吧。」

男孩一愣道：「死小子，你叫什麼名字，敢教訓我，要不是我趕著去看風笑兒小姐，今天一定叫你好看。」

看得出，他很在乎那個叫風笑兒的演唱會，雖然口頭上說得氣勢洶洶，卻沒再作停留，驅動身下的吉他飛行器，一溜煙的飛向前方。

我向他的背影望了望，忽然想起，剛才要是問問他知不知道「崑崙武道」在哪個城市就好了，現在想再找人問就難了，每個人都行色匆匆，一陣風似的從我身邊經過。

突然間，一輛船狀氣墊警車向我開過來，並在我身邊停了下來，從警車上下了一個人，體格壯大，身形魁梧，一臉和藹的走到我身前，道：「請問有什麼需要我們幫忙的嗎，你是不是迷路了？」

我忙不迭的點頭，道：「我是從地球來的，到后羿星是拜訪我的一個長輩，可是我初到后羿星，不太認識路，所以……」

警員微微笑道：「不要客氣，只要你說出具體情況，我們會幫助你找到你長輩的住址，並送你去的。」

我道：「那倒不用了，我一個人去就可以了，你們只要告訴我該怎麼走就行了，我的長輩住在崑崙武道，你們只要告訴我崑崙武道在哪個城市，我自己就可以去了，不需要麻煩你們。」

警員一聽我說出崑崙武道，立即肅然起敬，神色恭敬了很多，臉上依然帶著微笑，道：「原來你的長輩是崑崙武道的老師，那就好辦了。」

因爲凡是能夠住在崑崙武道中的，一般都是老師，而崑崙武道是四大星球首屈一指的最高學府，所以警員聽到後，會神態恭敬，同時以爲我的長輩就是崑崙武道中的老師，他哪知道，實際上我四叔是崑崙武道的創始人，更是四大聖者之一。

我忙問：「你知道在哪嗎？」

警員微微一笑道：「歡迎你來到『天街城』，這裏就是后羿星的首都，全球最大最繁華的都市『天街城』，也正是全球最著名的武道學府『崑崙武道』的所在地，你不用再往別處去了，這裏就是你的目的地。」

我聽他這麼一說，立即滿面欣喜，踏破鐵鞋無覓處，得來全不費功夫，沒想到，從第四行星一下子就把我傳送到「天街城」，真是太幸運了，首都果然不同凡響，連警員都這麼彬彬有禮的。

當下，警員把「崑崙武道」的地址給了我，我拿了地址，滿心歡喜的就要往「崑崙武道」飛去。

沒想到剛飛出去一米，就被那個警員給叫住了，道：「你應該是不明白空中的交通規則吧，天空雖大，也不能像你這麼亂飛，會出車禍的。」

我剛才太興奮，到把這事給忘了，我連忙停了下來，轉過身，不好意思地道：「我第一次進城，還不太清楚空中的交通規則。」

警員耐心的給我講解道：「空中的交通規則與地面一樣有很多，簡單的說，空中如陸地一樣都有明確的交通道路，道路如同軌道不可貿然的穿越……」

聽了半天，我也算是聽了個大概，總之本以爲很快就可以飛到「崑崙武道」的，照現在的規則飛，恐怕又得半天才能到。

告別了警員，我也融入到天空飛行者的隊伍，一步步向前飛行，飛了一段時間，我忽然看到在我前右方大概兩百多米的位置，有一座貌似皇宮般的宏偉建築物，待我飛超過去，轉頭望來，看到在建築物的正面有一個巨大的電子女人圖像。

女人花容月貌，巧笑倩兮，眸若秋水，勾魂奪魄，身材火辣，名貴的服飾將美好的身軀襯托得凹凸有致，散發著陣陣成熟美人的性感。

我見過的女人雖然不多，卻個個都是嬌媚美人，但與此女相比，頓時失色不少，只有藍薇的冷豔才能與她一較高下。

在美女的頭上浮現著幾個龍飛鳳舞的大字：星系最紅女歌手風笑兒小姐，將於某年月日在碧靈宮為后羿星的廣大歌迷帶來最強的十首歌曲。

我恍然大悟，原來剛才那個男孩急匆匆的就為了看這個女人的演出，如此醉人尤物，難怪連他那般年齡的男孩也傾倒在她的魅力下。

剛來到后羿星就長了見識，如此高入雲霄的宏偉建築物還是首次見到，我看以後可以不叫碧靈宮，改叫「摘星樓」可能會更好。

我自娛自樂的向前飛去，太陽漸漸的從天邊一步步爬到我的腦袋上，時間已是正午，我好長時間都沒有吃過家鄉飯了，再說，小豬寵也該進食了。

雖然牠是野寵，有很強的生命力，但是看牠那嬌貴脆弱的樣子，吃完就倒頭大睡，我還真怕把牠餓著，牠待在烏金戒指中也有不短時間了，剛出生的小傢伙，千萬可別悶壞了。

我穩住身形，降落下來，在空中與地面空出幾十米高度的空間，為的就是方便飛行在天空中的人抵達目的地，可以隨時降落下來。

我停在半空，四處望了一下，剛巧看到不遠處有一個地方是商業區的樣子，很多人都走在街上，兩邊很多裝飾漂亮的商店。應該是不會錯的，我打定主意後，又回到飛行道上，向前面的商業區飛去。

來到目的地，降落下來，四下一看，自己果然沒有猜錯，這裏確實是商業區，雖然已是中午，路上仍有很多行人。

我揀了一家裝飾簡單清潔的飯店走了進去，門面雖小，裏面卻很寬闊，共有五層，每一層的裝飾都不一樣，匠心獨運，顯然是用過一番心思，生意很好，我進門時裏面已經很滿了。

我在五樓一個靠窗的位置坐了下來，剛坐下，忽然想到自己在地球取的錢是不是在后羿星也能通用？我身上還有很多錢都是在地球飛馬城取的錢，現在到了后羿星是否還能用，可真是不好說啊。

侍者還等著我點菜，我猶豫了半天，從戒指中取出幾張錢幣，遞給侍者看，並道：「這是我在地球取的錢，不知道在后羿星是不是一樣可以用？」

侍者禮貌地道：「四大星球的貨幣兌換率早已經統一了，地球幣在這裏仍然可以用，但是與后羿幣的兌換率不一樣，如果您需要的話，本店可以負責幫您兌換。」

「哦，原來是這樣。」從他口中得知，地球上的錢仍然可以在后羿用，我立即放下心來，把身上所有的錢都拿出來讓他幫我兌換，也方便我以後使用。

不大會兒，侍者把兌換了的錢給我拿來了，我看了看，跟原先的數目相差無幾。我隨口點了幾個菜，都是在地球時，李霸天常請我吃的幾種，侍者記了下來，應了聲就離開了。

我將小豬寵從烏金戒指中取出，小傢伙正睡得香甜，此時被我弄出來，倒也沒有不樂意，晃悠著爬起身，一步步地爬到窗戶邊向外看了看，打了個呵欠，靠著玻璃又躺下睡起來。

我看著好笑，暗道豬寵也脫不了豬的習性，吃完睡、睡完吃。我呵呵一笑也就由著牠，接著我又把早被我封印起來的「似鳳」放了出來，這隻賊鳥生性好動，讓牠乖乖的如同冬眠一樣待在裏面，恐怕再長一點時間就會要了牠的命。

果不其然，「似鳳」一出來，便飛上飛下，繞著飛將其來，不時拿著翅膀拍打我一下，我嘆了口氣，下意識的從烏金戒指中取出丹丸用來封牠的嘴，剛給了牠，忽然覺得不對，自己不是能聽得懂寵獸的話嗎，怎麼現在都聽不懂了？

昨天還以爲是不同星球的寵獸之間語言有差異，現在連「似鳳」的話也聽不懂了，肯定是哪裏出問題了。我暗自忖度，難道是因爲傳送的關係嗎？也不大可能啊，這種特殊的本領是因爲自己被狼血狼肉改造過，所以才擁有這項異能的，不會因爲一次星球傳送就改變。

我暫時摸不清到底是什麼原因，自己點的菜這時候卻上來了。

「似鳳」見到美食，也不再和我糾纏，跳到桌子上，蹦蹦跳跳的在盤子中啄食眼前的美味。

看牠吃得連找我麻煩都忘記了，看來這家不起眼的飯館做出來的飯菜還真不錯，不然如「似鳳」這般挑嘴的傢伙，是不會吃個不停的。

民當以食為天嘛，我放棄心中暫時的困惑，抄起一邊的餐具也開始吃了起來，就在我吃得津津有味的時候，身後忽然傳來「噗嗤」的忍俊不禁的笑聲。

一直酣睡不止的小豬寵，也被笑聲驚醒，抬頭看了一眼，挪了挪屁股，換了個方向又倒頭大睡，我仍然和「似鳳」在享受桌上的美食。

腳步聲響起，有一個急匆匆的略顯成熟的男聲響起來，道：「小姐，我 早就在這『巧手園』訂了雅間，咱們還是去那邊吧，這裏人多眼雜，被人認出您來不大好。」

先前的笑聲道：「不行，今天我要坐在外面，這裏風景好，你看那個奇怪打扮的小男孩在與一隻小鳥和一隻小豬一起吃東西，真好玩。」

這句話，我可聽得真真的，看來先前的笑聲就是對著我來的，我轉過頭向來人望去，正看到一個中年、略微富態、白白淨淨的男人，在向一個從頭到腳都包裹在衣服中的神秘女人勸說。

女人神態中顯得很傲氣，像是一個脾氣很大的大小姐。被中年人稱作小姐的女子非常堅決地拒絕了中年人的好意，向我走過來。

我見她向我走過來，愣了一下，隨即轉過臉來，心中暗道這個女人走路的姿勢非常好看，體態窈窕，若再生一副豔麗的臉孔，那可真是完美的搭配。

小姐在我對面的一張空桌台坐下來，也是靠著窗戶，微微探頭就可看到臨街的景色，取下眼上的太陽眼鏡，嘆道：「還是這裏舒服。」

胖胖的中年人很顯然是拿她沒有辦法，只好吩咐一邊的侍者把菜都送到這裏，剛吩咐完侍者，一轉頭看見女子摘下了太陽眼鏡，馬上幾步跑過來，正好遮住我的視線，低聲道：「我的小姑奶奶，你這不是成心的嗎，咱們出來一次不容易，你可千萬要小心點。」

女子不樂意地道：「你也知道出來不容易，好不容易出來一次，還管這管那，當我是囚犯嗎。」話雖這麼說，卻仍把太陽眼鏡又給戴上。

中年人這才舒了口氣，抹去頭上的汗，在她對面坐下來。

女子喝道：「你靠邊坐，別擋著我視線。」

胖胖的中年人聽話的又挪了挪坐的位置，我不經意的正好與她視線相碰，女子朝我露齒一笑，道：「你和鳥吃同一個盤子的菜，不嫌牠髒嗎？」

女子的牙齒整齊而雪白，用「貝齒」兩字來形容絕不過分。

我暗笑對面的女子有眼不識泰山，如果她要是知道在她眼中毫不起眼的小鳥就是傳說中的鳳凰的話，不知她會怎麼想，還會嫌牠髒嗎？

我也回了個笑容，搖搖頭沒有說話。

女子見我只是搖搖頭卻沒有說話，神態變得有些不太高興起來，道：「小男孩，別人問你話，你不回答是一種不禮貌的行爲。」

我被她說了一愣，自己只不過不想說話罷了，到她嘴中倒變成不禮貌了，而且我哪裏像男孩了，雖然我年齡可能還不太夠得上是成年人，但是我所經歷的事早令我的思想變成一個成年人了。

先前她還說我打扮怪異，我不就穿得少了一點嗎。我嘆了口氣，心中暗道：「你穿得像是個粽子，還有心情說別人。」

這是個被人給寵壞了的大小姐，看著她，我忽然想起了自己沒結婚就退婚的未婚妻凝翠，也是一樣不講理和刁蠻。對有大小姐脾氣的人，萬萬不可退讓，你越是讓步，她越是得意。

我放下手中的餐具，望著她，微微一笑道：「如果我沒記錯的話，我們本是初識，你問的話，我並無義務答你，再說你自己穿得如同粽子，怎麼還會嫌別人穿得怪異，難怪會有寓言講述一頭豬笑烏鴉黑的故事，道理看來是一樣的。」

我剛一說完，對面的女子果然猛的大發小姐脾氣，驀地站起身來，引得周圍用餐的人個個為之側目。

中年人好像看慣了對方的脾氣，連忙站起來，熟練的低聲勸解她。

我六識敏銳，又是有意想聽聽他到底在說些什麼，頓時將他的勸解之詞一絲不落的聽到耳中。

胖胖的中年人勸道：「大小姐，你不要與這些小民一般見識，他要是知道大小姐您的真正身分，保證像哈巴狗般俯首貼耳，向您認錯，您看這裏很多人，你要是跟他吵下去，難免會被人給認出來，到時候會對您的名譽有影響。」

女子往四周瞄了一眼，發現確實不少人在注意她，頓時收斂了一點，眼珠一轉，忽然臉上出現一絲神秘的笑容，邁步向我走過來。

胖胖的中年人見她不聽勸，馬上心中就亂了起來，趕忙也站起來跟著上來道：「大小姐，您千萬可別在這惹出事來。」

女子邊走邊小聲道：「我就要告訴他我是誰，我倒想看看，他知道我的身分會是一種什麼神情，會不會像你說的那樣，變成一條哈巴狗。」

中年人沒想到自己隨口那麼一說的話，竟被她當了真，心中暗責自己多嘴，大小姐本來就是在表面柔媚，內心卻倔強任性的人。

我不動神色地望著她，我也想知道她究竟會是誰，不過不論她是什麼樣的大人物，對我來說都只是一個陌生人而已。

女子步步生姿，姿態搖曳彷彿風中百合，來到我身旁，倨傲的向我一笑，微微俯身在耳邊道：「你想知道我的真正身分嗎？」

我搖了搖頭道：「你對我來說只是一個陌生人，沒有必要告訴我你是誰。」

女子一愣，道：「偏要告訴你。」說著摘下太陽眼鏡，露出一對嬌媚水汪汪的大眼睛，豐潤的紅唇湊在我耳邊道：「我就是風笑兒！」

說完又把太陽眼鏡戴上，看好戲般的盯著我看。

我的腦海中瞬間轉過一幅圖像，正是我上午在那個什麼宮的正面看到的，此時一回想，兩人的眼睛一模一樣，都是從骨子裏透出柔媚。

我點了點頭，心中暗道：「沒想到，讓我在這裏遇到這位，四大星球的人氣女星，怪不得她身邊那位胖胖的老伯跟防賊似的防著，生怕有人發現。」

此女確實天生媚骨，即便不露真面目也散發著無窮的魅力，使人不知不覺就深陷其中，不過她的脾氣，我就真的不敢恭維了。

換作旁人，恐怕早就激動得不知如何是好了，可惜這個人是我，我一直都無意美色，又是第一次見到她，並沒有欣賞過她的才藝，更稱不上被她的才藝所折服。

我淡淡地道：「原來是您啊，說句實話，我還是今天早上才知道有您這麼個人，抱歉得很，我對你的性格比較失望。」

她本以爲會看到什麼令她出口惡氣的景象，沒想到我的反應很平常，甚至說是很淡然，在她以爲，我這是分明不把她放在眼中。

偏偏又發作不得，氣恨難忍，轉身回向自己的位置，剛巧胖胖的中年人就在她身後，她狠狠地踩了他一腳，怒道：「都是你，非要讓我來這裏吃什麼飯，說這裏菜肴做得很好。」

中年人吃痛下，也只能打掉牙齒咽到肚子裏，不敢在這個時候觸她大小姐的火氣，低聲嘀咕道：「還不是你自己要來的。」

這位名揚四大星球的超級巨星，臨走時也不忘恨恨的白我一眼，想來這可能是自打她出名以來，最尷尬的一次吧。

我笑了笑不再理她，安心吃我的飯，「似鳳」彷彿沒有底的肚子也已塡滿了，立在一邊悠閒的用嘴巴梳理著自己的羽毛。

剛安靜地吃了一會兒飯，樓道入口處突然傳來嘈雜聲，聲音甫一進入樓內，卻突然戛然而止。這時候忽然一個異常耳熟的聲音驟然響起，「就是那個人，就是因爲他，我才遲了。」

一個如出谷麗鶯般好聽的女聲傳來：「遲到便是遲到，偏是你理由多，我就是討厭你這種不敢負責任的膽小鬼。」

聽到對方生氣，先前的男聲，急忙道：「你還說我，要不是因爲你的火爆脾氣，前一段時間也不會惹上雲霧邊境木法沙家族那群野蠻鬼。」

「那又怎麼樣，你知道那個木法沙家的大少爺在雲霧邊境的東風城做了多少壞事嗎？被本小姐看見，自然是要教訓他的，略施薄懲而已。」

男聲道：「哈，你那也叫薄懲嗎？斷了人家子孫根，讓木法沙家差點斷子絕孫。」

女聲顯然不以爲然，哼了聲道：「是又如何，斷子絕孫是最好，省得繼續爲惡一方。」

男聲道：「我知道你也是好意，爲當地的人民著想，可你也不能一味蠻幹，要不是伯父出面，恐怕木法沙家不會就此罷手的，也就是伯父，身爲崑崙武道的校長，響譽四大星球，武道修爲直追四大聖者，否則你闖的禍，要誰幫你收拾！」

女聲又道：「我父親的修爲早就超過四大聖者，沒有趁此機會把作惡多端的木法沙家族一鍋端了，是他們命好。」

這時候，旁邊又響起幾個男女混在一起的聲音：「師兄、師姐你們就別吵了，從出了演唱會，就一直吵到現在，咱們還是坐下安心吃點東西吧，據說這家可是咱們天街城非常著名的一家小吃。」

一行幾人找了一張空位坐了下來，剛開始的那個女聲又道：「還不都怪他，手裏拿著咱們幾人的入場劵，偏又來得這麼晚，害得我們只看了半場。」

最先的那個男聲死不認錯，道：「你以爲我想嗎，風笑兒小姐好不容易來這演上一場，我更不想錯過，誰知道今天早上會交通擁塞，還碰上我身後的那個傢伙，我緊趕慢趕也還是遲了。」

我聽了半天，早已猜到進來之人就是早上我剛進城時碰到的那個人，見他一再提到我，又有人誇口說自己的父親武道修爲可以超過四大聖者，這不禁激起了我的興趣。

我轉頭向他們幾人看過去，心中還在嘀咕，崑崙武道不是四叔創建的嗎，怎麼現在又出來一個校長，難道說這個女孩的父親就是四叔嗎？這倒也有些可能。

當時幾位長輩來看我，唯獨四叔沒來，二叔曾說四叔在后羿有些要緊的事來不了，聽剛才那女孩所言倒也十分吻合。莫非她就是四叔的女兒嗎？要是那樣倒好了，省了我許多工夫。

回頭望去，三男兩女，其中一個女孩，如鶴立雞群卓爾不凡，身上帶著一股特有的英氣，雖無女子特有的嫵媚，但自有一股別具特色的誘人感覺，令人十分欣賞。

女子見我回頭，與我目光對視，柳眉挑了一下，便不再理我，和旁邊的女孩悄聲說起話來。背對著我的三個男孩，其中一個正是上午我見到的那一個，此時他的那件古怪的飛行器不知收到哪裏去了。空手坐著和另外兩個男孩在聊著一些什麼。

我仔細地看著那個英姿勃發的女孩，臉容倒真的與四叔有幾分相像，就連那火爆脾氣都分毫不差，我正揣摩她與四叔有哪些地方相像的時候，女孩忽然英眉倒豎，喝道：「本大小姐臉上難道長了花！」

我一愣，暗道果然是四叔的脾氣，淡淡笑道：「雖然沒長花，卻人比花嬌，只可惜脾氣大了點，難怪你男朋友嫌你不夠溫柔。」

「誰說我是他女朋友，我跟他一點關係都沒有，想要我做這個膽小如鼠的傢伙的女朋友，門都沒有。」

男孩聽著，倒也沒生怒氣，彷彿早已知道她會這麼說一樣，只是回頭望了我一眼道：「沒想到，我們還真有緣，又在這裏遇到，早上莽撞之處，還希望你多原諒，既然有緣，大家不如交個朋友如何，我叫沙祖樂。」

我微微點頭道：「我叫依天！」心中暗暗道：「在地球的時候，李雄曾經對我說過，在后羿星的世家當中，能和梅家一比高下的好像有一個叫作沙祖世家，莫非面前的人就沙祖家的？」

「月師姐，你看那隻小豬寵多可愛啊！」

說話的正是坐在我懷疑是我四叔女兒旁邊的另一個女孩所說的，沙祖樂接過話題微微一笑道：「好像你對這種具有特殊異能的寵獸很感興趣啊，像這隻小豬寵其貌不揚，卻據說有幫助主人瞬間轉移的功能，但是因爲其缺乏攻擊力和自我保護的能力，現在是越來越少見了，至於那隻五彩斑斕的小鳥，我也看不出是哪類寵獸。」

我笑道「沒想到你還挺見多識廣的，這隻鳥的名字叫『似鳳』，傳說是和鳳凰同宗，擅百聲。」

我剛說完，被我懷疑的那個女孩「啊」了一聲道：「我說怎麼看起來眼熟呢，記得父親曾經跟我說過，說鳳凰是一身五彩鳳衣斑斕，身上花紋猶若五個字分別在頭、翅、胸、背、腹，那五個字是德、仁、禮、義、孝。」

我不動聲色地問道：「這位小姐是？」

她一揮手道：「叫我白月就行了。」說完走到我這一邊，仔細地觀察著「似鳳」，她身邊的女孩也跟著一塊走過了過來。

我心道她既然姓白，這大概是不會錯了，我四叔也是姓白的。

那個星際大明星風笑兒聽我向沙祖樂他們介紹「似鳳」的時候，突然眼睛一亮，直勾勾地望著站立在桌上的「似鳳」，忽然向我走過來，俏立在我身邊道：「你這隻鳥我買了，開個價錢吧？」

我們幾個人都傻愣愣地望著她，心中一動，馬上知道她爲什麼要買我的「似鳳」了，

「似鳳」擅長百聲，這點正是她所需要的，作爲沒有多少攻擊力的「似鳳」，風笑兒如能夠和牠合體，一定能發出比她現在還要美妙的聲音。

我瞧了瞧她，又瞧了瞧「似鳳」，我淡淡一笑，悠然地道：「我只是牠的朋友，如果你想要牠，就看牠是否願意，牠若願意認你爲主，只管帶牠走就好，我是不會有意見的。」

風笑兒聽我這麼一說，反而有點不想要了，道：「既然你不是牠主人，卻不知道牠認主沒有，野生寵獸一般都在出生時認主，以後都很難再使其認主，不能認主合體，要來又有何用。」

我見她打消了想買「似鳳」的念頭，卻也不想提醒她。剛到后羿，我可不想自己給自己找麻煩，何況這位大明星正是人氣正高，喜歡她的人不在少數，我要是和她發生了糾紛，恐怕沒我的好果子吃。

風笑兒轉回去的身子突然轉了回來，喝道：「你騙我。」一雙美妙的玉手陡然向立在桌上悠閒梳理羽毛的「似鳳」抓過去。

事發突然，我以及白月兩人都沒來得急反應，不過我倒不怕她能偷襲得手，至今爲止我還沒看到有誰的速度能夠超過牠呢，只是我在心中暗嘆，這麼漂亮的女人，爲何卻是多疑得很。

「似鳳」卻不負我望，在她的眼皮子底下如一道閃電樣飛出她的可及範圍，她偷襲沒得手也是愣了一下，見「似鳳」仍停留在她面前的半空中，毫不猶豫的又出手追了過去。

看著她的身手，我暗暗咋舌，美麗、嬌媚的女人，任哪個男人看到都想抱在懷中恣意疼愛一番，又是四大星球最炙手可熱的明星，沒想到卻身懷絕技，修為高得很。

連續失手，激起了風笑兒一定要得手的勁，出手愈發迅速凌厲。白月這時也已緩過神來，對風笑兒偷襲強搶的做法十分不開心，遂驟然插到一人一鳥中間，接住了風笑兒的攻勢。

白月一招一式，顯出功底頗強，我現在對她是我四叔女兒的判斷更加堅定了，令我意外的是，風笑兒與白月相比竟絲毫不落在下風。

就在這時，「似鳳」忽然戲謔似的在她頭頂上拉下了平生第一泡鳳凰糞便。「似鳳」吃仙果飲靈泉，洗筋剔髓，糞便早無異味，可是雖未真個落在風笑兒的身上，卻落在她的羅衫上。

在一旁的眾人頓時都哈哈大笑起來，這一下子令風笑兒難堪起來。

風笑兒又羞又怒，手下突然狠辣起來，比起剛才竟然還要強上兩分。

「嘩啦！」玻璃在兩人的掌風中化爲碎片，罪魁禍首「似鳳」「嗖」的一聲從窗口飛了出去，風笑兒見狀也跟著飛了出去，白月緊跟著風笑兒，也從窗口掠了出去。

剩餘幾人都一一的從窗口跟著兩人一鳥飛了出去。

我本也想隨之跟著飛出去，卻因要帶著在桌邊一角沉睡的小懶豬而慢了一步，待要再起飛時，卻被聞訊趕來的酒樓經理給攔了下來，包括三群人的酒菜以及剛才受波及而損壞了的東西在內，我一共付出兩萬多后羿幣才脫了身。

我搖搖頭，暗忖還好自己身上有錢，否則就慘了。

和風笑兒一塊來的那個胖胖中年人，竟然也是深藏不露的高手，起步雖晚，速度卻是出了奇的快，只一眨眼的工夫，就飛到幾人的前頭。

我最後一人飛出去，卻剛好遇到兩輛警車在追他們幾人，想來是因為破壞了空中的交通規則吧，被逼無奈，我又停下來交了罰款才算了事。

等我再追去的時候，一干人已經沒了蹤影，我暗呼倒楣，卻也只能按照剛才的記憶方向追過去。

等我再次找到他們的時候，風笑兒卻已經和沙祖樂打起來了，白月一行人站在一邊觀看，而那個與風笑兒同來的胖子也在一邊掠戰，沒有上前幫忙。

我想了一想馬上就知道，定是沙祖樂怕白月打不過風笑兒，所以替了她上去和風笑兒相鬥的。我暗笑沙祖樂是多慮了，白月功底非凡，又經過名家調教，就算風笑兒一時占得上風，也未必真能贏她。

看來這沙祖樂對四叔的女兒倒是真情實意，兩人郎才女貌，家世相仿，對也堪稱匹配。

之前白月雖然不承認沙祖樂是她男朋友，現在卻目不轉睛地盯著兩人的打鬥變化，分明是大有情意。我淡淡一笑，也在一旁立定看著場中的變化，安然無恙的「似鳳」則活似一隻皮猴在我身上飛來飛去。

我看了一會兒，發現沙祖樂漸漸處在下風，以我的眼力，看得出沙祖樂的功夫是非常高強的，至少有我七成的水準。

我以為他要勝風笑兒該是很容易的事情，沒想到現在居然落到下風，而且對方好像還沒有使出全力，她身後那個始終沒有動過，笑眯眯的中年人更是高深莫測，令我無法看出他的深淺。

場中兩人忽然一擊之後，都向後退了幾步。我趁這個機會趕緊上前幾步，想要調和一下。這件事是「似鳳」和我惹出來的，結果卻殃及池魚，讓白四叔的女兒成了替罪羊，對方也意外的竟是相當扎手的人物，我再不出面，就於心不安了。

我一把拉住沙祖樂，沙祖樂本正要上前，被我拉住，回頭看是我，臉色有些不好看地道：「你拉住我是為了什麼？」

我歉然一笑道：「沙兄，這件事是我惹出來的，怎麼好讓你們代罪。」

沙祖樂臉色稍霽，道：「本來是不關我的事，不過既然月兒和她們打上了，那就關我的事了，依天兄，你不用勸我，我今天一定要把這個無理的女人給制服了。」

我嘆了一口氣，心道：「你要是知道這個女人的真正身分，恐怕你賠禮尚且來不及呢。」我見他語氣堅定，只好另找突破口。

我上前連走幾步，來到風笑兒的面前，道：「一切事都是我惹起來的，你要求怎麼賠償我都願意，希望你看在我的面子上，不要再與他們計較了。」

聽了我的好話，風笑兒一改剛才的急躁，悠然的淡淡一笑道：「我可以聽你的，不過你要叫那個小子給我道歉。」接著指著在我肩上的「似鳳」道：「還有這個小東西，要送給我。」

我暗嘆一聲，莫說這兩個條件都要滿足她，就是其中任意一個，恐怕我也不能答應，餘光瞥見風笑兒吟吟笑意，我可以猜出一二，這兩個條件大概是她故意提出來刁難我的，唉，大明星就是難伺候。

我和風笑兒因爲沒有蓄意壓低交談聲音，都讓沙祖樂聽到耳中，沙祖樂道斥：「依天兄，你不要再和她說了，想要我給她道歉，做夢去吧，不要以爲剛才稍微占了點上風就能夠穩贏我。」

我聽他這麼說，好像在暗示我，他剛才尚留有後手，我想想也對，沙祖世家稱雄后羿，若沒有一二壓箱底的絕藝，說出來誰也不會相信的。

我又緩緩退了回來，既然兩人都堅持要打，我還有什麼好說的，我也想看看，這兩人都還有什麼依恃。

只見玄光閃過，沙祖樂手中拿著的兵器正是他用來飛行的那個古怪吉他。拿到兵器，頓時膽氣壯了不少，朗聲道：「待會兒你要小心了，這柄吉他專以音波傷人。」

風笑兒不屑的瞥了眼他引以爲傲的吉他，嗤之以鼻道：「在我面前說音樂，我讓你敗得更慘。」說著纖纖素手在面前一揮，懷中頓時多出一個奇怪的寵獸，怎麼看都像一隻溫順至極的貓咪。

風笑兒白嫩如蔥的五根手指輕輕梳理著懷中的寵獸，狀甚愛憐，沙祖樂驚訝地道：「異形獸！」

風笑兒淡淡地瞟了他一眼道：「你竟然也知道這種寵獸，我倒是小看了你，你既然能夠認出來，還是向我賠禮道歉吧，我也不再難爲你。」

沙祖樂冷哼一聲道：「笑話，異形獸不過是能夠變爲多種形狀而已，並不具有什麼攻擊力，想要難爲我，你倒有這個本領才行。」

風笑兒淡笑一聲道：「鎧化！」懷中惹人愛憐的卷毛貓咪，發出一聲咪叫，陡然化爲點點白光，環繞在風笑兒身周圍，風笑兒突然被綠葉纏身，茂密的綠葉無限的攀上爬下，一切停下時，風笑兒曼妙的身體覆蓋著一層綠葉組成的鎧甲。

說是鎧甲實在有些勉強，這更像是由綠葉組成的時尚長裙，襯托著風笑兒的嬌軀，倒像是個不食人間煙火的仙子又或是引人遐思的綠色精靈。

我們幾人一時看得目瞪口呆，誰也想不到，鎧化後會竟可以這麼美，我的震撼最大，因爲我知道她的真實身分，更記得她性感魅惑的本來面目，此時一變，竟憑空多了幾分純真不染俗塵的仙氣。兩者相差之大，直讓我不敢相信。

第九章　樂聲之戰

只是她的面目仍被遮掩住，令其餘幾人無法一窺她的真面目。

隨著風笑兒的一聲清喝，沙祖樂也幾步騰躍過去，兩人便又站在一塊。

我在心中暗暗讚嘆沙祖樂心志堅定，面對如此仙子般的人物，仍能狠下手進攻，不過我想其中白月也起到了很大作用。

我在一旁仔細觀看，有武器在手，沙祖樂的進攻大爲改觀，至少比剛才強上兩分，奇招怪式迭出不窮，一柄樂器在他手中竟能化爲十八般兵器，使得行雲流水、威力不凡。

尤其不時被他勾動的琴弦放出刺耳難聽的響聲，令敵人心浮氣躁，心血不暢，心志不堅的人，恐怕用不了幾個回合就得束手待斃。

我看得禁不住爲之咋舌，本以爲音波作爲攻擊手段，只是極少人會的本領，沒想到今次剛到后羿星，就看到了這麼精彩的表演，實在令我有井蛙之感。

沙祖樂使得這麼撚熟，想必他們沙祖世家對此早有深入研究。

反觀風笑兒，面對沙祖樂的奇招怪音，應付起來仍顯綽綽有餘。

沙祖樂久攻不下，陡然淩空躍了回來，我正在納悶的時候，陡然只見他一手抱吉他，一手撥動琴弦，一個個音符跳動著如淙淙小溪，由遠而近嘩嘩而下，聲音也由不可聞逐漸如近在耳畔。

閒暇舒適的感覺油然而生，我打了個哈欠，正要埋首好好睡上一覺，心脈一震，驟然清醒過來，不由暗呼厲害。

我望向沙祖樂，只見他如專心演繹的歌手，絲毫不顧外界的變化，再看白月幾人，她們幾人想來是早知道他有這麼一手，早早的向後退出十步遠，雙手掩耳緊張地觀看著。

陡然間聲音倏地一變，如長江大河、滔滔急下，如雷鳴如擂鼓，一聲聲在耳邊炸響。

我剛剛適應了方才的河流清鳴，陡然變化頓又令我有無所適從之感。

風笑兒盤膝而坐，雙手一招，倏地多出一尾豎琴橫放在身前，玉手試著調試了幾下琴弦，隨即臉色從容的揮動素手在琴弦上飛快的撫動起來。

每一個琴符若一個個閃光的匕首，每把都命中到沙祖樂中流淌出來的音樂關鍵之處。不到一時三刻，沙祖樂就再也彈不下去，本來流淌舒暢的音樂被風笑兒這麼一插，頓時如彈棉花般生澀難聽，再也發揮不了威力。

沙祖樂大驚失色，他浸淫這麼一門家傳奇功也有十年之久，至今雖未盡完功，但亦有小成，往日使起來，無不得心應手，少有人敵，沒想到今天意外的遭遇強敵。

兩人同時罷手，風笑兒嫣然淺笑道：「沒想到大家少爺，竟然能把音樂當作武器練到這種程度，著實不容易，令我吃驚不少，但是你不知道音樂的真諦，無法發揮其真正的威力。」

沙祖樂有些情緒低落的黯然道：「音樂無外乎用心去感受，感受它的意境，然後用來致敵。」

風笑兒這時候彷彿是個傳道者，給沙祖樂解釋道：「你說的是沒錯，可惜你理解得太淺顯了。用心去體會，要用你的情感來帶動音樂，這樣音樂才是真正的音樂，若你那般只是沒有生命的音樂，具體還是需要個人體會。」

風笑兒聲音一頓，嘴角隱隱露出一抹狡黠的笑意，雙手輕揚，一連串的音符毫無徵兆地流了出來，誰也沒想到，她會驟然出手。

沙祖樂正在思考風笑兒剛才所說有些玄異的話，根本毫無防備。我見事不好，身體陡然拔空而起，雙手放出一團柔和的力量將他送到我的身後，而我則替代了他的位置，承受了音波第一次襲擊。

風笑兒見我關鍵時刻代替了沙祖樂，眉頭一皺，手下仍不留情地釋放著一波波的音符，我當下盤膝而坐，封閉了聽覺，靜心處之。

音波果然因爲我暫時失去了聽覺，而沒了用武之地，風笑兒怔了一下，被我的對策給震住，雙手頓時停了下來，我見她停手，剛要開口說話，風笑兒卻令我意外的倏地以更快的速度撥動起來。

我初始不以爲然，心中卻漸漸有了得意的味道，耳不能聞，卻看得見對方在自己對面賣力地撥動琴弦，心中一樂，剛要笑出來，口中一甜，嘴中卻溢出了鮮血。

我馬上意識到自己受了暗傷，馬上再次盤膝坐下，氣運全身。風笑兒看到眼中，嘴角奚落的笑意更甚，好像是在嘲笑我強自出頭。

原本聽不見的音樂卻驀地在心底傳來，我頓時大驚，竭力的壓制這無形的音樂，心中暗怪自己實在太大意了，她一定是利用我的大意，令我以爲封閉聽覺後，音樂再不能對我起作用，然後暗中以「喜」爲媒來帶動音樂和我產生共鳴，不知不覺中讓我受了內傷而不自知。

無聲音樂在我壓制下卻如雨後的春筍，愈發的旺盛起來，陡然腦中靈光一閃，我放開身心，任由它在我身體中肆虐。

樂符所過之處，身體必然受其所創。綠色的植物之力再建奇功，以全身數種不同的能量來說，數植物之力所佔據的勢力範圍最廣，幾乎是充斥身體的每個角落。

植物之力彷彿天生的吸音器，音符經過必定威力減半，一時三刻，風笑兒充滿殺機的無形音符再也不能起作用。我心中暗呼：「好一個無形殺機！」自己差一點就著了道。

我淡淡一笑，長身而起，伸手一招，「似鳳」便落在我手上，我瞥了一眼正驚訝無比看著我的風笑兒，對「似鳳」道：「下面就看你的了。」

「似鳳」小黑眼珠一轉，就待向我討好處，我彈了牠的小腦袋一眼，罵道：「你若不是隨地大小便，怎會惹來別人與我拚命，再要討價還價，我便索性把你送人，我也落得省心。」

「似鳳」見我口氣堅決，氣憤地叫了一聲，搧著翅膀飛到我身前。

風笑兒見我在她最得意的音波攻擊中仍談笑自若，既怒且驚，雙手也索性停了下來，一對美眸氣恨地望著一人一鳥。

我說服了「似鳳」後，望著她悠然地道：「你要小心了，下面該換我們進攻了。」

風笑兒氣極而笑道：「就憑一隻小鳥也想贏我嗎？真是不知天高地厚。」

我淡淡一笑沒有反駁她，只是示意「似鳳」做好音波進攻的準備。

風笑兒曲腕彈指，新一輪的大戰終於打響了，「似鳳」張開喉嚨，音符如微風靜悄悄的刮過，接著如狂風吹過令人臉頰生疼。

「似鳳」真不愧是通靈寵獸，竟以悲對風笑兒的喜，聽著「似鳳」的聲音不禁令人聯想到悲涼、悲傷、悲痛之感，腦海中幻想出大漠滾滾無邊，殘陽一道如血，狂風嗚嗚生寒，鴉鳴聲聲驚人，白骨森森死寂。

音符正是「似鳳」拿手好戲，一人一鳥一時間戰了個旗鼓相當，本來風笑兒還以爲我用鳥兒和她對戰是故意嘲弄她，直到此時，她才明白，她錯得多麼離譜。

她身後那位始終面帶笑容的胖胖老伯，一收笑面，緊張地望著一人一鳥。「似鳳」畢竟只是一隻寵獸而已，哪裏會是修爲精湛的風笑兒的對手，漸漸地落了下風，胖老伯也舒了口氣，偷偷拭去手心的汗。

我見狀，突然生出頑皮的念頭，我故意先看了胖老伯一眼，然後高聲道：「『似鳳』，主人我來幫你一把。」

說完放出了我的靈龜鼎，靈龜鼎隨著我遭受了兩次劫難，卻也因此受了我體內龍丹的好處，真正躋身神器的行列之內。小巧的靈龜鼎散發著誘人而華麗的光彩，鼎內彩光繚繞飛騰，鼎壁幾隻戲水小龜，栩栩如生，在彩光波動搖曳下，彷彿正在水中游舞。

一眾人都是眼力不俗，一看我召喚出來的小鼎，立即知道這是難得一見的好寶貝，卻搞不清我突然把這個小鼎召喚出來是爲何。

我再次默念幾聲，從魔鬼那裏得來的被我改名爲「盤龍棍」的「噬天棍」便陡然落在手中，我一聲清喝，手中「盤龍棍」揮動，敲擊在「靈龜鼎」上，發出「噹啷」一聲清脆的金屬撞擊聲。

在我暗含六成內息的撞擊下，音波落在風笑兒心中，如陡然躥出海面的鯨魚，再重重的落下，令風笑兒再難以把持，心靈的波動，立即令她落了下風，剛要振作，我再次敲擊，幾次過後，風笑兒面色發白，威力已然不及最先的一半。

我驚嘆於她的堅決，在完全落在下風的時候，仍然咬著牙，苦苦堅持。

我想在一邊的胖胖中年人，應該不會再作壁上觀了，只看他對風笑兒的言談，就彷彿是對自己心愛的那樣，他是不會看著風笑兒受苦的。

果然那邊的中年老伯在風笑兒岌岌可危的時候，終於忍不住了，高聲道：「小朋友，我們不如點到爲止，何必大家都兩敗俱傷呢！」

我收回「盤龍棍」，同時運力令「靈龜鼎」擋住了胖老伯的一擊，心中直道對面看似和善的老伯卻是圓滑之極。

他進攻時不說是幫他們家的小姐，反而以勸架的口吻來阻擋我，確實是個八面玲瓏的人，不可小覷，事實上，我也一直都沒有小看他。

一人一鳥的音波戰，也因爲胖老伯的突然介入而暫作結束。

風笑兒滿面緋紅，氣喘吁吁地望著我倆。

我與胖老伯這時已經從地面打到空中，胖老伯果然像我想像中的那樣，是深藏不露的高手，拳出如風，拳拳不離我的要害，而且在空中速度依然快捷，身法依然靈活。

我心中暗道，自己可能又遇到了一個不同尋常的人物，看他遊刃有餘嘴角含笑的樣子，恐怕仍保留有幾分餘力，這等修爲比起李霸天這種人物也是不遑多讓，自己來到后羿星還真是頻中大獎啊。

胖老伯邊打邊道：「小朋友，不如我們就此打住吧，反正大家都沒有什麼損失，你看可好，我家小姐脾氣就是壞了一點，人還是很善良的。」

我心道既然出手了，哪那麼容易就停手，怎麼也要亮出點絕活，給我長點見識。我驟然旋轉閃過他突發而來的快速絕倫的數拳，呵呵笑道：「只怕這只是你的一廂情願，你家大小姐恐怕不會這麼簡單放過我呢！」

胖老伯聽得一怔，偷空望了一眼在下面正密切關注著我們的風笑兒，轉頭苦笑道：「是有點不好辦。」

關心則亂，其實憑胖老伯的聰明應該可以看出，只要我答應他的請求，抽手退出，就算是風笑兒再怎麼不答應，也不能奈我如何，大不了發幾句嬌嗔了事，除此還能如何。

我哈哈一笑，手中的「盤龍棍」舞出層層棍影向胖老伯攻去，一片片棍影，彷彿如一條條金蛇鼓舞翻騰著向他噬去。

胖老伯眼中精光一閃，身形驟然閃動起來，也不見他如何動作，一手化作爪狀，陡然穿過片片滾滾棍影，向我的胸膛攫來。口中道：「小朋友修爲不錯，竟然憑空御風而行，倒是我小瞧了你啊。」

我也哈哈大笑道：「老人家太厲害，小子要先你一步了。」說完召喚出棍中的棍靈——蛇獅，與之合爲一體，「盤龍棍」化爲漫天金星，圍繞著身體旋轉起來。

胖老伯見我合體的形式動容道：「你竟然已經達到和棍中的獸靈進行這種程度的合體，我不合體可是要吃苦頭了。」

星光不斷的從體表鑽進體內，我本打算是完全合體的，聽他這麼一說，我忽然改變主意，如以前在地球般的合體形式進行半合體，身上穿了一件蛇獅鎧甲，而非是化爲半人半獸狀。

胖老伯呵呵一笑道：「有意思，那我也不客氣了。」雙手一搓，一把恍若透明的半米短劍已經握在手中。心愛的盯著那把短劍，喃喃自語了兩聲，然後道：「我不能告訴你劍名，但卻要告誡你，我這柄看似普通的短劍卻絕對不普通。」

說著話，此老先動了，手腕輕輕甩動，竟有十數劍花閃動著詭豔的白光向我胸腹飛來，我合體後，內息也提高了很多，足以和他一拚高下。當下，持棒迎了過去。

我的「盤龍棍」一一將十數劍花破去，卻沒曾想，劍花雖然破去了，卻引來了更大的危機。

劍花忽分乍合，化爲一條靈活刁鑽的白蛇，貌似可愛，卻隱藏著無比的殺機。我抽回棍身，作烏龍擺尾狀掃過去。

誰想到，劍氣所化的白蛇竟是滑不溜丟，蛇尾一彈電射而來，纏著我的「盤龍棍」，歡快的向上遊來。我防備不及竟被牠給咬住，白蛇頓時化爲刺骨冷氣直向我體內鑽去。

著了他的道令我大驚失色，等到寒氣入體我反而放下心來，我現在就是至陰的內息，天下神功不論多麼巧妙，總不會超過這至陰的內息。

侵入我體內的寒氣一瞬間被我的內息給吞噬了，我心頭大定，含笑而立，他手中的透明短劍多半就是帶有寒冷屬性的利器。

胖老伯見我若無其事的樣子，心中十分震撼，動容道：「你吃我至寒之氣的一擊，仍能這般自若，想必你一定修煉出至純的內息，小小年紀就修煉到這種程度，實在不易啊！」

我這時也沒有了和他打下去的興趣，這位胖老伯當真是厲害非凡，不合體仍能輕鬆應付合體後的我，甚至還讓我吃了點小虧，再打下去，就是我不識抬舉了，我微微一笑道：「多謝您老的誇獎，不如我們就此爲止吧，再打下去我恐怕也占不了您老一點便宜。」

胖老伯呵呵一笑道：「後生可畏，我們想不稱老都不行了。」

我和胖老伯客套了一番，胖老伯便和風笑兒一塊離開了，只是風笑兒走時頗是不情不願的，只怕以後她還會來糾纏我，報復今天受的氣。她臨走時也沒有露出自己的本來樣貌，也就是說沙祖樂和四叔的女兒白月，仍不知道一直蒙著薄紗和他們相鬥的神秘女人，就是她們崇拜的偶像風笑兒。

兩人走後，我也解除了鎧化收起了「盤龍棍」，「似鳳」仍舊一副吊兒郎當的樣子在四周飛來跳去的，經過剛才一戰，幾人都對她刮目相看。一時間，這個傢伙又成了所有人目光追捧的對象。

我將白月拉到一邊，向她敘述了我的身分，和我來的用意。白月聽完後，長長的睫毛眨了一眨，半信半疑地道：「你怎麼能讓我相信你是我的師弟呢，你有什麼證據來證明你的身分嗎？」

我欣喜道：「我來之前，四叔曾送我一柄兵器，這柄兵器是四叔早年所使用的，名為——魚皮蛇紋刀，斬金斷玉，鋒利無比，又因為其材質採用千年雪魄故其性屬陰。」

白月見我說的分毫不差，仍道：「耳聽為虛，眼見為實，你若真有這柄刀，就拿出來讓我瞧瞧，如果真的是這樣，我就認你，你要是拿不出來，我就不能認你。」

我正待要拿出來，忽然想到，自己在地球途經李家的時候，用「魚皮蛇紋刀」換了李家的一柄上古神劍，這可如何是好！眼看抵達了后羿星，也找到了四叔的女兒，偏偏手中沒有信物，無法令白師姐相信。

自己當初怎麼就沒想到這點呢，自己可真夠混的。

白月見我面有難色，半天也拿不出「魚皮蛇紋刀」，疑道：「師弟，你怎麼不把父親給你的『魚皮蛇紋刀』拿出來？」

我嘆了口氣，苦笑著把我在地球遇到的事一五一十的告訴了白月，白月聽完皺了皺眉頭，道：「你說的我都相信，這些事如果不是親身經歷，想編也編不出來，何況你連那把神劍都拿出來了，師姐相信你，可是沒用啊。我告訴你吧小師弟，一年前，父親突然說是要歸隱，其他什麼都沒說，只留下幾句話，說是『崑崙武道』和家族中的事暫時由三位長老暫爲管理，等我兩年後從『崑崙武道』畢業，並且修爲達到他老人家的三成，才能掌管家族和學校的事物。」

我心中暗嘆：「自己終究還是遲了一步，要不是當初不小心觸動了幾百年前星際聯邦政府留下的那個傳送隧道，把我轉送到第五星球，我一定能夠趕在四叔歸隱前，見他老人家最後一面。」

我忽然想起了點什麼，四叔他歸隱之前，是否告訴家人自己歸隱的所在地呢？我忙問道：「師姐，四叔走之前有沒有說他到哪裏歸隱了？」

白月嘆了口氣道：「要說就好了，也不會現在讓后羿星亂成這個樣子了。父親是突然消失的，也沒有留下其他的囑託，更沒有說他在哪裏歸隱，什麼時候能夠再見到他老人家。」

我搖搖頭，知道沒有其他辦法了，現在其他三位長輩也一定都歸隱了，真是天意啊，那我再待在這裏，好像也沒什麼必要了，四位長輩都歸隱了，那我還要不要再去「夢幻星」的三叔那兒了呢？

瞬間，我彷彿變成了一個「遊手好閒」的人，再沒什麼必要的事急等我去做，我思考著下一步自己該做些什麼來打發時間了。

月師姐見我沉思不語，道：「師弟，你要不著急，師姐再給你想想，要是師姐當家，直接把你帶回去也就完了，可是現在那三個頑固的長老掌管著家族的事，又加上最近后羿星出了一些事，三個長老不會那麼容易承認你的身分的。」

我嘆了口氣道：「唉，要是刀在我這就好辦了。」

師姐忽然道：「小師弟，你可以到梅家去一次，我聽說前不久，你的那個小情人李藍薇從地球來了，同行的還有李家的李雄，至於李獵是不是也在，我就不太清楚了。」

師姐說到藍薇名字時，曖昧地瞟了我一眼，令我沒來由的臉色一紅，一年不見，不知藍薇有沒有什麼改變，會不會因爲想念我而變得清減。

月師姐乾咳了一聲，我立即醒過來，不敢她那古怪的眼神，我微微轉頭，道：「沙祖樂好像很妒忌我和師姐待了這麼長時間，他已經往這邊看了半天了。」

月師姐立即不敵，臉色胭紅，神色也羞怩起來，旋又對我大嗔起來。

嬉笑過後，我道：「嗯，看來我是應該去梅家看一看，一方面是去碰碰運氣看李獵會否也在，這樣就能證明我的身分，另一方面，李雄和藍薇都是我的好朋友，我失蹤一年，是應該去和他們敘敘舊了。」

月師姐這次沒有取笑我，道：「那倒是，你突然失蹤一年，音信全無，人家一個姑娘家肯定非常擔心。」

我忽然想起月師姐連續幾次說到「后羿星」最近出了些事，而聯想到自己剛到后羿時被一個修爲奇高的陌生人偷襲的事，禁不住道：「月師姐，你說后羿星出了些事，究竟是什麼事啊？」

經過這半天的相處，我已經看出月師姐雖然脾氣急躁點，卻是急公好義的性格，見我提到那事，頓時銀牙一咬，臉上佈滿了寒霜，氣憤的道：「最近大概半年的時間，不知從哪冒出了一個怪人，不但修爲高強至極，而且狡猾多端，在后羿星處處作惡，先開始是一些級別較高的寵獸遭難，後來就是一些修煉者，這些遇難的無一例外的除了剩下一灘血和一顆頭，其他部位蹤影全無、不翼而飛，弄得『后羿星』雞犬不寧。」

我愕然道：「那沒有人管嗎？這種凶物，早就應該將其剷除才是。」

月師姐恨道：「當然有人管，后羿星的聯邦政府早就組織了大量的人手進行全球範圍內的緝凶行動，剛開始也安穩了一段時間，可是不久那凶物氣焰愈發囂張起來，在特別行動組的眼皮底下連續作案，連普通人也有很多遭他的毒手。而且好像那凶物的修為比起最初時又高了不少。眼見星球上的居民人心惶惶，聯邦政府就向當地的大世家發出了請求支援的請求。」

「哦。」我點點頭，心中基本上已經確定，初到后羿的那天遇到的那個人，十有八九就是那個罪魁禍首。

月師姐哼了一聲道：「要是父親沒有突然歸隱，早就把那個沒人性的混蛋給宰了。」

我點頭應是，四叔乃是最強的四大聖者之一，解決這種事確實手到擒來，聽義父說，他們四人聯手，思感可以將整個如同地球般大小的星球所有情況盡收腦中，那個凶物無論怎麼狡猾，在四大聖者眼中也無可逃身，只可惜這四人都歸隱了。

月師姐道：「我們白家，還有梅家都受到了聯邦政府的邀請，我想李家的那些人，應該都是梅家人從地球邀請來的吧。」

我自然知道李家的人肯定是梅家邀請來的，梅家和李家的關係那麼好，這次遇到困難，必定會請李家來助拳。我腦海中立即顯現出李霸天那蒼老而狡猾的充滿霸氣的臉。

這個老人家，可不是那麼輕易就會答應人家的，尤其是賠本買賣，恐怕梅老頭這次又賠了不少血本。

我心中哈哈一笑，自己看來又有事做了，剛宰了一個吸人血的魔鬼，又出來了一個食人肉的魔羅，自己應該當仁不讓，挑起這個擔子，世上的邪惡事物還真是不少，既然讓我遇到了，而且那晚也結下了仇，我的神劍今次又要大發利市了。

月師姐道：「想什麼呢，想得那麼出神？」

我微微一笑道：「月師姐，既然四叔不在，那麼就讓我們幫他老人家解決這件事吧！」

第十章　梅家姐弟

目送月師姐幾人離開，我在心中略微思索了一下，旋即也飛了出去，找了 家賓館住了下來，計畫著明天的行走路線，月師姐剛才已經把到梅家的路線告訴了我，梅家所在的城市是全球第五大的北龍城。

明天我只要乘坐飛船，幾個小時就可以抵達。

吩咐一樓接待處的侍者替我買了一些衣物，自己身上的這身衣服還是在第四行星上穿的野蠻裝，與四大星球的社會格格不入，所以買來一些普通的衣服穿上，至少顯得不是那麼礙眼。

用過豐盛的晚餐，我興致勃勃地取出了從第四行星離開時，那些一個個領地的寵獸王送我的那些寵獸蛋。

我望著眼前幾枚大小不一、形狀不同、顏色也不盡一樣的寵獸蛋，竭力的想辨別出來，「這個最大個的應該是黑熊送我的那枚熊蛋了，這枚最小的蛋色呈五彩，應該是蛇王送我的寵獸蛋，這個略大點的有淡淡乳黃光暈該是豹王送我的寵獸蛋，不用說，略大個的那枚純白一色，肯定是飛馬王送我的飛馬蛋，剩下的那個就是白獅王送我的寵獸蛋。」

我在心中暗笑，要是這些寵獸全給孵化了，再加上我現有的這些寵獸，全加在一起夠我開一個動物園的了。

那隻半路收了的小豬寵，早已躺下睡著了，粉紅色的身體，全身沒有一根毛，睡覺時蜷在一塊，心念一動，我已經給想好了一個可愛的名字——球球。

我撫了撫牠那大大的耳朵，輕聲喊了幾聲：「球球，球球。」小豬寵像是回應似的，呼扇了兩下耳朵，微微抬起頭來，茫然的向四周望了一眼，哼唧著轉了個身子，又蜷縮著睡下了。

我笑了笑，望著被我平擺在床上的那些寵獸蛋，忽然想起，烏金戒指中還有一枚寵獸蛋，那是猴王送我的寵獸蛋，好像還告訴我說，這枚火屬性的寵獸蛋，以後會對我產生一定的幫助。

別人的話，或許我可不相信，但是這位活了幾百年的異類長者的話，我還是非常相信的，我暗暗忖度，這位長者又從未來那裏窺視到什麼了呢？

搖了搖頭，我不再去想這些看起來十分虛無縹緲的事，沉沉的昏睡過去。等到翌日早晨時分，我精神抖擻的醒了，身下厚厚的軟墊，實在要比第五星球的一塊塊木頭編在一起的木床舒服多了。

我伸了一下筋骨，就端坐在床上開始修煉「九曲十八彎」的功法，我現在身處第三曲的至陰境界，由於受魔鬼的刺激，我的修爲突飛猛進，現在已經是第四曲的臨界點了，過不了多久，我很快就會進入神功的第四曲，這樣一來，對上那個莫名潛在的敵人，也更有信心了。

我導引著內息，經過九九八十一次循環然後收功，至陰內息的循環令我神清氣爽，我雙手一拍，輕飄飄的從床上冉冉飛了出去。

洗漱完畢，又餵了寵獸，我收拾收拾離開了賓館，從前台拿了昨晚訂的去北龍城的飛船票，向飛船的站點飛去。

小豬寵被我放到烏金戒指中，「似鳳」也被封了回去，想想，倒是頗有點可笑，每天我都像一個保姆一樣，一個個的餵過去，七小已經長大了，不需如以前般每天都餵。「似鳳」和那隻胖乎乎的酒蟲倒是每天都不能少的，一天一碗酒，現在又多了個小豬寵。

本打算將其餘幾隻寵獸蛋一一孵化出來的，不過一想到，每天一早起床就要餵養這些小寵獸，我不禁頭都大了，還是以後再說吧。

檢了票，上了飛船，短途飛船倒也不缺座位，兩百人的位子堪堪坐滿，幾個小時就會到了，我也不著急，閉目養神，過了一會兒，忽然感覺有人碰我，我微微睜開眼，卻看到一個上肢精壯，面容削瘦的人，眼神似笑非笑地望著我，見我睜開眼，一隻手向另一隻手上面的盒子敲了敲，接著又伸出五根手指比劃了一下。

我不明其因的向他手中的盒子看了過去，上面只有寥寥幾個字「救濟貧困」，落款是「飛船聯盟」，只是落款的那幾個字也忒大了些，有點喧賓奪主的意味。

我在心中暗自揣測了一番，難道是這家飛船公司組織的一個什麼救濟貧困活動嗎？嗯，看著有點像。

那人見我半天沒說話，又對我比了比五根手指，嘴裏有些不耐煩地道：「快點，五千塊，人還多著呢。」

我愣了愣，心中暗道：「求別人，還這麼大脾氣。」，我沒說什麼話，直接拿了五千出來塞到他手上的盒子裏。那人得意地瞥了我一眼，從我身邊走開，鼻子裏不經意地哼了一聲。

那人逐漸走遠，我剛要閉目休息，坐在我旁邊的那人小聲道：「真是沒有天理了，簡直是明搶，以後誰還敢坐飛船啊，唉，倒楣啊！」

我奇怪地望著他道：「幾千塊，救濟貧困有什麼抱怨的？」

那人奇怪地望了我一眼道：「這位小兄弟，可能是第一次遇到這種事吧？那倒也難怪。」

我愕然道：「是啊，我第一次來后羿星。」

那人略微探頭向前望了一眼，見剛才來讓我們捐錢的人離我們有很不短的一段距離，往我身邊湊了湊，低聲道：「你是不知道，明著是捐錢，暗地裏就是搶錢。錢都落到他們自己腰包了，你看到那盒子上的幾個字了嗎？」

我道：「是『飛船聯盟』幾個字嗎？」

那人點點頭道：「沒錯，這飛船聯盟大概有上千人，最開始，這個飛船聯盟是由那些失業的人和被飛船公司辭退的人組織起來的，然後他們和各大飛船公司達成了一些清洗飛船的協議。」

我道：「不錯啊，這樣既減輕了社會的壓力，也爲社會貢獻了自己的一份力量。」

那人嘆了口氣道：「是啊，原本是不錯的，可是漸漸的不知從何時，這個飛船聯盟就變了質，儼然是一個強盜組織，打著救濟貧困的幌子，向乘客討錢。」

我怒道：「怎麼，沒人管嗎？」

那人打開了話匣子，滔滔不絕地說下去道：「自然是有人管的，可是他們以前要的錢也不是很多，幾十塊，誰也不願爲了這幾個小錢，招惹他們，後來政府也派人管了幾次。

剛開始時還行，他們有所收斂，不過過了不久，他們又故態復發，聽說他們聯盟的頭在政府裏有人，查了幾次也就不了了之了。」

「那後來呢？」

那人接著道：「這個組織大部分人都修煉過，武功厲害著呢，曾經有人反抗過，結果那人就永遠消失了，幾個飛船公司本打算不再和他們合作，省得壞了自己的生意，結果當天一家飛船公司的老總一家人都被燒死，以後就再也沒人說話了。」

我道：「他們怎麼會這麼大膽，政府會由著他們進行他們的恐怖計畫嗎？」

「唉，本來他們是沒多大膽子的，這也就這一年的事。」接著聲音壓得更低了，帶著恐懼的口吻道：「一年前，我們后羿星就出現了一個怪事，不斷的有寵獸莫名其妙的失蹤，找到時，就只剩下一個頭而已，據說遭殃的還是那些頗厲害的武道家，據傳言，是我們這出了一個什麼怪物，專以人、獸爲食，過不了多久，就傳出有人失蹤的消息，雖然政府竭力壓制這件事在社會上流傳，可是你想，世上哪有不透風的牆啊，唉，真是人心惶惶啊！也就這個時候，這個飛船聯盟趁著政府的目光都放在那上面，然後大肆打著救濟的幌子搶乘客的錢，而且數額也是越來越多，再這麼下去，我也只好移民去其他星球了。」

「唉。」我在心中沉沉的嘆了口氣，看來那個魔羅的出現，令整個后羿星都產生了病變，人心惶惶是現在后羿星的真實寫照啊！

這更堅定了我除去他的決心，魔鬼的面容在我腦海裏一閃而過，爲了第四行星的人民，剷除魔鬼令我付出了慘痛的代價。

我咽了口唾沫，望著那個不斷向乘客索要錢財的傢伙，我心中一痛，已經徹底將那個禍害人類社會的魔羅給拉到必死的名單中。

想起自己的力量，頓時湧現出一股強大的豪氣，我在心中暗道：「自己既然可以殺死狡猾而又強大的魔鬼，自然也可殺死你這個魔羅，體內的力量逐漸強大，七小又漸漸長大，沒有什麼能夠阻止我將其殺死。」

「乘客們請注意，北龍城將會在三分鐘後到達。」

不一會兒，我安全的從飛船的起降梯上下來了，站在北龍城的土地上，想起幾位在李家認識的朋友，心中更加篤定，這次我們幾人聯手，一定讓那個魔羅無處逃生。

詢問了去梅家的走法，我搭上一輛氣墊車向梅家行去。

走到梅家，向兩個看門人說明了來意，那兩人疑惑地望了我一眼道：「從沒聽說過我們世主認識什麼叫依天的人。」

我想也是，突然從自家飛船上消失了一個人，他們未必就會說出來。

看兩人的架勢是不會輕易放我進去的，自己不論是強闖進去還是偷偷跑進去，恐怕都會引來不必要的誤會。

我正在著急的時候，轉身忽然有兩人駕著兩匹青驄飛馬，此刻正落下來，而從馬上下來的兩人我都認識，一個是梅家最有發展潛力的梅魁，另一個就是梅家的大小姐——梅妙兒。

梅魁提著大包小包的下了馬，一邊走一邊道：「妙姐，你給李雄大哥買了這麼多東西，他會要嗎？」

梅妙兒白了他一眼，隨手從他懷中抄起一樣東西，道：「看到沒，這個軟金玉鞘，配上他那柄神劍多合適，這可是煉器坊出的上佳產品，千金難求。男人佩上這種夠氣派的東西，才顯得威武、成熟，更有魅力。」說完，嘴角露出一點微笑，已經陷入遐想了。

我看了不禁暗暗好笑，不知道李雄和梅大小姐相處得怎麼樣了，看她這麼個殷勤的勁，想必是兩人感情可能有進步。

梅魁的一句話打破了梅妙兒的美夢，「妙姐，李大哥那種上古神劍是用不著劍鞘的。爺爺不是說過嗎，上古的神兵利器都是有靈性的，只要能與它心意相通，就能將神劍收化到身體中，再說這種神劍是很惹眼的，天天背在外面，讓外人看到，很容易引起別人的覬覦。」

梅妙兒抓起劍鞘砸在梅魁的腦袋上，大聲罵了兩句：「前天我去煉器坊訂作的時候，你怎麼不說，今天等到拿貨了你才說，是不是成心跟姐姐作對！」

梅魁訥訥地道：「妙姐，前天不是我和你一塊去的。」

梅妙兒哼了一聲，眼珠一轉，又從梅魁懷中抱的大包東西拿出一種密封盒子，樂滋滋的道：「這總該有點用吧，這是華天寵獸公司的最新產品，對寵獸的級別提高有很大的裨益。雄哥那隻六級的寵獸，食用這種新食物，可能會升到七級也說不定。」

梅魁道：「七級寵獸四大星球加在一起也不過是兩位數，從來沒聽說過，哪隻寵獸因爲吃了什麼食物能夠升級到七級的，如果這種食物真的那麼有效……」

梅魁沒有把話說完，不過言下之意，梅妙兒倒是能夠把握得很清楚，沒好氣的把手中的東西狠狠塞在他懷裏，伸手在他腦袋上敲了一下，嗔怒道：「小弟，你存心和姐過不去啊，怎麼好東西到了你嘴裏都成了一文不值的東西。」

兩匹飛馬乖巧的跟在兩人的後面向自家走去，門口的兩個侍者，看到梅妙兒兩人，立即恭敬的道：「小姐，少爺。」

我見兩人就要走進去了，連忙上前兩步，叫住他們，我可不能再錯過這個大好機會了。

梅妙兒顯然不記得我是誰了，回頭疑惑地打量著我，眉頭一皺就要呵斥我時，一旁的梅魁終於從懷中大包東西的縫隙中認出我是誰了，喜道：「是依天大哥吧。」

我還記得在一年前我乘坐他們梅家的飛船來后羿星的時候，在飛船上，我還略微指點過他幾處在武道上有疑惑的地方，也深感此子憨厚老實，武學天分也相當高。見他認出了我，我哈哈一笑，幾步走到他身前，拍拍他肩，道：「這是出去作免費苦力呢。」

梅妙兒聽梅魁一說，立即也想起了我，想起了我就是那個莫名其妙從飛船上失蹤的倒楣蛋，狠狠瞪了我一眼，不理我向院內走去。一定是李雄經常在她面前念叨我，否則以她大小姐的脾氣，早就發火了。

我嘿嘿一笑，幫梅魁分擔了一些重量，隨著他向裏面走去。

梅魁邊走邊道：「依天大哥，上次你怎麼會突然失蹤了呢？」

「哦，」我道，「這也是事出意外，我也是不小心觸動了個機關，被傳送到了一個陌生的地方，最近才從那裏趕回來。」

梅魁沒有接著追問詳細的情況，嘆了口氣道：「你失蹤後，可把我們給急死了，把整個飛船都翻了個遍，也沒找到你去向的一點蛛絲馬跡，最後沒辦法，爺爺帶著我們又返回了地球，爺爺又把這件事告訴了李世家的大家長李霸天。」

我微微笑道：「李霸天怎麼說的？」

梅魁憨厚一笑道：「我們在地球也找了一個多月之久，李霸天動用了很多力量來找你，可惜最後實在找不著你，也就暫時放著了。」

我道：「算那個李老頭還有點良心，沒白給他幾葫蘆『猴兒酒』。」

梅魁道：「最擔心你的還是藍薇姐，我聽李雄大哥說，藍薇姐好像哭過，哦，對了，李雄大哥和藍薇姐還有李獵大哥都在我們梅家，等會兒我帶你去見他們，他們可想你了。」

我心中微微一酸，暗暗嘆了口氣，心中感慨道：「藍薇竟然哭了，爲了我這個當年的傻小子，想來藍薇對我用情不淺哪，今次自己是不是還會辜負人家冰心一片的姑娘呢，萬萬是做不得的，可是對感情，自己偏嘴笨舌拙……」心中本就一直潛藏著的一股淡淡的眷戀，此時已然慢慢浮上心頭。

「依天大哥，你想什麼呢？」

梅魁見我站著一動不動的發愣，疑惑的問了我一句，我隨口答道：「哦，我在想，李家究竟來了多少人。」

梅魁道：「李老爺子讓李雄大哥帶著三十多人來幫忙，別看這人數不多，可個個的修爲都很強。」

梅魁的一句「幫忙」證實了我先前的想法，定是后羿星出了這麼大個魔羅，擾得人心不穩，梅家受政府之邀，幫忙找到並剷除這個處處害人的魔羅，而梅家也向遠在地球並且一向交好的李家發出了請求。

所以李老爺子也就讓李雄帶著人過來了。

只是李老爺子這次可是夠仗義的，出手也比平時大方很多，竟然捨得讓李雄帶著家族的精銳過來幫忙，還真是難得。

我念頭一轉，想從梅魁口中得到一些關於魔羅的確實情報，於是我婉轉地問道：「李老爺子派這麼多人是來幫你們梅家什麼忙？需要這麼大手筆，三十多人的精銳子弟，可真要了他老人家的心頭肉了。」

梅魁有點興奮地道：「我差點給忘了，依天大哥是和李雄大哥一個級別的高手，去年還曾指導過我呢，這一年多，依天大哥的修爲一定更上一個台階了。有依天大哥的幫忙，我們的實力一定是大漲了。」

看他興高采烈的樣子，我也微微笑道：「究竟是怎麼回事，別光顧著高興，把事情的始末給我說說。」

梅魁感慨地道：「這事也奇怪，就在一年前，也就是你失蹤的那個時候不久，我們從地球回到后羿，四地就漸漸傳出寵獸被殺的事情，而且被殺的寵獸都是級別不低的，死狀都很奇怪，大多是只剩下一個頭，身體其他部分就全部憑空消失了。」

我點點頭，心中暗忖這倒是和那個乘客告訴我的差不多。

梅魁接著道：「又過了一個多月，聯邦政府也組織了很多好手組成了一個制魔特別行動組，希望可以捕殺這個作惡的傢伙。那時候我們梅家也收到了一些消息，爺爺只是以爲哪裏的蟊賊呢，再加上政府也組織了那麼多好手進行捕殺，所以爺爺並未放在心上。」

梅魁嘆了口氣道：「那時候已經晚了，很多后羿星的人因爲害怕，都紛紛地移居到其他星球了，要不是後來其他三大星球增加了移居的條件，現在從后羿星移居的人會更多。

「只是那制魔特別行動組行動過後，不知是刺激了那個邪惡的傢伙還是怎麼的，本來還只有寵獸遭殃，到後來連很多修煉武道的人都遭了毒手，還好一般都只是有修煉過的人才容易受到襲擊，普通百姓反而安全了。這個時候我們梅家，可能還有其他幾個武道世家都受到了政府的邀請，一起幫忙除去此魔。」

我暗道：「這都是比較內幕的情況了，一般人很難知道，爲什麼那個傢伙專門襲擊修煉武道的人呢？難道是因爲他特別仇恨修煉武道的人？那又爲何吞噬寵獸呢？而且是級別較高的寵獸？」一個念頭在腦中盤桓著，原因呼之欲出，卻偏是一時半會兒捕捉不到。

氣氛沉重起來，我和梅魁一時沉默著向前走去。

梅魁忽然道：「依天大哥，你說一個人能不能在半個月之內，修爲提高兩三倍多？」

我沉吟了一下道：「也不是不可能，日積月累的情況下，可能一下子在半個月內修爲有了質的飛躍，一下子增長了兩三倍也是有可能的。」

梅魁道：「那可能是我多疑了，我們曾兩次與那個人人懼怕的魔羅狹路相逢，其中間隔了半個多月，我卻感覺到第二次遇到的比第一次要強上很多，我始終懷疑他們是不是一個人。」

我道：「你是指可能這個爲禍作亂的魔頭不止一個，如果真的不止一個，那可真是我們的不幸了，只一個已經令我們傷透了腦筋，如果是兩個人，那我們就得大傷腦筋了。」

第十一章　手帕之交

我和梅魁相視無言，一個魔羅尚且不好對付，要是真有兩個魔羅，更是讓人心難安，那麼我遇到的那個魔羅是厲害的那一個，還是較弱的那一個呢？把后羿星聯邦政府弄得焦頭爛額的那一個，又是強的還是弱的呢？如果我遇到的那個是強的還好，說明剩下一個也不難對付，要是我遇到的那個是其中較弱的一個，事情可真的是非常麻煩了，較弱的一個已經非常強大了，那要是強的那個，還了得啊！

經過第四行星一事，我也算是見過大風大浪的人物，雖然仔細分析的結果令我有些挫折感，但還影響不到我的決心。只是梅魁雖然是梅家優秀的接班人，卻尚未單獨經受過一些事，所以在我們得出魔羅可能不止一人的結果時，顯得非常沮喪。

我微微一笑道：「梅魁，自古就有一句話叫作邪不勝正，不論一個人再怎麼強大，要是用來爲善，那麼會越來越強大，因爲有很多人支持他；要是用來爲惡，終究有一天會被人毫不留情地劃除，因爲大部分人都反對他。所以不論魔羅有幾個，我們一定要有信心劃除他們。如果連這點堅定也沒有，還是趕快移民到其他星球吧。我們最怕的不是敵人有多厲害，而是自己把自己給嚇住，自己給自己恐懼。相信你自己，也相信我們大家，地球李家的精英，再加上后羿星的政府和你們梅家以及其他世家的好手，難道你覺得這樣強大的除魔實力，還會輸嗎？」

梅魁被我說得面有愧色，轉頭望著我，誠懇地道：「依天大哥，謝謝你，今天你又給我上了寶貴一課，我會記住你的話的，依天大哥說得沒錯，我們一定要有堅定的信念。」

我贊許地拍拍他的肩膀，轉移話題問道：「李雄他們住在哪邊？」

梅魁道：「李雄大哥還有李獵大哥就住在我臥室旁邊的兩間屋子中，他們今天好像留在屋中練功沒有出去，依天大哥，你找他們有事嗎？」

我道：「沒什麼事，只是他們是我的老朋友了，又一年多沒見，總有一點想念的。」

梅魁道：「當時你突然從飛船上消失，他們知道後非常著急，帶著搜索隊伍，一個月把地球翻了個遍，對了，還有藍薇姐，藍薇姐甚至比李雄李獵大哥要著急，翻山入海的尋你。」

梅魁雖然只是寥寥的幾句話，我卻已經能夠猜到，當時他們尋找我的情景，尤其是藍薇，其中的艱辛我可以瞭解，真是苦了她了。

梅魁又道：「剛好，藍薇姐也在，你要不要去看看她？哦，她一早上出去了，好像是見一個什麼人去了。」

我點點頭道：「嗯，見，肯定要去見見的，不過她既然出去了，那咱們就先去看看李雄那傢伙去吧，順便啊，把你姐姐買給他的禮物給送過去，對了，你姐姐呢，怎麼一會兒不見人影了。」

梅魁憨厚一笑道：「一定不耐煩我倆走得太慢，先去李雄大哥那了。」

我呵呵笑道：「那咱們也快點吧。」

說著話，我倆加緊了步伐，快速向梅魁的住處走去，兩匹神駿的飛馬早有下人牽走。

我邊走邊問道：「這兩匹飛馬不是你和你姐姐的寵獸嗎？如此好的寵獸當作普通飛行工具來養，實在可惜了。」

梅魁道：「爺爺說，一個人的精神力有限，最好一個人只養一隻寵獸，這會令人與寵獸的精神更好的結合，發揮出的威力也最大，所以我們梅家一般都是只養一隻寵獸的。」

原來如此，我恍然大悟，這麼說，我還真是有貪多嚼不爛的嫌疑了，只是我一個人養了這麼多寵獸，卻也沒有什麼不適的感覺。

看來這件事，我以後還要多多注意一點呢！

說著說著，我們就來到了李雄的屋子前，一條走廊三間房屋，依次是梅魁、李雄、李獵三人的，右邊是小橋、水榭、幾塊菊石赫立四周，周遭點綴著花花草草，這一番精心的裝飾，使如此現代化的大都市家園，平添了一股大自然的夢幻。

我和梅魁推開李雄的門走了進去，剛進門就見到梅妙兒正膩在李雄身邊，而李雄並沒有顯出不耐煩而是談笑自若的應付著，不時逗得梅妙兒發出咯咯的笑聲。

聽到聲音，兩人不約而同的向我們望過來，梅妙兒見到我和梅魁有點不悅，白了我倆一眼，彷彿是在責怪我們打擾了他倆的二人世界。

我暗暗點頭，李雄如此不避嫌，想來是真正接受了梅妙兒，能和她結合，對他來說也是有百利而無一害，何況梅妙兒如此愛他，雖然是大小姐，卻生就了玲瓏心，從未在李雄面前表現過，兩人若能結合，也是成就了一段佳話。

梅妙兒早早的從我和梅魁的懷裏把她一早上採購的東西都拿了過去，一一的向李雄獻寶。

奈何，李雄見到我，驚喜之餘，哪還顧得及聽她嘮嘮叨叨的跟他說這些個東西，猛的長身而起，兩步化作一步，走到我面前，道：「依天兄弟，你讓我們找得好苦啊，再看到你，我，我，快，我帶你去見藍薇去，那丫頭看著堅強，背地裏可是哭了不止一次。」

我暗嘆一聲，李雄對藍薇的感情確實是情真意切，我任他抓著我的胳膊向屋子外走，梅魁道：「李雄大哥，你不是知道今天藍薇姐出去了嗎？這個時候恐怕還沒回來呢。」

李雄一拍腦袋，倏地停了下來，哈哈笑道：「真是的，我高興得連頭都昏了，那咱們還是先進來聽聽依天兄弟失蹤了這麼長時間都幹了什麼，好不好？」

我笑了笑，跟著他身後又進了屋子，拿他我是沒有辦法的。

我把從不小心觸動了神劍中的機關開始說起，一直說到第四行星的遭遇，包括幾次死戰魔鬼的事都說了出來，不過我卻隱瞞了幾點沒有說，一是第四行星在宇宙空間的具體方位，二是自己死後化身爲龍的事，三是把魔鬼的死歸於第四行星眾多頂尖高手圍攻的結果。

李雄聽完感慨道：「依天兄弟這次意外旅行還真是刺激驚險，真想和你交換個位置啊，攜酒傲江湖，呼嘯抱不平，唉，這等愜意的生活，我算是無緣了啊！」

梅魁也跟著道：「是啊，多麼奇妙的世界，真想去看看。」

李雄聽完略一沉吟，問道：「依天，你既然初到后羿，有一件事，你可能還不知道。」

我淡淡地道：「你說的是那個這一年把后羿星折騰得雞犬不寧的魔羅吧，不瞞你說，我不但知道，而且已經和他打了一場。」

李雄大訝，道：「你的消息這麼靈通，你怎麼會和那個傢伙碰上的，你運氣還真是好，我們這麼多人，搜索了幾個月也只兩次和他碰面。看你生龍活虎的樣子，想來那橫行無忌的傢伙吃了你的苦頭吧。」

我回憶了當時的情景，簡單扼要的全盤托出，我苦笑道：「說實話，我的實力與他相比還差很多，只是他太大意了，也許因爲一直無人能制他，使他小覷了天下修煉之人，所以才吃了我的虧。」

李雄哈哈笑道：「你還是沒變，總是一副謙虛的樣子。據我猜測，你與他的實力不會相差太大，否則你不可能毫髮無傷的，他的本領我也領教過。給我說實話，那傢伙被你傷到何種程度？」

我啞然失笑道：「你也沒變，總是那麼誇張。當時我乘勝追擊，只差一點，就讓他魂歸西天，不過他的一條手臂被我用神劍切下，想來應該是元氣大傷了。」

李雄點點頭，道：「我說嘛，這幾天，那傢伙突然銷聲匿跡，各地都沒有傳來人、獸遭難的消息，我還以爲他改了性子，學人吃齋念佛了，原來是被兄弟砍了手，這會兒可能窩在哪的旮旯裏忙著舔傷口呢。」

李雄誇張的說法引得我們哈哈大笑，梅妙兒美眸轉動，白了我們幾人一眼，嬌聲道：「你們大男人遇到一起，就會說這些打打殺殺的事情，真是無聊透了。小弟我們走。」

說完不理梅魁的抗議，強行拉著他走了出去，我與李雄相視一笑，我戲謔的笑道：

「嫂子真是生就八面玲瓏心，現在沒有外人了，有什麼話就說出來吧。」

李雄沒料到一向老實的我，竟然也懂得調侃人了，一時竟然不知該怎麼回答，臊紅了臉，期期艾艾的說不出話。

我見狀哈哈大笑，這個厚臉皮的傢伙可是很少能夠看到他臉紅的。

他見我笑得前仰後伏，假意怒道：「正經點，我是要和你說正事。」

過了好一會兒，我止住笑聲道：「有什麼話就說吧。」

李雄目射精光道：「既然你和兩個邪惡的傢伙都打過，你倒說說看，這個魔羅和那個星球的魔鬼，哪個要厲害一點？」

我道：「實話實說，不論是在修爲還是在狡猾方面，魔鬼都較魔羅高不止一個級別，但是不同的是，魔羅從來都是一個人，來無影去無蹤，而且自有一套逃生的法門，更是隱藏的超級高手。我覺得這也是爲什麼出動了這麼多好手，仍然不能將他繩之以法的原因。」

李雄略一沉吟，道：「以你的看法，我們該如何？」

我道：「我們首先得知道這傢伙瘋狂四處作案的目的是什麼，才好有的放矢。」

李雄經我這麼一說，靈感也源源不斷的湧出來，道：「沒錯，這傢伙每次比兔子跑得還快，而且狡兔三窟，想要找到他的老巢也不大容易，只要我能知道他爲什麼吞噬寵獸和人的原因，我們就可以根據於此，給他下個套，誘他來送死。」

我含笑點頭，道：「令人奇怪的是，我見到他的時候，他合體寵獸是一隻兔子，按說，兔子這種不上級別的奴隸寵，怎麼會有人拿牠來增加自己的修爲呢？真是奇怪。」

李雄錯愕了一下，忽然想到什麼，道：「你這麼一說，我還真想起來了，我們兩次和他碰面，其中一次確實和你說的一樣，是和兔寵合體，而另一次就沒有合體，看來魔羅確實不是一個人！」

頓了一頓，他忽然道：「看不出呀，依天，你消失這一年中，頭腦變得非常靈活了！」

我微微笑道：「我們最好能夠把那些出了事的地方都在地圖上標出來，看看能不能找到他作案的特點與時間地點，有沒有相通的地方。」

李雄道：「正事我們就暫時說到這，下面是私事，我問你小子，你究竟對藍薇怎麼想的，你小子失蹤的時候，藍薇可是出了十二分的力氣到處找你，她對你的情意，唯天可鑒，你小子要是再推三阻四，我可就對你不客氣了。今天一定要給我一個滿意的答覆。」

我哭笑不得望著他，他這個作哥的還真是愛護自己的妹妹，只不過連這種事都要管上一管，倒真的是管得有些寬了。我好笑的搖搖頭道：「我答應，我當然答應，藍薇對我這麼好，我要是再說三說四，那也太不識好歹了。」

李雄見我答應得乾脆，馬上眉開眼笑的道：「嘿嘿，我就知道，我就知道的，你小子夠意思。」

李雄又道：「這一年，你應該精進不少吧，一年前，咱倆可算是半斤八倆，不過嚴格說來，我是要強過你一點的，這一年，我的修爲也沒放下，咱倆比劃比劃，怎麼樣。」

我道：「剛才不是告訴你了嗎，我在那個行星九死一生，幾次都差點沒命，修爲是好不容易才修回來的，可以說比起一年前，一點都沒進步，對不起，讓你失望了。」

李雄略顯失望地道：「這樣啊，你在那個行星就一點收獲也沒有嗎？」

我呵呵笑道：「那當然不可能。」說著話，我在心中默念口訣，七小化作七道白光陡然出現在我倆的面前。

七小一出來並沒有作停留，靈活的在屋內躥上跳下，彷彿是在活動筋骨，幾聲「嗷嗷」長吟過後，停在我身邊。這一段時間，牠們身上銀白的毛髮愈發柔順光亮，七小或趴或蹲或站，一個個散發出與眾不同的氣勢，眼神淩厲地盯著李雄。

李雄震驚地看看這個，又看看那個，正色道：「依天，這幾隻狼看起來每隻都擁有非凡的力量，你告訴我，這些狼寵都是幾級的？」

我一手撓著小六的腦袋，悠然道：「這些是野寵，究竟會生長到哪一級還未定，不過我可以告訴你，牠們的父親是七級的。」

李雄嘆了一聲道：「依天，你的運氣真是極好，讓我這個作哥哥的，都不得不羨慕你啊，這種寵獸不要說是野寵，就是一般的七級寵獸，別人想要一隻也難，你一下就擁有七隻，實在令人羨慕。」

我並不打算把牠們的身世給說出來，畢竟這牽涉到龍丹的事，我淡淡地道：「這也是機緣巧合，我這裏還有幾枚寵獸蛋，你是不是挑一個。」

李雄連連擺手道：「算了，我自忖沒你的好福氣，還是留點精神力，好好伺候我那隻寵獸，希望能有機會晉級到七級，也不枉費我一番心血。」

我一愣，忖度自己是不是真的錯了，不但梅魁那麼說，現在連李雄也這麼說，難道非要一隻寵獸嗎？可是我擁有不少的寵獸，每隻寵獸都生長良好，我自己也不差，修為一直都在進步。莫非自己精神力比起他們都要強的緣故，看來這可能還和龍丹有關係。

我暫時把這個問題放下，想起半天沒看到李獵，我還要從他那借用四叔贈我的「魚皮蛇紋刀」一用，不然聽月姐的口氣，崑崙武道的那幫老人家要是看不到信物，是不會承認我的身分的。

李雄一心放在我身邊的七小身上，看得眉飛色舞，見我問起李獵，漫不經心的道：「那傢伙，現在是修煉狂，一天二十四小時，他總要用十七八個小時來修煉的，他一直沒露面，八成不知道又跑哪修煉去了，不知道誰跟他說的，實戰可以最快提升一個人的修爲，所以他最近愛上了踢館，在北龍城各大修煉館闖下了『狂刀』的名號。這個時候不知道在哪踢館呢！」

突然問，小六的皮毛一緊，我心中一動，帶動六識仔細聆聽，一個若有似無淡若虛無的聲音在耳邊響起，這是呼吸的聲音，綿延悠長，連心跳聲都沒有，只有淡淡的呼吸，這一定是修爲極高的人，而且是在偷聽，我驟然閃動，下一刻，我已身在屋外。

李雄不明所以，卻也急快的跟著出來了，見我好像在尋找什麼的樣子，開口問道：「出什麼事了？」

我嘆了一口氣，都怪有一扇門擋著，不然我可以在那人悄無聲息逃走前抓到他，至少也可看到個背影，我道：「我剛剛聽到有人的呼吸聲，應該有人在偷聽我們的對話。不過那人的身法相當高明，我出來的時候，那人已經察覺到，跑了。」

李雄深思道：「有人偷聽？會是誰呢，誰會對我們的話題感興趣呢？」

我剛要說話，突然有一個急速的行走聲音傳來，腳步不輕不重，緩疾一致，竟又是一個高手。我一愣，與李雄對視一眼，有所戒備的向來人的方向望去。

人影一閃，竟是梅魁，梅魁好奇地望了我倆一眼，奇怪我倆怎麼都在屋子外面，隨即道：「依天大哥，藍薇姐回來了，她還帶回來一個貌似天仙樣的女孩，你快去吧。」

李雄見我還愣在那兒，使勁推了我一把，著急地道：「你還愣在這幹什麼，還不快去，你還想讓藍薇等你到什麼時候！」

事情來得這麼突然，我還沒準備好，一時間不曉得是去見還是不去見，被李雄這麼一推，頓時清醒過來，什麼去見不去見的，這麼好的女孩我還要等什麼。

我興奮地應了一聲道：「好，我這就去。」隨口招呼七小道：「我帶你們去見見未來的主母。」

我們三人各展奇能向前奔去，我自然施展的是「御風術」，領頭跑在第一位，李雄駕馭著他的神劍——「火之熱情」。梅魁不知用的是什麼道具，周身漂浮著淡淡的雲氣向前行動。

我和李雄不用問路，自然可感應到梅魁行動的方向，在每個路口都知道要往哪邊走。少時，面前矗立著一座很大的球形大殿，梅魁在後面道：「藍薇姐就在裏面。」

我呼嘯一聲陡然拔空而起，向大殿門投去。這大殿門可真夠大的，並排可以十人同進，高度也四五人高，兩扇重若千斤的大門打開兩邊。

我停在大殿口，略一整理衣服，梅魁和李雄也已趕至，同我一塊向裏面走去。七小歡跳著跟在我四周。

大殿內古樸古香，雕龍畫鳳，一個窈窕的身影認真地盯看著四周的壁畫，神秘的圖騰，我有些激動的向前走去，她好像也聽到了我的腳步聲，緩慢地轉過頭來。

當我倆視線相對的剎那，不約而同的都愣住了，那人鳳眼含威，斥道：「好啊，你竟然敢闖到梅家來，今天我一定要讓你好看。」素手一抬，有條粗若孩兒手臂的楊柳鞭，快速的向我襲來，條條綠光，彷彿一隻隻毒蛇吐信。

眼前的女人並非是我日思夜想的妙人兒，卻是我的「冤家對頭」，那位脾氣很大的超人氣明星，「唉，真是冤家路窄啊。」

我伸手迎上她的鞭影，剛要鎖住她的柳鞭，七小中速度最快的老四老五，迅若兩枚炮彈，閃跳著萬千鞭影中，一隻迅速衝向風笑兒，另一隻專門對付她的柳鞭。

風笑兒應備不及，被兩隻狼弄得手忙腳亂，不時傳出惱怒的嬌斥聲，我猜她這一輩子也沒有見過這麼厲害的寵獸，我淡淡的一笑，立在一邊，看兩隻狼上下戲耍，這位大小姐是需要點教訓。

兩聲嬌斥，又有兩女從天而降，一個是梅妙兒，另一個正是藍薇，兩人剛要上去幫忙，又有剩下的五小，齊齊的撒歡飛奔上去把兩人給接了下來。

風笑兒沒時間施展自己最拿手的音波攻擊，此時已是險象環生，白膩的額頭也已佈滿了細汗。藍薇清斥一聲，渾身散發著寒冷的白氣，點點白色星光閃現在四周，正是調動神劍的徵兆。

第十二章 保鏢

我一看不好，憑藍薇的修爲再駕馭神劍——「霜之哀傷」，七小雖然厲害，就怕有個什麼意外就糟糕了。再說，我看到藍薇，本就打算讓七小停手了。一年前，「霜之哀傷」已經能夠很好的與藍薇融於一體，現在藍薇修爲更加精進，神劍只怕也更加使的得心應手了，何況神劍中的劍靈還是上古神獸「九尾冰狐」。

我尖嘯一聲，七小聽到我的召喚，不再戀戰，倏地躍了回來，只是回來的稍嫌遲了點，藍薇的神劍已然發動了，一個小巧可愛的狐狸，端坐在劍身，一條毛茸茸的大尾在身後來回掃動著。

寒氣逼面而來，以李雄、梅魁的修爲，仍要提氣護身，把寒氣逼在身外。神劍對神劍，我望著迅速逼近的神劍輕輕念動口訣，「大地之劍」舞出道道黃光迎了上去。

「大地之劍」可是號稱只要站在大地上就是不敗的。我還記得，當年「大地之熊」還是小熊的時候，妄圖與九尾冰狐一爭高低的情景。

現在「大地之熊」已不再是當年小小的身體、貪吃的小熊了，大地之熊吸收了龍丹的好處，已經邁入了成年的初級階段。

兩劍相撞，發出交擊的聲音，平分秋色，誰也沒占到誰的便宜，兩劍同時向後退去，藍薇剛才一招留了不少實力，否則不會這麼容易被我以相同的劍訣給擊退的。

我輕輕一招，「大地之劍」聽話的飛了回來，被我收回到烏金戒指中，藍薇奇怪能輕鬆接住自己一擊的對手，輕易把武器收了回去，定睛向我望來，頓時呆住，手中的「霜之哀傷」化為星星寒光收回到她身體中。

我見藍薇清澈的雙眸中隱見淚光，輕輕一笑，心中竟也湧出一股酸意，說不出話來，呆呆地站在那兒與她對望。

風笑兒正在得意自己來了救兵，雙手已經幻化出豎琴，準備揚眉吐氣的時候，忽然見藍薇呆站在那兒，彷彿中了魔似的。奇道：「藍妹，快動手啊，他就是我之前告訴你的那個臭小子，今天咱們姐妹倆一定聯手要教訓他一下，否則姐的面子往哪放啊！」

藍薇沒有說話，只是深情地望著我，眼神中充滿了幸福的光芒。

一旁的風笑兒總算看出了點端倪，訝道：「藍妹，這個欺負你姐姐的死小子，不會就是你跟我說的那個人吧，那姐姐這個仇還要不要報了！傻愣著幹什麼，你倒是說句話呀。」

梅妙兒自然是希望藍薇和我好，這樣她和李雄的愛情道路上就少了最大的阻力，她低聲在風笑兒耳邊道：「姐姐，咱們別在這影響人家談情說愛了。」

風笑兒不甘心的邊走邊道：「怎麼會是這個令人討厭的傢伙，藍妹妹，你可千萬別上了他的當，要是有事，你就大聲叫，姐就在外面。」

我搖搖頭，苦笑不已，她把我當作什麼人了，誘拐良家婦女嗎？

李雄抹了抹眼角，道：「咱們也走吧，他們一年沒見了，肯定有很多話要說，咱們不要在這打擾他們了。」梅魁點點頭，沒說話，跟著李雄一塊走了出去。

剎那間，偌大一個大殿就只剩下我和藍薇兩人，面對藍薇哀怨的目光，我有無地自容的感覺，自己這般瞻前顧後，又怎麼會獲得真情。

我鼓起勇氣，上前輕輕將藍薇擁在懷中，摩挲著她的烏黑秀髮，柔聲道：「讓你擔心了，其實我也一直想念著你。」

耳邊傳來藍薇若無似有的低低啜泣聲，像藍薇這種性格的女孩，一旦動情，就會一發不可收拾，付出自己的全部真心。我如果不好好珍惜，實在對不起她。

我輕輕地撫摩著她的背部，在她耳邊喃喃道：「一切都過去了，以後不會再出現這種事了，我們不會再分開的。好了，乖，不哭了。會把眼睛哭腫的，要是被你那個惡姐和李雄看見，會笑話你的。」

藍薇「嗯」了一聲，在我懷中微微把頭抬起來，望著我道：「這是你答應的，以後也不准反悔。」

我呵呵一笑道：「那是當然，能獲得你的青睞，那是我的榮幸，高興還來不及，怎麼會反悔。」我心中暗道在這種事情上，脫去了優秀的光環，藍薇也如普通女孩一般無二。

我和藍薇坐在大殿裏，互相敘說彼此的感情，完全把大殿外的李雄幾人給遺忘了，希望他們不會一直待在殿外。藍薇告訴我，在過去的幾個月中，是怎麼辛苦的穿遍全地球尋找我的身影。如此彷彿磨難般的尋找，在藍薇口中一一道出，卻好似是一件開心幸福的事。

我也將自己如何到了第四行星，又如何遭遇了野心勃勃的魔鬼，以及如何最後剷除他，回到后羿星，一絲不落的說了個清楚明白。

藍薇隨著我的境遇時悲時喜，完全融入了我的遭遇中，喜哀而不自知。

藍薇幽幽嘆道：「你就這麼不辭而別，那個女孩該多傷心啊！」

我道：「石鳳那個丫頭，我只是把她當作小妹妹看，要真是和她告別，她要是纏著和我一塊回來怎麼辦？」

藍薇嘆了一口氣，沒有說話。我暗笑女人心海底針，剛才還在同情別人，可是一牽扯到自己的感情取捨，就沒法再大度起來。

我不經意的向外望去，外面已經是夜幕降臨，星羅棋布，夜空乾淨無暇，一勾新月放出最亮的星光。沒想到不知不覺，我和藍薇竟然坐在這裏已有半天的時間了，此時驚覺天黑，才感到肚子已經咕咕作響。

藍薇聽到驚訝聲，疑惑地望著我。

我指了指外面的星空，藍薇也「啊」的一聲，捂著紅唇，站了起來，羞澀的道：「沒想到，都已經天黑了，時間過得真快，笑姐她們不知還在不在?」

我笑道：「恐怕她們早就不知到跑到哪裏塡肚子去了，哪會留在這裏陪咱倆一塊挨餓啊。餓了吧，咱們也走，我想李雄一定給我們布好了一桌好菜等著我們呢。」

李雄坐北面南，舉起手中精美的酒器，道：「這一杯祝依天平安歸來。」說完一飲而盡，接著自己又給自己倒上一杯道：「這一杯祝我們團圓。」然後又把酒杯添滿，樂呵呵地道：「這一杯啊，祝藍薇和依天能夠白頭偕老。」

藍薇嬌靨酡紅，嬌嗔道：「哥，你說什麼呢。」

我看在眼中，笑在心裏，李雄一大番說辭，其實不過是找理由多喝酒，這傢伙不愧是李老頭的未來繼承人，一樣貪酒。普通的酒自然是不會入他的法眼，不過這酒是梅家的百花釀，用百種花，使用十多道繁瑣的程式，歷時一年才完成的。

這樣的酒，味道當然不會差到哪裏去，剛好我要餵我的酒蟲，經過酒蟲這麼一泡啊，百花釀的味道立即變得更加醇厚香甜，彷彿是埋藏了多年的美酒。

李雄這個酒鬼哪還能忍住，一杯接一杯的往下灌。我坐在藍薇身邊，本來席間倒也其樂融融，只是風笑兒那對帶刺的眼睛，實在令我有如坐針氈的感覺，如果眼睛能殺人，我想我已經被她殺了不知多少次了。

李雄邊喝邊道：「你那隻酒蟲真是個不錯的好寵獸，不如哪天，你借哥哥使使，不行的話，我願意用東西跟你換，你看上哥哥什麼東西，除了我的神劍，其他你隨便挑好了，哥哥都捨得。」

酒蟲已經被我收到身體裏去了。我見他又打起我酒蟲的主意，著實有點哭笑不得，我搖頭道：「大哥，你方才也看到了，酒蟲是以我的身體為寄居體，而且已經認了主，是不能離開我的身體的，就算是小弟有心把牠送給你，也沒轍啊！」

李雄望著我那隻酒蟲寄居的手掌，眼光殷切至極，看情形，像是恨不得把我的手掌給切了拿去。最後唏噓的感嘆兩聲，也只能作罷。

旁邊的藍薇和風笑兒湊在一塊，小聲的細說著什麼，不時發出呵呵笑聲，倒是藍薇不忘時不時的含笑與我對視一眼。

我無奈地瞥了那個得意的風笑兒一眼，也加入了喝酒大軍中，李雄和梅魁兩人喝酒稍顯單調了點，這時候加上我，卻是正好，三人你來我往杯來盞去，竟喝光了兩罈百花釀，倒楣了我這個不善喝酒的，第一個醉倒，而李雄依然精神奕奕，就連梅魁也只是一分酒意。

看來啊，作這個一家之主的繼承人，還真不是好當的，首先就得酒量好。我半醉半醒的被梅魁抬到了他的房間去了。

藍薇、風笑兒、梅妙兒三人結伴而行回到她們的住處，此時一片厚厚的雲彩經過，遮住了晴朗的星空，大地進入黑暗。

我不問世事的呼呼大睡，由於百花釀的緣故，我很快就進入了夢鄉，就在我酣睡正香的時候，忽然外面傳來吵鬧聲，接著琴聲大作，如雷霆暴雨，可惜，幾聲過後，卻驟然停歇了，聲音卻越來越吵。

我驀地醒來，發覺聲音大部分是來自藍薇她們的住處。

我迅速爬起來，頭腦一重，讓我打了個趔趄，百花釀的後勁還真大。我忽然想起在第四行星弄來的醒酒的好東西，馬上打開烏金戒指，找到裏面的鞭樹身上流下的綠色液體，吃進嘴中，打開門，迅速飛了出去。

外面漆黑一片，只有少許星光透過濃重的黑雲露出點點光芒，遠處一團光芒顯得格外顯眼，我嗖的一聲逕自向光源處飛去，定是那裏出事了，以防萬一，我邊飛邊召喚出神劍，大喝一聲進行了完全合體，人劍合爲一體，氤氳黃芒圍繞在周遭身側。

隱約中，我聽到有李雄的怒喝聲，我心中著急自不在話下，卻也暗暗納悶，以他們幾人的實力，究竟會是誰能對他們造成威脅呢！光是李雄和藍薇的兩把神劍就不是那麼好易與的。再加上風笑兒奇特的音波攻擊，梅家年輕一代最優秀的兩人梅魁、梅妙兒，誰會對他們造成不利呢。

這幾人加起來，就算是李霸天、梅無影聯手，恐怕一時三刻都無法占得優勢。前面聲音嘈雜，要不是吃了虧，一定不會這麼亂的。

大地之熊的力量在我身體中流轉，令我感到渾厚而踏實。我倏地加快速度，向出事點衝去，還有百米遠的時候，我忽然看到藍薇四人把一個怪人圍在當中，而外面有更多的梅家子弟圍成一個更大的圈。

李雄幾人高聲喊著，卻不見他們出手，顯然是投鼠忌器，我瞇起眼睛向場中望去，突然發現，怪人的手中拎著一個人，看其體態玲瓏，可不就是風笑兒嗎，怎麼會被怪人捉住的？怪不得，剛才的琴音剛響了幾聲，就沒了聲音呢。看她嚇得臉色煞白，這次夠這惡婆娘回憶的了。

想歸想，還是要出手相救的。怪人無視圍著他的這麼多人，只是哈哈狂笑著。我看著看著，越看越眼熟，赫然是偷襲我的那個魔羅。這麼多人想找他，他卻自己送上門來了！

不過，不對啊，我明明記得上次，我砍斷了他一條手臂的，這會兒，他卻是四肢完好，難道不是一個人？

不可能，他身上那股邪惡的氣息我是不會記錯的，一定是他，那說明，他必定有什麼特殊本領，能夠斷肢重生。

場中被巨能燈照得如同白晝，魔羅的每個動作我們都看得清晰無比，只是他顯得很狂妄，霍霍凶光，肆無忌憚的掃視著眾人。他手中的風笑兒恐怕早就嚇得三魂只剩一魂了。

我混進人群，謹慎地盯著他，腦中快速地轉動著，看究竟有什麼好辦法可以把她救下來。

藍薇寒聲道：「快放了她，就算你不放她，也別想逃出生天。」

魔羅轉過臉來對著藍薇，眸中凶光閃動，忽然嘿嘿笑道：「我要吞了她，然後我再吞下你們，你們一個都別想逃過。」

我皺了皺眉頭，這個傢伙的聲音也太難聽了，像是漏風的破鍋。

魔羅用他那毛茸茸的手臂，作勢就要把風笑兒往嘴中放，藍薇幾人驚叫道：「不要啊！」

魔羅轉頭嘿嘿笑起來，突然眼前一花，我暗道不好，中計了，他們幾人心繫風笑兒，不及防備，魔羅倏地以他那極快的身法衝到藍薇面前，紅色的眸子閃爍著妖異的光芒。

我顧不及再想什麼兩全其美的方法來救風笑兒，在人群中縱身躍起，右手駢起劍指，一道大地之劍的劍氣驀地從手指延伸出來，口中大喝道：「魔羅，你家小爺來取你狗命了。」

這緊張時刻，異變突起，藍薇反應迅速，「霜之哀傷」憑空出現，彷彿早就蓄勢以待的樣子，無匹的寒冷瞬間將魔羅伸來的那隻手給凍住，極冷之氣延著他的手臂，飛快的向上攀升，轉眼間，魔羅的一整條手臂都給凍住，成了冰凍兔子腿。

魔羅吃了個暗虧，被激起了凶性，怒吼著掄起另一手的風笑兒向他們砸過去，完全不顧自己的傷勢。我也被逼收回劍指，身體落到地面。

大地的力量在我腳下流淌，我靈機一動，既然我已經與大地之熊合體，那麼我也可以動用大地的力量了。

我聚起內息轟然拍向地面，口中大喝道：「沙流！」魔羅腳下的大地突然鬆動起來，魔羅微一錯愕，身體已經陷了下去。

機不可失，我驟然飛躍出去，剛好搶到魔羅手中的風笑兒，沒有我的控制，大地又恢復了正常，陷在泥土中的魔羅慘叫一聲，手已被我齊腕斬斷。我一手接過風笑兒迅速向後退去。

魔羅再不復先前視若無睹、橫行無忌的樣子，驟然張口向旁邊的梅家子弟噴出一口紅色血霧，我急忙大叫道：「別碰，有毒！」

可惜已經遲了，一個梅家子弟躲避不及，哀號一聲，躺在地上。魔羅霍地拔地而起，露出猙獰的面孔，嘴中發出恐怖的「霍霍」如同野獸般的叫聲，一把抓起那個被毒霧腐蝕的倒楣蛋，一口吞了下去，轉眼間，只剩下一個人頭滾落在地面。

這下真相大白了，在后羿星瘋狂作案的就是眼前的魔羅。變故發生在一瞬間，魔羅吸收了新的血肉，那隻斷了的手條地又長出一隻新的來，把眾人看得目瞪口呆。

我卻來不及驚訝了，魔羅長出手後做的第一件事，就是向我飛速的飆射過來，我懷中抱著的風笑兒彷彿中了什麼禁制，身體軟軟的，沒有一絲力氣，我打起精神，劍指激射出一米長的劍氣。

魔羅眼見越追越近，醜陋怪異的面孔露出呵呵的笑容，面對我手中的劍氣，彷彿是看到了世上最好笑的事情，手掌從容不迫的揮動，竟然把我的劍氣一一擋住。

我震撼之心無法用言語表達，號稱最強的劍氣，無物不破的劍氣，竟然被他單用肉掌就輕易地抵擋住了。

「快逃啊，笨蛋。」風笑兒在這種不合適宜的時候在我耳邊叫道。

我喝道：「不用你教，我知道怎麼做，你給我閉嘴！」與大地之熊合體後，我的力量增長了數倍之多，速度也跟著加快不少，本來是不會比他慢的，可是懷中抱著個不安分的大活人，就比他慢了一些。

李雄、藍薇幾人業已追了過來，不過他們的速度又比起我們慢了很多，雖然也都同樣的合體了。我把心一橫，無數點點濛濛黃光像是一隻隻螢火蟲，從我體內蜂擁而出，逐漸合成一把散發著瑩潤黃光的巨劍。

這還只是劍的雛形，尚不能威脅到他的根本，只是體內的力量一時半會兒無法聚集起來。眼看魔羅越來越近，幾乎可以看到他露在外面的醜陋牙齒上掛著的涎水。

我暴喝道：「現身吧，『靈龜鼎』！」在我刻意的掩飾下，「靈龜鼎」並沒有釋放出一貫的五彩霞光，只是淡淡的烏光圍繞著小鼎。

想當年我就是利用鼎的巨大吸力救了自己的小命，逃出村子的。希望這一次，千萬不能讓我失望，經過小龜的進化，我想它的吸力也會跟著增大吧，可千萬要把魔羅給吸住。

「靈龜鼎」突然出現罩在魔羅的頭頂，魔羅當然也注意到了，只是看它體小，又無任何神光，沒有在意，仍是向直追過來。突然他感到身子一緊，速度驟然慢了下來。

卻正好是「靈龜鼎」發揮了威力，小巧的「靈龜鼎」旋轉著釋放著巨大的吸引力。魔羅「嘿喲」的發出一聲怪叫，陡然加速，妄圖突破「靈龜鼎」的吸引力，卻不曾想，「靈龜鼎」的吸引力也是越來越大，旋轉著愈快，鼎身也逐漸變大。

魔羅這才注意到，這個不起眼的「靈龜鼎」竟也是個不可小覷的寶貝，急忙施展全力掙脫「靈龜鼎」的吸引力，往外突去。

我等的就是這個機會，魚兒既然已經順利上鉤，那我就該拉竿了，一柄巨大、散發著奪目光彩的神劍已然蓄勢待發。透明的黃芒卻近乎實質，這一擊下去，即便他能不死，也得重傷。

我發出一聲長吟，光芒神劍奮力向前投去，光芒神劍拖著長長的迤儷光尾，宛若蛟龍的向他怒射而去。

魔羅不愧是橫行一年都無人能制，很快就擺脫了「靈龜鼎」的巨大吸力，眼看自己處境不好，就準備全力逃走，卻已是不及，電射而來的光芒神劍像是發怒的神龍，一下就從他的前胸穿過。

鮮血並沒如想像中般大量射出，而是順著胸部流下來，看來他的身體也是大異常人。

我伸手一招，光芒神劍再化爲點點黃色星光都飄了回來，這時候，他們四人已經趕到了，見到魔羅重傷，個個喜上眉梢，禍壞了后羿星整整一年的罪魁禍首，就連聯邦政府都拿他沒辦法，今晚算是再無生還的可能。

每個人都毫不留情的拿出自己的絕活，向仍在半空中掙扎的魔羅擊了過去。望著數道凌厲的光芒，我知道魔羅是不可能在這種情況下逃出去的，心中的一塊大石也總算了落下了地。

我沒有想到，這麼快就能把他繩之以法，不是不報，時候未到啊！

「想殺我，沒那麼容易，我會回來的，那個小妞是我的！」我眼睜睜地看著魔羅不知道施展了什麼古怪的功法，一下子出現了五個魔羅，當下五人分別向四面八方逃了出去。

第十三章　飛馬出生

應變不暇，我只有乾瞪眼怒看著魔羅由一化五四下逃散。雖知道其中只有一個是真身，但究竟哪一個是真的，卻分辨不清，因爲無論哪一個都是那麼栩栩如生，甚至每個人身上都在流血。

我怒喝道：「這句話，你已不止說過一次，有膽量就不要逃。」

藍薇四人無奈分爲四個方向，一人追一個，但有一個從容逃逸出去，我暗暗祈禱，逃出去的那個不是真身。

可惜事實恰好相反，被四人追上並殺死的四個魔羅，落在地上化爲幾片血肉和皮毛，我們幾人感嘆一聲，也許還沒到該他喪命的時候，且容他的小命再多活兩天吧，下次見面，他別想再溜走。

我望著魔羅逃走的方向，皺了皺眉道：「出了這麼大的事，怎麼也沒見梅老爺了出現，還有你們梅家那些修爲精深的長老呢，怎麼就這幾個人，被別人打了個措手不及？」

李雄接過我的話頭，道：「唉，你不知道，梅老爺子出去，要等到兩天後才能回來，爲了保證老爺子的安全，和他同去的還有幾個修爲最高的長老，否則也不能讓魔羅這麼輕易得手。」

我道：「怎麼會這麼巧，剛好在梅家缺人手的情況下，魔羅就出現了，事情未免也太蹊蹺了，你不覺得其中有什麼不對勁嗎？」

李雄點頭沉思道：「讓你這麼一說，確實令人感到不大對勁。」

我道：「你猜那個魔羅會不會突然再返回，殺我們一個回馬槍，讓我們措手不及，這傢伙實在很狡猾。」

李雄沉吟道：「還是謹慎點，加強警戒吧。」

我轉頭望著他們幾人道：「你們都看到了，他被我的神劍當胸貫穿而過，只要是人都應該斃命的，爲什麼他不但沒死，而且連血也流得不多，並且還能施展那麼奇妙的功法，從容從我們的包圍中逃出，令我們功虧一簣，難道他是不死身嗎？」

說著話，我把懷中的風笑兒交給藍薇。經過藍薇把她體內的經絡打通，受到的禁制也不藥而癒。

初戰告捷的喜悅被我一連串的疑問給沖淡了。我心中暗道：「又是一個擁有不死身的怪物，路漫漫，我們的除魔大任，還是任重道遠呵，這個傢伙究竟會是誰呢？只要知道他的本來面目，還怕他能跑到天邊去嗎？」

我疑問道：「你們誰能看出他的武功招式出自哪裏嗎？」

藍薇輕啓朱唇，淡淡地道：「不可否認，他雖然是殘害人命的壞蛋，但是單以修爲來說，他絕對是個修爲極其高強，臻至宗師境界的高手，所以他的招式很玄奧，卻無法看出出自哪裏，我想這些應該都是他自創的。」

眾人點點頭，藍薇應該猜得沒錯，這傢伙能夠橫行一年仍活得這麼好，其真面目肯定是修爲極高的人，至於會是誰，卻一時無從猜起。

梅魁忽然道：「剛才打鬥的時候，我有一種錯覺。」

李雄道：「什麼錯覺？快說出來。」

梅魁道：「我感覺他好像對我們梅家的功法非常熟悉，我的每招每式，他好像都能搶先一步猜到，後來我換了從李老爺子那學來的劍法，他就沒法如先前般搶先一步猜到我的下一式。」

我與李雄駭然相對，心中如驚濤駭浪，以梅魁的修爲來說，他的感覺非常可信，此人一定是非常熟悉梅家的功法，而且是梅家不外傳的精深功法。既然如此，他和梅家的關係必定非同尋常。如果梅魁的猜測是正確的，我們的搜索範圍就大大減小了。

只要找那些與梅家有深交的或者梅家修爲極高的人，然後查他們這幾天的行蹤，一一比對之下，哪還怕他能跑到天上去。

梅妙兒忽然喊道：「不可能，怎麼會是我們梅家的人，一定是小弟弄錯了。」說著氣呼呼的不理我們逕自走了。

我們幾人相對苦笑，這件事任誰也不能坦然面對。倒是梅魁顯示出了家主繼承人的冷靜，鎮定地道：「這件事關係重大，我想我要先把這件事報告給爺爺知道，由他來拿主意，此人對我們梅家的功法如此熟悉，如果說他跟我們梅家沒關係，實在說不過去。」

接著梅魁先離開去安排加強警戒的事宜。我走到藍薇身邊道：「等會你去勸勸梅妙兒，這丫頭性子倔，不要出了什麼事。」

立在她旁邊的風笑兒，今晚差點被那傢伙當作糕點吞了，此時還驚魂未定，臉色也差得很。我低聲對藍薇道：「你回去也要多小心點。」說著我又轉頭看了看風笑兒，道：「她好像被嚇到了，你多照顧照顧她。」

風笑兒瞪了我一眼道：「看什麼看，我好得很，不需要人照顧，你神氣什麼，要不是你太笨，怎麼會讓那個傢伙給跑掉的。」

我心中暗道：「要不是爲了救你，也許今天就能把他留在這了。」我嘴角露出一抹笑意，道：「你該減肥了，要不是你太重，也不會影響到我的行動，我想也許你再輕一些，今天就能幫你報仇了。」

風笑兒被我用話噎了一下，狠狠白了我一眼，當即轉身氣走，藍薇含笑輕輕打了我一下，道：「怎麼可以這樣說笑姐，不知道女孩子最在乎她們的外貌和身材嗎？」

我心道自己當然知道，不然也不會用這個來打擊她了。

我和李雄也相伴一塊兒向回走，李雄忽然嘆道：「很久都沒見藍薇笑過了，你一回來，她就開心成這個樣子。唉，你可千萬不能辜負藍薇。」

我打斷他的話頭道：「你什麼時候變得這麼囉嗦了，小心未老先衰，你看我像那種寡恩薄義的人嗎？」

被魔羅這麼一鬧，時間已經推移到清晨時分，對我們這種修武的人來說，一晚睡與不睡都是一樣的，等藍薇來找我的時候，我已經和李雄在練武廳中練開了。

李雄是見獵心喜，非得讓我陪他打一場不可。以他的眼力，自然非常清楚，就昨晚的情形來看，我是在場人中修爲最高的一個，所以不論我怎麼解釋，硬是把我拉到練武廳中。

單以個人的修爲來說，我只怕比梅魁高不了多少，李雄和藍薇精進迅速，早就超過了我。只是我的寵獸卻比他們的級別高，在我強大精神力的駕馭下，合體後自然要高過他們很多。

而且他們的合體程度還只是停留在表面程度，只是形成一套堅硬的外殼而已，還未達到真正完美的肉體合體，更別說是多次合體了，我要是再表演多次合體，我想他們一定會被我嚇住的。

合體後，不論是在速度還是在力量上，李雄都要遜我一籌，兩百個回合下來，雖未受傷，卻已被我打得全無信心了。

李雄見藍薇來了，突然從空中降落下來，解除了合體後，忿忿道：「不打了，你占著寵獸的便宜，怎麼也打不過。」

藍薇俏生生地走過來，含著淡淡笑意道：「哥，你們真用功，一早就來這裏修煉，要不是梅魁告訴我，我還找不到你們。」

李雄瞥了我一眼道：「你哪裏是找我，分明是找依天的。」說著邊搖頭邊向外走去，引得我和藍薇忍俊不禁。

我也收回神劍解除合體，望著藍薇道：「有什麼事嗎，昨天沒睡好吧？」

藍薇淡淡一笑，道：「是笑姐的事。」

我訝道：「她會讓你來找我？不會轉性子了吧，她不恨我了嗎？」

藍薇走到我身邊溫柔的給我拭著額頭上的汗，笑道：「小氣鬼，笑姐是女孩子，你就不能讓讓她。不是笑姐讓我來找你，是我自己來找你的。」

我略一想，也大概想出了原因，道：「是不是你的笑姐害怕了？」

藍薇道：「是啊，你昨天也看到了，那個魔羅奇功異法層出不窮，雖然他昨晚被你給重創了，但是誰知道，他會不會現在已經恢復了呢，而且你看他昨晚猙獰著面孔叫囂著還會回來找笑姐，笑姐自小就嬌生慣養的，哪受過這個，我看她有些害怕，所以我就來找你商量。」

我道：「她要是害怕，就讓她暫時待在梅家好了，反正我們也有了眉目，保不準一年半載的就能把那傢伙給揪出來除掉，到時候安全了，再走也不遲。」

藍薇白了我一眼，嗔道：「小心眼的男人，你不能不記恨她嗎。照你說的一年半載，你以爲笑姐和你一樣都是遊手好閒的嗎，她今天還有演出呢，出席的都是各界的要員，笑姐無論是什麼原因，如果今天不到場，對她以後的發展都會產生很大的影響。」

我道：「所以你來找我，想讓我保護她到目的地，是不是？既然夫人都這麼說了，我自然是義不容辭。」

藍薇見我答應，展醫笑道：「我代笑姐謝謝你。不過不是你一人，而是我們兩人一起保護她抵達演出場地。」

我笑道：「這還差不多，咱倆兒剛相聚，她怎麼忍心拆散我們。」

我和藍薇邊走邊道：「藍薇，你的笑姐不是有一個非常厲害的私人保鏢嗎，那個保鏢可比我們兩人厲害多了，他怎麼不來保護她？」

藍薇道：「你是說那個朱伯伯吧，他還有其他的事，所以沒跟來。朱伯伯確實很厲害，我保你猜不到他的真實身分。」

我疑道：「一個保鏢還有什麼身分？他是誰，難道又是哪個隱藏的，不好名利的高手？」

藍薇笑道：「你猜對了一點，朱伯伯的真實身分是五強者之一呢。」

我驚道：「五強者？是不是傳說中除四大聖者外最厲害的人物，聽說五強者的身分都很隱秘的，很少有人知道五強者是誰。」

藍薇道：「朱伯伯就是其中之一，因為他姓朱，而且體態比較胖，所以他有個外號叫作『肥豬王』，修為之高乃是我平生所見，恐怕就連爺爺也要比他遜一籌。」

我忽然想到那天，他手中拿了柄很精緻的透明匕首，神神秘秘的樣子，我問藍薇道：「他是不是有個很小很奇特的匕首？」

藍薇道：「你說的是他的成名武器水晶刃。他的水晶刃可是柄很不錯的寶貝呢，可大可小先不說，他用的是萬年寒冰的冰心再採用天星玄鐵，地黃沙等一些極為珍貴難尋的材料才煉製出這把透明如水的水晶刃，堅硬無比削鐵如泥，比起上古流傳下來的神劍也差不了多少。」

我恍然大悟道：「我說嘛，那天我的神劍一點也沒占到他那柄水晶刃的便宜。」

藍薇道：「你別看朱伯伯體態臃腫，事實上，他輕身功法特別好，輕盈如燕，雖然他修爲極高，但是他對別人脾氣也特別好。」

說話間，我們就看到了梅家備好了幾匹飛馬在等著我們，旁邊有風笑兒、梅妙兒、梅魁幾人在談笑等候著我們。

藍薇輕輕拉了我一下，向他們幾人走過去，我瞧著幾匹追風逐日的神駒，心中感嘆，這梅家還真是大手筆，這幾匹飛馬我一眼看去就知道，無論哪一匹都不在奴隸獸的範圍，最低的一匹都有四級下品的水準。

看到這些飛馬，令我不由自主的就想起了在第四行星和飛馬王待在一塊的日子，那時候雖然兇險重重，卻也挺開心的。

我伸手拍了拍其中最爲神駿的一匹，毛匹光滑油順，想必是天天有人專門負責清理這群價格不菲的飛馬。

梅魁道：「依天大哥，你放心的保護風笑兒小姐去吧，梅家的事有李雄大哥和我呢，李獵大哥今天也要回來了，人手很充足，諒那魔羅也沒那麼大的膽子再回來搗亂。」

我點點頭，梅妙兒在他旁邊道：「笑姐，給你準備的飛馬車已經停在大門外了，你們先乘這幾匹飛過去吧，祝你演唱會馬到成功。」

風笑兒笑了笑，向藍薇打了個招呼，就飛身上馬，故意裝作沒看到我的樣子，我心中嘆道：「這就是你對待救命恩人的樣子嗎？俗話說女人心底小似針，我雖然不大同意，倒是在她身上很應驗。不過這幾個女人什麼時候變得這麼熟稔了。」

我拍了拍馴服的馬兒，也飛身上去，道：「那咱們就走吧，不要晚了。」

藍薇很樂意我不記仇，安慰我似的對我一笑，也上到馬兒身上。

飛馬還真不是飛假的，速度在飛行類寵獸中確實爲佼佼者，沒用幾分鐘的功夫就飛到了梅家的門口，在門口停著一輛珠光寶氣的飛馬車，只看上去就感覺雍容華貴，拉車的八匹飛馬更是神駿異常。

八匹飛馬個個體壯膘肥，鬃毛在微風中飛舞。兩個駕車的馬夫已經恭候在馬車邊，只等我們上車了。

我們幾人魚貫而入，馬車是用特殊材料製造而成，也備有專門的動力裝置，只聽車門外幾聲高低起伏的長嘶，馬車霍然起動，飄浮起來，接著，八匹飛馬快速向前奔去。

自打進了車，風笑兒就不言不語，彷彿我欠了她多少錢似的，爲了藍薇，我自然不能得罪了她的好姐妹，我嘆了口氣，將坐在我倆中間的藍薇拉了過來，我坐到她身邊道：「大小姐，我究竟欠你什麼了，整天看到我就繃著個臉！」

風笑兒道：「你管得著嗎，本大小姐看著你就不開心。你最好每天都離我遠遠的，我就開心了。」

我哼了一聲，淡淡地道：「你說見著我就不開心，那昨晚我冒險把你從魔羅手中搶過來的時候，你是不是也很不開心啊？」

風笑兒頓時沒話說，盯著我的眼睛也沒了底氣。

我道：「你看，是不是，你不是每次見著我都不開心不是嗎，我現在是保護你去你的演唱會，所以你應該開開心心才對。」

風笑兒哼了一聲，白我一眼，把視線放在別處，不再理我。

我討了個沒趣，只好坐了回去，這丫頭脾氣還真是夠倔強的，希望我以後能少遇到這樣的女孩，否則我的日子可就難過了。

我忽然想起今天還沒餵我的豬豬寵，這小傢伙該餓壞了吧，趕忙從戒指中把牠取出來，拿出百獸丸餵牠。豬豬寵靠著牠可愛的外形，立即吸引了兩個女孩的目光。

我把豬豬寵交到藍薇手中，道：「喜歡嗎?這是我剛收的一隻野寵。」

藍薇微一頷首，抱著豬豬寵道：「這種豬寵是蠻可愛的，可是就是缺乏實用價值，在攻擊力和防禦力方面都有很大缺陷。不過你怎麼會有這麼多不同的寵獸，而且級別都不低，你在駕馭牠們作戰的時候，你的精神力能夠承受得了嗎？」

我道：「好像從來沒有感覺自己精神力匱乏。藍薇，你的寵獸除了神劍中的劍靈，還有沒有其他的？」

藍薇道：「沒有，爺爺為了讓我、雄哥和清兒、李獵能夠獲得神劍的認可，並且有機會喚醒裏面的劍靈，都沒有讓我們養過其他的寵獸，現在就我和雄哥沒有第二寵獸，清兒為了好玩，養了一些對精神力需求很小的奴隸獸，李獵有了你的綠蛇和一隻力牛。」

我想了想，笑道：「你現在用不著擔心劍靈了，那你想不想再有一隻寵獸，我可以送給你啊。」

藍薇美眸流轉，微微笑道：「好啊，我早也想養一隻寵獸了，只是沒有找到合適的，你送給我的，一定不會差的。」

我神秘一笑道：「那是當然了，我送的寵獸，可是非比尋常。你也看到我的合體術了吧，與你們的合體是不是有些差別。你們的合體只是簡短的增加修為產生一件華麗的盔甲而已，而我的合體卻不但增加了修為，而且強化了肉體和精神，相比而言，我的合體更為厲害。」

藍薇道：「這個我昨天也在想，你究竟是怎麼做到的呢？我和劍靈也只能進行那種表面的合體，而我看你和劍靈合體卻是更加深入的那種，並且你連劍靈獨有的本領都可以施展。」

我道：「這也是我在那個行星學到的本領，只要你可以與你的寵獸進行交流，自然而然就可以進行深層次的合體，雖然抽象，卻也只能這麼說，具體的方法我倒是沒有。」

藍薇問道：「那爲什麼那個行星的人都可以進行深層次的合體呢，難道他們每一個人都可以和自己的寵獸進行思想交流？」

我笑道：「這正是我要說的，他們與寵獸的認主有一個儀式，舉行這個儀式後，寵獸認了主以後就會寄居在主人的身體中，在牠們尚未成熟的時候，靠從主人身上吸取養分生長，量卻是不大，等成熟後，就不再吸收養分。而且合體後自然而然就是深層合體。」

我說著默念口訣，寄生在手背上的寵獸草，穿破我的皮膚，柔軟的草莖，根據我的想像在我手背組成一個婷婷玉立的女孩形象，我念頭一變，它再跟著變化，一個男孩隨即誕生，一顆巨大的心將兩人套在一起。

藍薇雖然有些嬌羞，仍湊在我臉頰處輕吻了一下，眉梢中透出開心的神情，我再輕念一句，寵獸草隨即消失不見。

我一邊從烏金戒指中取寵獸蛋，一邊道：「配我的藍薇，當然得雍容華貴的高級寵獸才可以，讓我想想什麼寵獸才行呢。飛馬如何？」

我說著取出了飛馬寵獸蛋，道：「這個可是七級飛馬王贈送我的寵獸蛋，而且是野寵，會隨著主人而一起進化。送給你了。」

藍薇開心地接過飛馬寵獸蛋，小心翼翼地撫摩著，她身邊的風笑兒好奇的不時偷看我倆。

我又把簡化的認主儀式一一告訴藍薇，道：「這些一方的寵獸首領送我的都是一些成熟的蛋，你現在就可以孵化它們。」

藍薇訝道：「難道就在車裏嗎？」

我道：「這有什麼不可以呢，我告訴你的只是簡單的認主儀式，完全可以在寬闊的馬車裏進行。你不想看看這個小飛馬到底是什麼樣子嗎？」

藍薇道：「那好，我就現在孵化它。」說著按照儀式的步驟一一進行，直到最後一步，用血來融化蛋殼。

不多大會兒，一個小東西踢破了蛋殼，露出一隻很小的蹄子。

就在這時候，車身突然一陣震動，外面拉車的飛馬陡然刨蹄昂首，發出長長的嘶鳴。

聽到外面人馬的叫聲，本來安坐在車中的我們三人心中頓時打了個顫，我心中暗道：難道魔羅真的敢在大庭廣眾之下行兇，他不怕暴露身分嗎？

我向她們兩人道：「你們小心坐著，我出去看看。」

說著我就要打開車門跨出去，藍薇忙道：「依天，小心點。」

我微微笑了笑，點點頭，小心戒備著打開車門，兩個馬夫見我從車中出來，其中一人道：「對不起大人，剛才這幾匹馬同時發顛，又是刨蹄子又是叫喚的，讓您老受驚了，現在已經沒事了。」

原來是虛驚一場，我苦笑一聲，再回到車裏。心中感嘆這魔羅真是讓人風聲鶴唳，草木皆兵，連我們這種修武之人，情況尚且如此，更何況一般的普通人。

面對風笑兒驚懼的眼神，我擺擺手道：「不用怕，這不過是一場虛驚罷了，剛才不知道爲什麼突然那幾匹飛馬突然發顛，才弄出那麼大的聲音出來，沒什麼事的。這大白天的，我猜那魔羅也沒那麼大的膽子出來。」

藍薇手中的寵獸蛋又破了一塊，現在已經露出了兩個蹄子，我突發奇想，指著她手中的蛋道：「藍薇，你說會不會是外面的幾匹飛馬感受到這高級飛馬王的誕生，所以剛才會那樣叫的，也許這是牠們在慶祝馬王的誕生呢！」

風笑兒沒好氣地道：「畜生而已，牠們懂什麼，知道什麼慶祝。又做你的白日夢。」

藍薇道：「笑姐，寵獸雖然與人類語言不同，但是牠們同樣是有思想的，可以領悟主人的話，感受人類的感情。依天就有幾個這種神奇的寵獸，尤其是其中的一隻鳥，可聰明了，還會和依天頂嘴。」

說話間，飛馬寵獸蛋一點一點地破裂開，一匹巴掌大小的飛馬也一點點地露出牠的身體來。

過不大會兒，一匹火紅飛馬脫殼而出，被體液黏住了的鬃毛在風乾後，隨風舞動，一對圓黑烏亮的眼珠，十分神氣，四肢雖然仍很弱，卻體格勻稱，剛出殼就已經能拍打著一對肉翼飛動了。

一身火紅色的毛髮在風中舞動，像是火中的精靈。好一匹異種飛馬王，吃飽蛋殼的火紅飛馬被藍薇收回體內，小飛馬化作一道火紅的絢爛光芒倏地投向藍薇身體，消失不見了。

她們兩人從未見過這種場景，身爲當事人的藍薇還好些，尙能鎭定自若，倒是風笑兒，已經驚訝得快要叫出來了。

我忙問藍薇道：「有沒有感覺到什麼不適的？」

藍薇微微笑道：「和平常沒有什麼不同，只是好像有種心中多了一個生命的感覺，那種感觸生命不斷長大的感覺，真是令人陶醉。」

我呼出一口氣，道：「那就好，我生怕那個星球的寵獸在這裏會不會出現什麼不良反應，既然一切正常，就再好也不過了。」

我的腦海中又出現了飛馬王的雄姿，我在心中感嘆道：「飛馬呀，飛馬，我替你的孩子找了一個很好的主人，你就不用擔心了。」

飛馬車外傳來馬夫恭敬的聲音，「幾位大人，馬上就到演唱場地『水晶瑩』了。」

我與藍薇相視，都看到對方心中的笑意，終於安全抵達了目的地。有了「肥豬王」這位不爲人知的不世高手，當世五強者之一，就算是魔羅敢來搗亂，恐怕也沒他的好。

我們一下車就看到了心急如焚的「肥豬王」，依舊是那位富態的老好人模樣，一點也看不出有五強者的風範，更感受不到他體內絕強的修爲。

朱伯伯一見到風笑兒就迎了過來，嘴裏嘮叨著，「我的大小姐呀，你怎麼這麼晚才回來，還有一個小時演出就開始了，你還得化妝，還得和幾個不能不見的大人物見一見。」

風笑兒不耐煩地道：「那些色胚真是煩死了，告訴他們，要想娶我，把我身邊的這死小子的腦袋取給我。」說完這句話，也不管愣在一邊的眾人，一馬當先地走了。

「朱伯伯，我又來看您了。」

肥豬王見到藍薇，樂呵呵地道：「原來是藍薇啊，我說誰的聲音怎麼會這麼好聽呢。」接著又看到藍薇身邊的我，眼神閃過一絲驚訝的神色，隨即搓著手掌道：「原來是您啊，剛才我們大小姐是隨口說說，您可千萬別當真。最近事太多，她是有點心煩上火。」

我呵呵一笑道：「我以後得跟著藍薇管您叫朱伯伯，這點事我不論看在藍薇的面子還是看您的面子，我也只好忍了。」

我的意思很明顯，就是告訴他，您老就別裝了，我從藍薇那已經知道你的一切了，你就是裝得再像，我也知道你是五強者之一。

肥豬王一愣，隨即呵呵笑著道：「這麼多年跟著我家小姐走南闖北的，已經習慣了，改不了了，既然都不是外人，我就不跟你們客氣了，一起進來吧。」

我吩咐了兩個馬夫令他們先回去，等這邊事一完，我和藍薇會自己回去的。兩個馬夫駕著引人注目的飛馬車回去了。

我們幾人進去的時候，發現風笑兒正在更衣室裏大聲的發脾氣，道：「一點小事也做不好，你們是不是才跟我啊，要換的衣服提前準備好，難道還要我再一一告訴你們。」

「小姐，我們看你一直沒有回來，所以……」

「膽子越來越大了，還敢頂嘴，等這場演出結束，我就辭退你。」

我們幾人相顧愕然，不知道她怎麼會突然發這麼大脾氣，肥豬王走到她身邊低聲道：「別胡鬧，小孩子脾氣也要等到演出以後，馬上演出就開始了。」

風笑兒本來還想說什麼，卻突然一下撲到肥豬王的懷裏，聲音哽咽地道：「我胡鬧？我差點就再也見不到你們了！」

我突然明白了，魔羅給她帶來的恐懼，這時候，她終於有機會發洩出來了。不論她表現得再怎麼堅強，她始終還只是個弱女子而已，需要人的安慰和體貼關心，從昨晚憋到現在，才終於得以釋放。我是有點太大意了，令她受了委屈。

我拍了拍藍薇，我們倆走了出來，留下肥豬王和風笑兒兩人，希望風笑兒能徹底地發洩出自己的恐懼，這樣才能以最佳的狀態開始她的演唱會。我輕輕的將藍薇擁著，道：「這件事，我不會讓它在你身上出現的，這是我對你的允諾。」

藍薇也環著我的腰，喃喃道：「真希望這一刻可以永遠停下去。」

這時候有下面的人道：「演唱會馬上就開始了，可小姐還在裏面，這可怎麼辦啊！」

我瞥了一眼更衣室，對那人道：「你出去就說風笑兒小姐的衣服出了點小問題，馬上就可以解決，讓他們再等十分鐘。」

那人心急火燎的去了。過了一會兒，風笑兒低著頭走了出來，經過我們身邊時，低聲向我說了一句歉意的話，我與藍薇相視而笑，我高聲回道：「祝你演唱成功，加油！」

肥豬王忽然在我們身後道：「謝謝你救了我家小姐的命。」

此刻的肥豬王仍然是胖胖的樣子，可是氣勢卻決然不同了，眼神凌厲如刀子，強大的修為深深震撼著我，我知道他是真心的感謝我，不然不會向我顯示出他的真正身分。我悠然道：「都是一家人，不用說謝。」

演出果然十分成功，每一場都掌聲如雷，相信風笑兒已經恢復了正常心態，直到最後一場的結束歌聲響起，我和藍薇的任務也算是完成了。

和肥豬王告別，我和藍薇婉言拒絕了肥豬王的盛情挽留，離開了金碧輝煌的碧靈宮，倒不是我不想留下再聚聚，趁這個機會是和她修好的最佳時候。

不過我還想儘早見到李獵，取得我四叔的「魚皮蛇紋刀」，這樣我就可以聯繫月師姐，只要得到那幾個頑固老頭的認可，我也算是崑崙武道的一員了，自然就可以知道，他們有沒有對付魔羅的計畫。

這樣一來，我就可以邀請他們來梅家共同除魔，這樣我們的把握也就更大了，任魔羅是三頭六臂，這次也休想能夠故計重施，逃出生天去。

事情急迫，我因此也不得不早點告辭。

一天時光已然匆匆溜走，我和藍薇駕著風在天空中穿梭，此時雖是夜幕降臨，不論是地面還是天空，依然是人來人往，各類商場彩燈如同一顆顆天上的星星，釋放著光彩奪目的彩光。

誰能想到如此繁華似錦的一個大都市，其實暗地裏卻隱藏著一個巨大的危機呢，可見任何事物的表面都存在迷惑性。

晚風徐徐，我和藍薇倒也不貪快，悠然的在高空中飛翔，敞開心扉，暢談心事，我們的關係就在晚風中變得更加親密。

藍薇低逑道：「其實笑姐很可憐，她十二歲，母親就去世了，是朱伯伯一個人把她撫養長大的。」

我道：「朱伯伯是她父親了？」

藍薇道：「朱伯伯並不是她父親，只是他與笑姐的母親曾有過一段感情。」

藍薇喃喃低語把這段上輩的感情說了出來，風笑兒的母親本和肥豬王是一對情侶，後來肥豬王為了追求武道放棄了她，等到肥豬王意識到她是自己最重要的部分時，風笑兒的母親已經因病過世，風笑兒的父親因為太癡戀她母親，也就跟著一塊兒去了。

肥豬王義不容辭地擔起了撫養風笑兒長大的義務，直到現在。

我心中感慨萬千，這是個老套的故事，卻依然能打動人心，三個為愛癡迷的人，如果當時肥豬王能夠把握住的話，我想，也許後來的悲劇不一定會發生，唉，一切天定。

藍薇見我低思不語，道：「怎麼不說話了？」

我探首在她額頭輕輕一吻，道：「人生就像一個環行跑道，當你奮力跑到終點時，才發現自己仍在起點。幸福就在身邊，可是很多人把握不住，當他們經過很多彎路再回來的時候，幸福卻已經不在了。」

藍薇道：「道理說得清楚，卻沒有幾人能做得清楚。」

我微微嘆道：「如果人人都能看得清楚做得明白，那不是人人都是大智大賢的人了，那又何來『庸碌眾生』之說呢。」

藍薇將螓首枕在我的胸膛處，輕聲道：「我們是要做那大智大賢之人，還是要做『庸碌眾生』呢？」

我哈哈大笑道：「我就是想做『庸碌眾生』，恐怕上天都不會答應的，我生來就已經註定是一個不平凡的人，甚或是一個為了偉大而出生的人，曾經有一個預言家就是這麼說的。」

藍薇嬌聲問道：「你的預言家是誰？」

我腦海裏盤桓著母親親切的笑容，我在心中暗道：「母親，這是我給您找的兒媳婦，您還滿意吧，兒子已經長大了，再不是以前那個懵懂不知外面世界的男孩了。」

不知不覺我就回到了梅家，幾個看門人很乖巧的把我們迎了進去。

剛進門不久，得到消息的李雄幾人就迎了過來，見到我們就道：「路上沒遇到什麼危險吧？」

我淡然道：「魔羅如果不怕死，就只管來找我好了，我和藍薇雙劍合璧，叫他來得走不得。」

突然一個陌生而熟悉的聲音在我身邊響起來，「怪不得雄哥說你修為大進呢，果然是豪氣沖天。與一年前的少年相比，確實判若兩人。」

他一說話，我也便想起他的身分來，除了李獵還有誰來。

眼前的李獵眼中精光四射，身體彪壯如熊，行走時帶著一股迫人的霸氣，可以想像成就他今日氣勢的該有多少倒楣的武者啊。此時的他儼然是一方霸主，功夫精進，竟然比梅魁仍然勝上一籌。

現在單比修爲，我怕自己已經被李獵超過了。想起一年前那個因爲無法得到神劍認可的可憐少年，我打心底爲今日的他高興。

李獵走到我身旁，激動地抓著我的肩膀，高聲道：「今天我們兄弟要痛飲一場，不醉不歸。」說著拉著我就走。

梅妙兒拉著藍薇的手道：「藍姐，別理他們，他們這些個男人，碰到一起就是喝酒，醉死才好。」

我低聲道：「藍薇，你放心，我不會喝多的。」

李獵聽到耳裏，高聲打趣道：「怎麼，還沒結婚就已經開始怕老婆了。」

梅魁道：「李獵大哥，酒席已經備好了，上好的百花釀。」

李獵道：「這兩天沒喝到百花釀，可饞死我了，咱們趕緊去吧。」

我心中不斷苦笑，難道這李氏一門每個傑出的子弟都被那個爲老不尊的李老頭給調教成酒鬼了嗎？個個嗜酒如命，與這些酒鬼在一起，我可得防著點，千萬不要像昨晚那樣被他們灌醉，結果魔羅來了都不知道。我小心的從烏金戒指中取出少些解酒的鞭樹汁，腦海中浮現出石龍狡黠的面孔，我心中暗道：「臭小子，從我這里弄走不少好處，總算是做了點有價值的事。也不枉我白教你功夫。」

我們四人坐在席間，李獵揭開百花釀的瓶塞就要狠灌一口，李雄伸手阻止道：「這百花釀雖然是好酒，但是缺少長時間的沉澱，少了一種醇厚的酒感，光有香氣，喝起來不夠味。」

話說到這份上，我已經明白了，李雄是讓我把酒蟲拿出來，再做一次白工，我召喚出酒蟲，酒蟲扭動著肥胖的身軀在李獵打開的那罈酒裏，歡快的浮上浮下。

李獵看得瞠目結舌，指著在酒罈中游弋的肥胖酒蟲道：「這是什麼？」

李雄拿起一邊的酒勺，舀了一勺喝到嘴中，感嘆道：「味道就是不一樣，真是好東西啊，爲什麼我就不能有個這麼好的酒蟲呢！」

李獵見他喝得有滋有味，半信半疑的也舀了一勺放到嘴中，頓時瀰漫著渾厚醇香的酒味，令他情不自禁的一口吞了下去。

他奇道：「這個叫什麼酒蟲的，怎麼會有這種奇特的本領？」

李雄停下手中的酒盅，望了我一眼道：「這其中還有一個有趣的傳說，就怕它的主人恐怕也不知道。」

我聽他一說，饒有興趣地道：「你就別賣關子了，快說吧。」

他將酒盅裏剩下的酒一飲而盡，將那個古老的傳說娓娓道來：「傳說中，那是還沒有四大星球，只有一個地球的時候，有一個非常有錢的大財主，專門釀酒賣酒，該酒遠近聞名，所以每天都門庭若市。」

「說也奇怪，他是個做酒的商人卻也特別能喝酒，每天都得喝十斤好酒，否則就心癢難耐，他的吝嗇老婆就嫌他每天喝得太多，如果他能把酒癮給戒了，就能省很多錢。」

「這個商人也覺得他老婆說得有理，於是就戒酒，可是無論用什麼方法就是戒不了，酒對他來說就彷彿是水和魚的關係，於是他老婆就貼了個告示，找奇人異士，許下大筆獎金來尋戒酒的好方法。」

「這一天，來了一個遊方的僧人，說他有方法幫商人戒了這酒癮。」

「於是商人按照僧人的說法，先是齋戒沐浴，然後把自己捆住，放在太陽底下，一連三天，別說是酒，就連水也未喝一口，嗓子眼都冒煙了。這時候遊方僧人，在商人眼前半米遠的地方用一個碗盛了些糟酒，商人望著眼前的酒，就是喝不到，突然商人覺得嗓子眼一癢，張口一吐，一個肉肉的小蟲子就從嘴中跳到酒碗中，游得不亦樂乎。」

「遊方僧人拿著酒蟲飄然而去。」

「從此商人的酒癮也沒了，可惜，自從酒蟲沒了後，酒店的生意越來越差，最後就倒閉了。」

我嘆道：「為了節省區區幾斤酒，卻失去了整個酒店，不值啊！」

李獵瞧著那圓滾滾的小酒蟲，奇道：「按照傳說看來，那麼這個不起眼的小東西竟然是上古就已經存在的寵獸了。」

李雄忽然臉容一整，倏地站起道：「我感覺到一股邪惡的力量。」

我一聽，立馬站了起來道：「快，是魔羅，我也感覺到了。」我和李雄搶先飛了出去，梅魁和李獵也只是慢了半拍就動作迅速地跟了上來。

地上一灘血跡觸目驚心，李雄雙目一寒道：「是魔羅故意在向我們示威，否則以他的修為，如果成心不讓我們察覺到的話，是完全有可能的，他應該就在附近，大家小心戒備。」

李獵搶先掣出「魚皮蛇紋刀」，烏黑長髮在氣勁中飛舞，雙目射出兩道精光，凝視著四周，豪氣干雲地道：「怕他個鳥，我就不信我手中長刀是吃軟飯的，要讓我看到，老子一刀就把他的頭給砍下來，讓他做個無頭死鬼，死了也無法投胎。」

話沒說完，西邊草叢一動，李獵長刀一揚，發出一抹熒熒青光，口中哈哈笑道：「中計了吧，兩句話都受不了，也敢學人出來爲禍，讓我來看看你的真本領。」李獵身隨刀動，如一道流光閃過，向魔羅隱身的地方投去。

刀氣儼霜，使人如墜冰谷，我暗暗點頭，這把「魚皮蛇紋刀」確實已經讓李獵完全掌握了特點，使將起來，如臂使指，得心應手。

我、梅魁、李雄卻在同一時間，分別奔向三個不同的方向，這是魔羅故意暴露出來的，又是他的分身術！

李獵拿著一塊皮肉，望了我們幾人一眼，道：「沒想到這傢伙真有這個分身術，先前雄哥告訴我，我還有點不相信。」

遠處傳來魔羅如烏鴉般的笑聲，梅魁恨恨道：「這傢伙真是狡猾，一擊不成，立即遠遁，我們拿他一點辦法也沒有。」

這時候，藍薇和梅妙兒也帶著一些人手趕了過來，見到我們道：「剛才是不是魔羅？」

我嘆了一口氣道：「是這傢伙沒錯，不過，沒見著他的面，他就溜了。」

藍薇道：「不知道梅老爺子什麼時候回來？」

梅妙兒道：「爺爺可能會在明天或者後天回來。」

梅魁遣散了其他人，徐徐道：「這個魔羅在我們梅家來去自如，對這裏的情況也瞭若指掌，如果說他和我們梅家沒關係是不可能的，可是我們應該如何應付呢？」

我接道：「明天我去崑崙武道，看是否能搬來救兵共除此賊，你們則暫時不要張揚，暗地裏查詢此魔的身分。」

第十四章　明月殺法

翌日清晨，我借了李獵的刀，乘坐梅家的專屬飛船就向「崑崙武道」去了，爲了梅家的安全，我讓藍薇留下了，也好給梅妙兒她們增加一些實力，何況，此去「崑崙武道」，我還不知道會發生什麼事呢，四叔已經歸隱，去向不知，剩下幾個月姐口中的頑固老頭，誰知道他們會不會爲難我。

此時我還真有點後悔當初，悔不該用「魚皮蛇紋刀」換了「土之厚實」，不然哪會引來這麼些事，我也不會突然的被傳送到第四行星上去，更不會連四位長輩最後一面也沒見著。

到了「崑崙武道」，我吩咐飛船先回去了。月師姐親自出來接我，將我引進了「崑崙武道」。「崑崙武道」占地千畝，被大片綠色覆蓋，相比繁華大都市中冷冰冰的牆壁，這裏更像是原始大森林的一隅。

月師姐邊走邊道：「小師弟，我已經把你的事給幾位長老說了，幾個老頑固說，聖者的弟子不是隨便冒認的，得要拿出真憑實據，最起碼得要你把我父親的『魚皮蛇紋刀』帶來，幸好，你能帶著刀來，否則，我還真說服不了那幾個老頑固！」

說完，月師姐還向我俏皮的一努嘴，我呵呵樂道：「月師姐啊，你這番話，要讓那幾個老頑固知道了，還不得氣死。」

月師姐故意嘆道：「那幾個老頑固修爲高得很，想要他們死，恐怕我死了他們都不能死，真是急死人了。」

我聽了哈哈大笑，半晌道：「月師姐，四叔是四大聖者之一的事，是不是整個『崑崙武道』的人都知道啊？」

月師姐道：「人人都知道四大聖者之一的力王和鷹王都住在后羿星，但是究竟誰才是真正的力王和鷹王，卻沒幾個人知道，在『崑崙武道』也只有幾個父親最親近的人才知道，不巧，那三個老頑固都恰好知道，再除了母親和我就沒人知道了。」

我道：「那也不怪幾位長老如此慎重，畢竟聖者可是無人能替代的，謹慎點也好，省得人人都打著聖者弟子的名號出去招搖。」

月師姐白了我一眼道：「小師弟你也很怪啊，他們爲難你，你還替他們著想。」

說實話，我對長者的印象都挺好的，不論是在地球時村子裏的里威爺爺，還是四位長輩，抑或是第四行星上的兩位不同種族的精靈長輩，都令我感到親切和景仰，當然也有個把小老頭令我避之唯恐不及。

我道：「月師姐，是不是幾位長老，對『魚皮蛇紋刀』進行確認過，就沒有別的了吧，我就可以名正言順的成爲『崑崙武道』的一員了。」

月師姐笑道：「怎麼，害怕了?他們心裏想什麼，我哪知道啊，不過你放心，你這個小師弟我是認定了。」

我道：「謝謝月師姐，等會兒，就全靠師姐了。」

穿廊越室，在一間十分隱秘的地下室，我見到了幾位長老，這幾位長老確如月師姐給我描述的一樣，讓人一見就有頑固的印象。三人均是一襲青衣，巍然盤坐在皮墊上，面如重棗，灰眉長垂，雙眼緊閉，正自調息養神，看來是等我已久了。

三人輩分很高，我和月師姐只有跪著的份，我倆恭敬地跪坐在三人身前的軟墊上。

最中間的老人道：「刀帶來了嗎？」

我忙不迭的從戒指中將「魚皮蛇紋刀」取了出來，兩手托著。

一直沒睜眼的中間那位長老，陡然睜開雙眼，兩道精光直射而來，兩條長垂的白眉向眼兩邊抛開。

我心中一驚，暗道此老好精深的修爲，比起魔羅，恐怕也是不相上下啊，「崑崙武道」不愧是四大星球的第一武道學校，單以這三位長老的修爲就是世間少有，想到這，我的神態更加恭敬了。

中間的那位長老伸手凌空一抓，長刀就被一股強勁的氣流捲到他的手裏，「魚皮蛇紋刀」在三個長老手裏傳看著。

月師姐悄悄移到我耳邊，低聲道：「別怕，這三個老頑固最喜歡裝神弄鬼了，剛才是故意想嚇唬你呢。」

我還沒來得及笑，左邊的長老向我望來，神色肅穆地道：「經過我們三人的驗證，這柄刀確實是聖者的『魚皮蛇紋刀』。」

我一聽事實得到驗證，我喜道：「那你們對我的的身分沒有什麼質疑了吧，我可以算是『崑崙武道』的一員了嗎？」

右邊那位長老淡淡道：「雖然我們確認了你的身分，不過想進我們『崑崙武道』卻不是那麼容易的一件事，你私自將聖者的刀送給別人，我們對你的品格有所懷疑，而且聖者的刀不容外人所有，我們幾人決定，將此刀收回！」

我一聽立即火大，這幾位還真是不近人情，得了便宜還賣乖，羞辱了我，還想強佔我的刀，我把刀送出去是不對，不過不就是那時我還不懂事嗎！

月師姐比我火還大，「蹭」一聲從墊子上站起來，指著三位長老怒道：「什麼？不認？先前我們不是說好了，有刀爲證，你們就答應認了小師弟的嗎，現在拿到刀就反悔了！我告訴你們三個爲老不尊的老傢伙，今天要是不把刀還了小師弟，我讓你們吃不完兜著走，等我幾年後，執掌了『崑崙武道』，我就把你們幾個給趕出師門，我看你們是服是不服，到時候我是掌門，我說了算！」

中間的長老赫然怒光四射，道：「胡鬧！這牽扯到聖者的榮譽。」

右邊的長老道：「就算是掌門，也不能隨便把我們趕出去。」

月師姐哼了聲道：「當我坐上『崑崙武道』校長的位置，就輪不到你們說話，我是聖者的親女兒，誰敢不承認我。你們別不識好歹，告訴你們，四大聖者都是小師弟的老師，你不認人家，人家還不稀罕認你們幾個老頑固呢！」

我目瞪口呆地看著幾人吵得面紅耳赤，月師姐的火爆脾氣，我算是真正領教了，怪不得三叔老說四叔脾氣火爆呢，看著月師姐，我可以想像在年輕的時候，四叔是什麼樣的脾氣。

針鋒相對的場面，終於在半個小時後達成一致協定結束了。

三位長老氣哼哼地離開，雖然幾位長老平日裏養尊處優，受人尊敬，但是遇到月師姐，卻是拿她沒轍。

月師姐朝幾個長老的背影做了鬼臉道：「不用怕，有師姐呢，這幾個老頑固，你要是太尊敬他，他就忘乎所以了。這種場面只不過是小意思。小師弟，剛剛你也聽到了，三個老不死要你接一招明月殺法，你到底有沒有把握啊！」

我苦笑一聲道：「我連明月殺法是什麼都不知道。」

月師姐吃驚地看著我道：「你連明月殺法是什麼都不知道，還敢說能接下來，父親教你功夫的時候，沒有跟你說過這個嗎？」

我嘆了口氣，心中道：「唉，四位長輩從來就沒有哪位系統的教過我功夫，要麼也只是說些澀奧難懂的理論，我學的只是我家傳的功法罷了，哪裏會知道明月殺法，我要不是看你們吵得不可開交，我哪會硬著頭皮說大話。」

月師姐又道：「父親怎麼沒把這麼重要的事跟你說呢，這『明月殺法』是在很久以前一位長輩所創，『明月殺法』分爲心法和劍招，此功法最厲害的地方是，兩者若配合使出，可在極短的時間內從身體裏挖掘出巨大的潛力，短時間令你的修爲以倍增，但是缺點就是時間有限。」

聽了她的解釋，我才知道這「明月殺法」乃是劍招，我道：「這個劍招有什麼出奇的地方嗎？」

月師姐嘆道：「我剛才見你答應得那麼乾脆，還以爲父親教過你破解之法呢。也罷，既然都已經答應了那幾個老傢伙，那我就盡我所知都告訴你，希望你可以接下此招。」

我苦笑道：「不要這麼洩氣吧，對小弟有點信心好嗎，我的修為師姐也見到過，雖然不能說是絕頂高手，卻也過得去！」

月師姐道：「你那是沒見過這招明月殺法，這是我們崑崙武道不傳之秘，崑崙武道中會此招的人不超過十個，練到一定程度的只有五個。這招當真是驚天地泣鬼神，想那天在雲霧家族的勢力範圍看到那個花花大少當街行兇，被一招明月殺法把他和他的一眾手下全閹了！」

我看她說得眉飛色舞，自己卻有些頭皮發麻，悄悄往後移了移，生怕她手舞足蹈不小心把我給那個了！

我強笑道：「月師姐想來就是那五個練到一定程度的其中之一了。」

月師姐道：「那還用說，我生來就是練武的料，這可不是我說的，是父親說的。」

我嘆道：「月師姐，你就趕緊告訴我那個什麼明月殺法到底怎麼回事吧，你再說下去，天都黑了！」

月師姐有點尷尬的轉回了話題道：「小師弟，你別急啊，我這就說，不過我只能讓你儘量熟悉劍招，卻不能傳授給你。」

從下午一直練到晚上，月師姐就用這招明月殺法和我對打，經過這麼長時間的對打，我漸漸也摸到了明月殺法的一些特性，但也更加讚嘆發明這功法的人，確實有鬼神之能啊。

這明月殺法可以說是一招，也可以說是千千萬萬招，每次出招都不一樣，而且攻守兼備，爲攻則劍式無跡可尋，迅若雷霆，快若奔電；爲守則密不透風，滴水不露。堪稱世上最強的劍招，如果再配合明月心法一塊使用，確實令人心驚膽寒。

想像一下，一個人驟然暴增數倍功力，無論誰是他的對手，都會措手不及，窮於應付。

月師姐累得滿額香汗，氣喘吁吁地道：「如何，小師弟，對這招明月殺法有一定認識了吧？」

我放下木劍在她身邊坐了下來道：「謝謝月師姐，這招明月殺法確實厲害，這樣完美的劍招小弟還是第一次看到，確有鬼神辟易之能，但小弟認爲最厲害處還不在劍招，而在於陡然暴增的數倍功力，這才是真正令人難以應付的地方。」

月師姐笑著拍了我一下道：「小師弟的悟性很高啊，劍招再怎麼厲害都有破解之法，但是唯有這突然增加的數倍功力卻是無法可破的，唯有以硬碰硬，沒有其他好辦法啊。最怕那三個老頑固成心不讓你過關，親自出手，那就真糟糕了。」

我苦嘆道：「要真是這樣，也只能怪小弟和月師姐沒有師兄妹的緣分。」心中已經在計算三個老怪物本身極高的修爲如果在瞬間增長數倍，我哪還有還手的餘地。唉，一山還有一山高，世上還有這等奇妙的神奇功法，確實令人咋舌。

月師姐笑道：「別沮喪啊，要說沒緣，也只那幾個老頑固和咱們沒緣，等師姐坐上崑崙武道校長的位置，一定收回你這個師弟的。」

我道：「那小弟就先謝過師姐了。」

月師姐起身道：「這事急不來，還有一天的時間呢，明天晚上才開始，咱們這會兒也該去吃點東西了，走吧，小師弟。」

我搖搖頭起身跟著月師姐去填飽肚子，心中卻感嘆明天自己該怎麼度過這明月殺法的殺劫，自己做事總是這麼不順利。

用過晚飯，應該說是宵夜，月師姐給我安排了住處，又囑咐我早點睡，不用擔心之類的話，便留下了我一個人。

我望著天上皎潔如雪的明月，卻哪能睡得踏實，本來接不接得住，倒也無傷大雅，就算是接不住就當學習好了，可是一和剷除魔羅的計畫掛了勾，心中就難以做到平常心對待了。

回想著剛才月師姐施展的凌厲多變的明月殺法，我不大會兒竟漸漸沉睡了，等到再醒來時已經是第二天的正午了，剛起床，月師姐就進來了，見我睡眼惺忪的樣子，掩嘴笑道：「小師弟，昨晚睡得好嗎，我一早來看你幾次了，見你睡得香，也沒把你叫醒。」

我口中應道：「睡得好極了。」心中卻道：「看來自己壓力太大，連一點警覺心都沒有了，按照我平常來說，很少有人能夠接近我，而不被我察覺，就算是我睡夢中，也保持一定的警覺的。」

自己被一件事又一件事相繼壓得有些精神力匱乏，心中暗暗警告自己，這樣下去可不行，精神不振作，怎麼能和魔羅鬥下去呢！

我洗漱了後，取出一些「狼酒」，當著月師姐的面「咕咚，咕咚」的就灌了兩大口，酒一入肚，鮮血就開始沸騰起來，我一抹嘴巴，道：「真過癮！」

月師姐訝道：「小師弟，你怎麼一大早的就喝酒，這喝的是哪一齣啊！」

我一邊道：「這酒可是好東西！」另一邊，把酒蟲給放出來，讓牠給狼酒加加味，也算是給牠加頓餐了。

我捧起「狼酒」又「咕咚」灌了一口，嘆道：「夠味！這才是……」話沒說完，驟然從心底直升起一股酸辣之氣，嗆得我眼淚都出來了。

月師姐啞然失笑，道：「還以為你是酒鬼，原來只是半個酒罐子，在這跟師姐裝蒜呢！看，看，不會喝就硬裝！」

我擦去眼淚，捧著手中的「狼酒」，說也怪啊，吐出那一口酸辣之氣後，心裏頓時平靜多了，好像心中所有的壓力與不快都不見了。

我神采飛揚地道：「走，月師姐，咱們再去練練。」

月師姐奇怪地瞥了我一眼道：「你怎麼跟換了個人似的，與昨晚相比有判若兩人的味道。先不管了，你可知道現在已經是午飯的時間了，跟師姐去吃點東西，再陪你比劃比劃。」

我呵呵笑道：「好啊，咱們先去吃飯，小弟先走一步。」說著話，我縱身從樓上跳到空中，駕著若有似無的小風向外飛去。

月師姐急忙跟在身後，高聲道：「別急，等等我，是不是一夜睡糊塗了，你知道位置在哪嗎？讓師姐給你帶路。」

「噹啷！」

師姐的木劍又一次被我挑飛，這已經是今天下午第三次被我挑飛木劍了，月師姐奇怪地望著我道：「不可能啊，雖然沒有功力相輔，明月殺法也是第一流的劍招，怎麼會這麼輕易就被你破了呢！」

我嘻嘻笑道：「阿彌陀佛，只要以平常心對待，自然可在刹那間發現劍招變化相連之處，那麼再於此時從容破解，自然遊刃有餘！」

月師姐拿起木劍在我頭上敲了一下，沒好氣地道：「得意什麼，你能破解得這麼輕鬆，是因爲沒有功力相輔，很多精妙的變化無法施展，而且你再想想，對方突然暴增數倍的功力，你還能破得這麼輕鬆嗎？」

我苦著臉道：「師姐，你能不能讓小弟高興一會兒？」

月師姐白了我一眼道：「我這是爲你著想。」

我低聲自語道：「明明是報復我挑飛你的木劍，才故意這麼說的。」

月師姐道：「你說什麼，你竟敢說本小姐是報復你！那好，我就報復給你看，接招。」一招明月殺法帶動條條劍氣，織成一個劍網向我蓋來。

我怪叫一聲道：「玩真的！誰又怕誰來著，看我怎麼破你！」

精彩內容請續看《馭獸齋》卷四　愛獸無悔

【同場加映】

出場寵獸特色簡介

豬豬寵：粉紅色的皮膚，嬌小精緻的身體，不具有任何攻擊力，是一種輔助性質的寵獸，平常喜睡，其憨厚的模樣極受女孩們的喜愛。可以進行時間和空間的跳躍，是非常神奇的寵獸。因為有了這隻寵獸，依天才能安然穿過時空隧道，不至於死在強大敵人的手中，雖不具有攻擊力，卻不可缺少。

酒蟲：一隻小肉蟲，黑豆似的眼睛看起來很狡猾，白胖胖的身軀，拇指粗，寄生在依天體內，愛喝美酒，喝數斤而不醉，對劣質酒不屑一顧，天生為酒而生，一種非常奇怪的生物，蛻化後可以將普通的水變為醉人的美酒。

大地之熊：幼年的大地之熊，力量很弱，只有簡單的使用大地力量的本領。熊系寵獸中最強大的一種熊寵，赭黃色的皮毛，形象憨態可掬，平常像是個可愛的孩子，但是發起怒來，足以使大地震顫，為了脫離神劍的控制，動用龐大的力量使自己恢復到幼年時代。五大神劍之一土之厚實的劍靈，具有汲取大地力量的本領，號稱只要踩著大地就永遠不敗的上古神獸，後為依天收復。

七小：七隻幼年狼寵，是飛狗與母狼王的孩子，聰明而強悍，擁有無窮的潛力，更從父親那裏繼承了龍丹的力量，是狼原中無數小狼的王，七個小傢伙調皮可愛，最喜歡吃魚，粉嫩的腳掌卻快速有力，連似鳳也深受七個小東西的虐待，粉嘟嘟的鼻子靈敏無比。最後隨依天離開了第四行星，逐漸成長為無可匹敵的天狼！

似鳳：最接近鳳凰的種族，是鳳凰的旁支，體型嬌小，形似鳳凰而得名，身披鳳衣，在頭腹胸尾背分別有五種顏色鐫刻著「仁義禮智信」五字，善百音，可以將音樂轉化為克敵的強大武器，智慧無比，可懂人言，可惜貪玩、貪吃，是個狡猾的小東西。速度極快，任何一種寵獸都無法比擬。

就因為有牠的存在，依天的英雄之旅才顯得不那麼孤單。與主人合體後，會在背後形成兩隻嬌小的翅膀，只是這對翅膀裝飾的作用更大些，是讓依天又喜歡又頭疼的小傢伙，是依天極為重要的寵獸之一。

小龜：可愛的小東西，聰明乖巧，剛出生時，幼嫩的身體，通體烏色，靈動的小眼睛顯得十分機靈，合體後可寄于主人很強的抗擊打力。依天第一隻寵獸，得自一隻野生龜寵的卵，孵化後隨著依天一塊成長，為依天立下汗馬功勞，成就依天「鎧甲王」的尊號。乃是水中的霸者，後被依天煉為鼎靈，從奴隸獸進化至七級護體獸鼎級行列。在成長過程中屢次幫助依天度過劫難。是依天不可缺少的寵獸。

熊王：熊系寵獸的王，高大體肥，有很強的力量，喜好食魚，但是憨厚笨拙，乃是大地之熊的旁支，熊王智商有限，偏又喜歡自作聰明，被依天征服後，對依天又尊敬又怕。尊奉依天為新熊王，並與依天建立了深厚感情。

長者：植物系寵獸的王，六大聖地之一樹窩植物寵的王，活了無數歲月，真正的睿智長者，全星球的一草一木都是它的耳目。也是第四行星最早的生物，安靜地注視著星球的發展，三四米的高度，慈眉善目，皺巴巴的樹皮彷彿是悠久歲月的見證，悠久的生命為它積累了無數的智慧，這讓它洞悉一切。某種意義上來說，它才是第四行星真正的王，最偉大的生命。

豹王：豹寵一系的王，統治著豹子林，冷酷無情，但卻在意外受到傷害後，被年輕的豹子給打敗，並被豹群趕出豹子林，為依天所救，並與依天達成協定，最終在依天幫助下，再次返回豹子林奪回豹王之位。

猴王：猴山眾猴寵的王，活了數百年，擁有非凡的智慧，是個非凡的智者，在依天與魔鬼一戰中，起了極大的作用，釀造的猴兒酒更幫助了依天的酒蟲完成最終的蛻皮。

白獅王：獅嶺眾獅寵之首，白色皮毛，身體雄壯，於六大聖地外獨霸一方，幫助依天征服熊谷。

蛇獅：蛇頭獅身，上古異獸，具有噴吞毒霧的特殊本領，力量非凡，噬天棍中的棍靈，擁有無限的生命，堪與五大神劍相媲美，可是卻被魔鬼所同化，成為強大的惡獸。

異形獸：具有變化能力的寵獸，不具攻擊力，可根據主人的心願變化成任何形狀。

【同場加映】

出場人物簡介

依天：依天以龍丹之力硬闖五大傳世神劍，在第四行星，歷經數次生死，在眾多朋友和寵獸的幫助下，斬殺魔鬼，蕩平邪惡城堡。在后羿星除掉為害甚大的魔羅，又幫助梅魁登上家主之位，除去為禍后羿人民數十年的飛船聯盟組織。歷經各種磨難，終於獲得藍薇的青睞，暢遊方舟星太陽海，卻意外的驚醒了一個絕世兇惡的人物……

肥豬王：風笑兒的保鏢，真實身分乃是傳說中五大強者之一。一把接近神器的水晶匕鮮有人抗衡。

風笑兒：擁有具有變形能力的異形獸，是四大星球中最有名的超級歌星，美若天仙與李藍薇是閨中好友，曾在依天剛到后羿星時有過誤會。具有非凡的武道修為，並把對音樂的造詣轉化為奇特的武道，以樂符作為攻擊的武器。

藍薇：清兒的姐姐，容貌氣質具佳，美麗可人，後與依天喜結良緣。具有很高的武學天分，得到李家五大傳世神劍「霜之哀傷」的認主，並在依天的說明下喚出劍中沉睡了幾百年的上古神獸「九尾冰狐」。與依天感情深厚。

梅魁：修煉梅家家主的最高武學「無影功法」，是梅家年輕一代中最傑出的人物，在梅無影逝世後成為家主。與依天是好朋友。

梅妙兒：梅家的小公主，嬌媚的麗人，深受梅無影寵愛，喜愛李雄。在梅家遭遇大變之後，最終與李雄確定了關係。

李獵：李家年輕一代中的高手，幾次試圖喚醒五大傳世神劍，都未能成功，因此有些自暴自棄，後與依天結為好友，得到了依天的魚皮蛇紋刀，並由此攀登上武道另一高峰。

李雄：李家年輕一輩中第一高手，從小被藍薇的父母收養，對李藍薇有非同一般的感情，但是在依天出現後，黯然退出，將藍薇的一生幸福託付給了依天，並與依天成為好朋友。李雄擁有李家五大傳世神劍的「火之熱情」，是默認的下一代李家家主。

白月：依天的師姐，四大聖者之一力王的女兒，父親隱世後，繼承了父親的「崑崙武道」，是個性格剛強的女人，與依天的關係很好。武道修為雖不若依天，亦極為精深。

三老：崑崙武道的三位長老，忠於身為四大聖者之一的力王，修為極高，但是過於頑固。

梅無影：最負盛名的家主之一，人稱欺天無影，擁有神器乾坤環，有「乾坤環現，天地一變」的說法，最後與魔羅同歸於盡。

熊開天：熊族少族長，第四行星實力最強的部落，在三年一度的收集幻獸卵的行動中，和石龍一起被魔鬼的手下困在六大聖地，後被依天救出，在聯合各人類部落剿滅魔鬼的戰役中起了很大作用。

風笑兒：擁有具有變形能力的異形獸，是四大星球中最有名的超級歌星，美若天仙，與李藍薇是閨中好友，曾在依天剛到后羿星時有過誤會。具有非凡的武道修為，並把對音樂的造詣轉化為奇特的武道，以樂符作為攻擊的武器。

肥豬王：風笑兒的保鏢，真實身分乃是傳說中五大強者之一。一把近乎神器的水晶匕，鮮有人抗衡。

幻獸志異 ③ 人獸聯盟（原名：馭獸齋傳說）

作　　者：雨　魔
發 行 人：陳曉林
出 版 所：風雲時代出版股份有限公司
地　　址：105台北市民生東路五段178號7樓之3
風雲書網：http://www.eastbooks.com.tw
官方部落格：http://eastbooks.pixnet.net/blog
信　　箱：h7560949@ms15.hinet.net
郵撥帳號：12043291
服務專線：(02)27560949
傳眞專線：(02)27653799
執行主編：劉宇青
美術編輯：吳宗潔

法律顧問：永然法律事務所　李永然律師
　　　　　北辰著作權事務所　蕭雄淋律師
版權授權：蔡雷平
初版換封：2015年9月

ISBN：978-986-352-217-1

總 經 銷：成信文化事業股份有限公司
地　　址：新北市新店區中正路四維巷二弄2號4樓
電　　話：(02)2219-2080

行政院新聞局局版台業字第3595號
營利事業統一編號22759935

定 價：280元　　特價：199元

國家圖書館出版品預行編目資料

幻獸志異 / 雨魔 著. — 初版. —
臺北市 ： 風雲時代, 2015.07-
冊 ；　公分
ISBN 978-986-352-217-1(第3冊 ： 平裝). —

857.7　　104009473